일주일 만에 사랑할 순 없다

일주일 만에 사랑할 순 없다

김동식 소설집 8

요다

차례

일주일 만에 사랑할 순 없다

[억울하고 원통합니다! 혜성 유도 폭탄의 개발 가능성은 검증되었지만, 최종 계획은 실패로 돌아갔습니다. 어떻게 계산해도 완성 시간이 부족합니다. 시간이 일주일만 더 있었다면, 일주일만 일찍 혜성을 발견했더라면!]

TV 화면 속 박사의 울먹임은 인류 모두의 마음과 같았다. 전 인류가 기원하던 유일한 구원 전략이 실패로 돌아간 것이다. 지구 멸망까지 남은 시간은 단 일주일. 사방에서 곡소리가 울렸다.

방음이 약한 김남우의 원룸에서도 옆방의 울음소리가 들려왔다.

"으아앙! 죽기 싫어!"

이 충격적인 발표를 들은 김남우는 본인의 예상보다 담담했다.

"일주일 남았는데 출근은 안 해도 되겠지?"

소파에 앉아 캔 맥주를 마시던 김남우는 리모컨을 집었다. 채널을 돌리려던 순간 그의 손이 멈췄다. 그 옛날 '내 귀에 도청 장치가 있다!' 사건처럼, 박사를 제치고 카메라 앞에 누군가 난입하는 게 아닌가? 그 남자는 생방송으로 자신을 보고 있을 화면 너머의 사람들을 향해 말했다.

[포기하지 마십시오! 제게 방법이 있습니다. 아니, 있을 것 같습니다!]

지푸라기라도 잡는 심정이었을까. 방송국은 괴한의 침입에도 화면을 전환하지 않았다. 김남우도 호기심 어린 얼굴로 TV에 시선을 고정했고, 옆방의 울음도 잠깐은 멈췄다. 30대 후반으로 보이는 그 남자는 카메라를 똑바로 보고 말했다.

[사람들에게 들킬까 봐 평생 비밀로 해왔지만, 제게는 초능력이 있습니다. 무엇이든 완전한 구를 만드는 능력입니다.]

"에이이, 뭐야."

김남우는 초능력 타령이 실망스러웠지만, 이어지는 남자의

　　　　　　　　　일주일 만에 사랑할 순 없다

행동을 보고는 놀라움을 감출 수 없었다. 그가 앞에 있던 마이크를 양손으로 감싸 쥐더니, 완벽하게 동그란 쇳덩어리로 만들어 내놓은 것이다. 상식적으로 이해할 수 없는 광경에 김남우의 눈이 커졌는데, 남자는 이어서 볼펜도 매끈한 구의 형태로 만든 뒤 말했다.

[보시다시피 저는 이런 초능력을 가지고 있었지만 평생 비밀로 했습니다. 왜냐면 이 세상에서 남들과 다르단 건 위험한 일이기 때문입니다. 연구 대상으로 어딘가에 납치되지 않을까, 사람들이 날 괴물로 생각하지 않을까, 누군가에게 살해당하지 않을까 하고 말입니다. 그래서 지금 제가 드리고 싶은 말씀은, 저 같은 사람들이 이 세상 어딘가에 분명 더 있을 거라는 말입니다! 네, 초능력자들 말입니다! 이 지구를 구해줄 초능력자들!]

김남우의 가슴이 빠르게 뛰었고, 그것은 TV를 지켜보고 있던 모두가 마찬가지였다. 남자는 강하게 호소했다.

[제 초능력은 초라합니다. 완벽한 구 따위 전혀 쓸모가 없다고 생각했습니다. 다른 분들도 그럴지 모릅니다. 하지만 그런 초능력끼리 만나서 시너지를 일으키는 일은 없겠습니까? 어떤 능력과 어떤 능력이 합해지면 생각지 못한 효용을 발휘할지도 모르지 않습니까! 그래서 저는 지금 제안합니다. 모입시다! 전 세계에 숨어 있는 초능력자 여러분! 정체를 드러내주십시오! 우리가 모여서 지구를 구할 방법을 찾아봅시다!

세상으로 나와주십시오!]

사내의 발언은 사람들을 기대하게 했다. 유일한 희망이었던 혜성 유도 폭탄 계획이 수포가 된 지금, 사내의 제안은 새로운 희망이 되었다.

김남우도 마시던 캔 맥주를 내려놓고 내일 출근을 갈등했다. 그의 직업이 경찰이기 때문이다. 일주일 후 멸망할 게 확실하다면 질서 유지 따위 알 바가 아니겠지만, 조금이라도 희망이 있다면 애매했다.

일단, 김남우는 TV 화면에서 눈을 떼지 않았다.

*

이른 아침, 김남우는 비몽사몽 출근 준비를 했다. 그는 어젯밤 TV를 보다가 거의 밤을 새울 뻔했다. 안 그럴 수가 없었던 게, 진짜로 전 세계에 숨어 있던 초능력자들이 나타났기 때문이다. 어젯밤 정확히 확인된 초능력자만 해도 총 세 명이었다.

어떤 술이든 술잔 속 알코올을 휘발시키는 초능력자, 야구공을 아래로 떨어지지 않게 던질 수 있는 초능력자, 대상에 집중하는 시간에 비례해 세포 단위까지 볼 수 있는 초능력자다. 상식 밖의 초능력자들이 한 명 두 명 나오기 시작하자 사람들은 기대를 안 할 수가 없었고, 김남우 또한 출근을 안 할 수가 없었다.

일주일 만에 사랑할 순 없다

집을 나서 경찰서에 들른 김남우는 곧장 거리로 나왔다. 현재 남아 있는 대다수 경찰의 주 업무인 순찰을 하기 위해서다. 희망이 살아 있어서 그런지 멸망 6일 전이지만 거리에 약탈과 범죄가 난무하지는 않았다. 애초에 사람 자체가 거의 없었다. 대부분은 TV 앞에서 새로운 소식에 집중하고 있었다. 김남우도 오른쪽 귀에 이어폰을 꽂아 라디오를 듣고 있었다. 마침, 새로운 초능력자가 등장했다는 반가운 소식이 흘러나왔다.

[급보입니다! 중국에서 초능력자가 한 명 더 등장했습니다! 놀랍게도 염동력을 사용하는 초능력자입니다!]

"오! 염동력?"

김남우가 어릴 적 본 만화 주인공을 상상하며 감탄하던 그 순간이었다.

"꺄아악!"

어디선가 여성의 비명이 들렸다. 염동력자의 등장이 기뻐서 지른 비명이라기에는 어딘가 급박해보였다. 김남우는 황급히 소리가 난 방향으로 달려 가며 긴장했다. 이런 시기에 비명이라면? 그의 손이 허리춤에 찬 총으로 향했다.

"무슨 일이십니까!"

소리를 지르며 비명의 진원지인 코너를 돈 순간, 김남우는 허리에서 손을 뗐다. 등산로 입구 계단 근처에 웬 여자가 혼자 주저앉아 있던 것이다. 김남우는 그녀에게 다가가 물었다.

"경찰입니다. 넘어지셨습니까? 괜찮습니까?"
"아으! 예, 괜찮지 않아요."

서른쯤 되어 보이는 여자는 오른쪽 발목을 감싸 쥐며 인상을 찌푸렸다. 가까이 다가선 두 사람의 얼굴이 마주한 순간, 시간이 멈춘 듯 눈맞춤이 일어났다. 그 잠깐의 침묵을 깬 건 김남우였다.

"아… 음! 발목입니까? 괜찮지 않으시면, 병원으로 모셔다 드리겠습니다."

김남우를 빤히 쳐다보던 여인의 표정이 다급하게 변했다.

"아! 아니요! 저기 죄송한데, 병원 말고 지금 제가 급하게 가야 할 곳이 있거든요! 그곳으로 좀 부탁드리면 안 될까요? 너무 급한 일이라!"
"예? 그래도 발목이 안 좋으시면 …."
"제가 지금 시간이 없어서 그래요! 부탁 좀 드려요. 네?"

일주일 만에 사랑할 순 없다

김남우가 곤란함을 표현하려던 차, 여인의 다음 말에 그의 두 눈이 휘둥그레졌다.

"제가 초능력자거든요? 지금 저 위에 급히 만나야 할 사람이 있어서요!"

"초능력자요?"

"예. 제 초능력은 별것 아니지만, 그분의 초능력은 분명 지금 크게 도움이 될 거란 말이에요! 저 산속에 혼자 지내고 계시는데, 지금 당장 찾아가야 해요! 저 좀 일으켜주실래요?"

그녀의 다급한 말과 몸짓에, 김남우는 얼떨결에 그녀를 부축해 일으켰다. 그녀는 아픈 다리를 절면서 김남우에게 부탁했다.

"아 윽! 저기… 초면에 제가 이런 부탁 정말 죄송한데요, 계단 위까지만 좀 부축해주시면 안 될까요?"

"예? 아…."

김남우는 본인도 모르게 고개를 끄덕이며 물었다.

"알겠습니다. 그럼… 업히시겠습니까?"

"네? 업혀요?"

얼굴이 조금 붉어진 그녀는 잠시 망설이다가 물었다.

"저를 업고 이 계단을요? 그렇게까지는….."
"유도를 해서 괜찮습니다."
"아 네. 괜찮으시겠다면…. 부탁드릴게요."

망설이던 모습과 달리 그녀는 곧장 김남우의 등에 업혔다. 처음 본 남자의 등에 넙죽 업힐 정도로 그녀는 다급했다. 김남우는 그녀가 놀랄 정도의 가벼운 걸음으로 계단을 오르기 시작했다. 가는 동안 그녀는 상황을 설명했다.

"세상에 정체를 숨기던 초능력자들이 모이고 있는 건 아시죠?"
"네."
"저는 사실 제가 초능력자인 줄 평생 모르고 살았거든요? 단지 기억력이 남들보다 좋은 줄만 알았어요. 아, 제 초능력은 뭐든지 절대 잊지 않는 능력이에요."
"기억력이 초능력이라는 말입니까?"
"그러니까, 과장이 아니라 저는 제가 엄마 배 속에 있던 순간까지도 1초 단위로 모두 기억해요. 아, 성함이 어떻게 되시죠? 저는 홍혜화예요."
"아, 전 김남우입니다."
"남우 씨라고 부를게요. 전 지금 눈을 감고도 남우 씨의 옷차

일주일 만에 사랑할 순 없다

림, 점의 위치, 단추 구멍 개수까지 다 말할 수 있어요."

"아, 대단하군요. 그 정도라면 초능력이라고 할 만합니다."

"저는 이게 초능력인지 몰랐는데, 저 산에 계시는 선생님께서 알려주셨어요. 그분은 초능력자를 알아보는 초능력이 있으시거든요."

김남우의 눈이 커졌다.

"아! 초능력자를 알아보는 초능력이라면?"

"아시겠죠? 지금 그분의 초능력이 세상에 얼마나 필요한지! 그런데 평소 산에 혼자 계시느라 아마 어제 방송 같은 건 못 보셨을 것 같아서, 제가 급히 온 거예요."

"그렇겠군요. 초능력을 알아보는 초능력이 있다면…."

전 세계의 초능력자들이 모이는 지금, 그것만큼 필요한 능력도 없었다. 계단을 오르는 김남우의 걸음 속도가 조금 빨라졌다.

10분 뒤, 점차 김남우의 호흡이 거칠어졌다. 땀이 턱 끝까지 흘러내렸지만 그는 홍혜화를 내려놓지 않았다. 홍혜화 또한 김남우가 혼자 올라가서 말을 전해도 되지 않을까란 생각이 스쳤지만, 내려달라는 말을 하지 않고 몸을 맡겼다.

"힘드시죠?"

"아뇨, 괜찮습니다."

김남우는 계단이 끝난 뒤에도 이어진 오르막 숲길을 계속 걸었다. 그는 크게 숨을 헐떡였지만 홍혜화와의 대화를 놓치지 않았다.

"경찰이라고 하셨죠? 저는 중앙도서관에서 일해요. 근데 이 상황에 누가 책 보러 오겠어요? 문 닫았죠 뭐."

"아 그렇겠군요."

"남우 씨 나이가 어떻게 되세요? 저는 서른하나예요."

"전 서른셋입니다."

"오빠네요. 말 편하게 하셔도 돼요."

"친해지면 그렇게 하죠."

"친해질래요? 저도 좋아요. 아, 친해지고 싶다는 말은 맞죠?"

"예 맞습니다."

그리 길지 않은 시간인데도 두 사람은 서로 친밀감을 느꼈다. 평소 낯가림이 심한 김남우는 스스로를 이해할 수 없었지만, 받아들였다. 산속 집 앞에 도착할 즈음에는 어느새 말을 편하게 주고받고 있었다.

"안으로는 걸어갈게 오빠. 어깨만 좀 빌려줘."

"그래, 괜찮겠어?"

"응."

둘이서 대문을 열고 들어선 뒤, 홍혜화가 외쳤다.

"양 선생님! 양 선생님! 저 혜화예요!"

그러나 안에서는 아무런 반응이 없었고, 몇 번 더 불러보던 두 사람은 집 안으로 들어가 곳곳을 뒤졌다.

"없는데?"
"이상하네, 어디 가셨나? 원래 항상 계시는데."

둘은 방 안에 들어와서 기다리기로 했다. 둘 사이에 대화가 끊이질 않아 기다리는 시간이 지루하지는 않았다.

"기억력이 초능력이면, 시험 같은 건 거의 100점이었겠는데?"
"그렇지 뭐. 커닝이나 다름없으니까."
"그거 부럽다."
"그렇게 부러워할 것도 없어. 1초 단위로 모든 생을 기억한다는 게 꼭 좋은 일만은 아니야. 싫은 일도 모두 생생하거든. 망각이라는 게 얼마나 큰 축복인지 오빠는 모르지?"
"아 그런가."
"오빠는 엄마의 얼굴을 떠올리면 어떤 표정이 떠올라?"
"글쎄. 기본적으로는 웃는 얼굴이 가장 먼저 떠오르겠다."

"난 웃는 얼굴 화내는 얼굴 짜증 내는 얼굴 다 떠올라. 미묘하게 티가 나는 거짓말을 할 때의 얼굴 같은 건 잊혀도 좋잖아? 나중에 거짓말이었단 걸 알게 됐을 때 그 얼굴이 떠올라서 얼마나 슬펐는지 몰라."

김남우가 안쓰러워하는 표정을 지었다.

"그런 표정 짓지 마. 오빠의 그 얼굴도 안 잊힐 거야."
"아 미안."
"농담이야. 하하. 어쨌든, 내 초능력을 부러워할 건 없다 이거지. 어릴 땐 이 능력이 저주인 줄 알았을 정도니까. 게다가 이 능력이 혜성을 막는 데 어떤 도움이 되지도 않을 거잖아? 혜성의 주름 하나하나까지 다 기억할 순 있겠지만, 그땐 죽기 직전이겠지."
"그래도 경찰 했으면 쓸모 있었겠는데."
"오 그런가? 오빠랑 같이 동업해볼까? 형사와 초능력자 콤비는 클리셰잖아."

둘이서 이런저런 이야기로 떠드는 사이에 밤이 깊었다. 그때까지 양 선생이 나타나질 않자, 홍혜화가 말했다.

"오빠 난 여기서 양 선생님 올 때까지 하룻밤 묵어야겠어. 오빠는 그만 내려가."
"뭐? 여기서 너 혼자?"

　　　　　　　　　　일주일 만에 사랑할 순 없다

"그래. 오실 때까지 기다릴 수밖에 없을 것 같아서…. 오빠는
일 봐야지."

"괜찮겠어? 다리는?"

"다리는 좀 나아진 것 같아. 더 어두워지기 전에 내려가 얼른."

김남우는 잠시 갈등하다가 말했다.

"나도 같이 기다려줄게. 어차피 집에 가봐야 나 기다리는 사
람도 없어."

"아니야. 오빠 내일 출근해야 하잖아. 집에 기다리는 사람이 없
더라도, 오빠를 기다릴 시민들은 있어. 솔직히 종말을 앞두고도
본분을 다하는 경찰의 존재가 얼마나 감사한지 모를 거야."

"으음."

김남우는 끝내 고개를 끄덕이며 당부했다.

"그래. 무슨 일 있으면 연락하고."

"알았어."

홍혜화의 미소 띤 배웅에, 김남우는 자꾸만 뒤를 돌아보며 사
찰을 내려갔다.

 욕실에서 씻고 나온 김남우는 가장 먼저 핸드폰을 확인했다. 아직 양 선생님이 도착하지 않았다던 아까 전의 문자가 여전히 마지막이다. 김남우는 무슨 문자라도 보내려다 그만두고 자신을 새삼 점검했다. 평소 여자에게 관심을 둔 적이 없었는데, 종말을 앞두고 만난 인연이라서 신경이 쓰이는 걸까?

 김남우는 머리를 흔들며 냉장고에서 캔 맥주를 꺼내 소파로 가 TV를 틀었다.

 [물이 절대 끓지 않도록 하는 초능력자의 능력이 혜성 유도 폭탄의 연료 효율성을 올리는 데 적용될 수 있는지 연구가 이루어지고 있습니다! 완성까지 모자랐던 일주일의 시간을 줄일 수만 있다면, 희망이 보일지도 모릅니다! 거기에다가 염동력을 활용하는 방안으로도 활발한 연구가 진행 중인데, 미약한 염동력을 증폭시킬 만한 기술이나 초능력을 애타게 찾고 있습니다!]

 어느 채널에서나 온통 희망적인 내용이 방송되고 있었다. 초능력과 과학의 접목을 꾀하는 방송, 다양한 가정을 적용하여 종말 회피 확률을 계산하는 방송, 초능력을 믿지 않는 사람들의 의심을 덜어주기 위해서 초능력자들이 자신의 능력을 선보이는 방송도 있었다. 그 모든 프로그램이 생방송으로 진행됐다.

 채널을 돌리던 김남우의 시선이 향한 건 통역사들이었다. 그들은 스튜디오에서 혹은 각 나라의 실시간 송출 화면에서 단 한 단어라도 더 전달하기 위해 필사적으로 땀 흘리고 있었다.

초능력자, 과학자, 방송국, 언어, 인종, 국가를 초월해 전 인류가 1분 1초를 아껴가며 전력을 다하는 중이다. 가만히 통역사를 바라보던 김남우는 캔 맥주를 다시 냉장고에 넣고, 일찍 잠자리에 들기로 했다. 그에게도 내일 전력을 발휘해야 할 업무가 있었다.

*

가장 일찍 출근한 김남우는 오늘 나오지 않은 동료가 있다는 사실을 깨달았다. 언급하는 이들은 없었다. 지구 멸망까지 남은 시간은 5일이니까. 출근한 경찰들만이 묵묵히 거리로 순찰을 나섰다. 여전히 조용한 거리를 걷는 김남우의 귓속 라디오에서는 희소식이 들려왔다.

[절대 터지지 않는 물풍선을 부는 초능력자의 능력이 물리법칙을 무시할 가능성이 있다고 밝혀졌습니다! 현재 거대 물풍선 더미를 만드는 등 다양한 활용 방법을 알아보는 중입니다!]

동네를 몇 바퀴 돈 김남우는 오후쯤 어제 그 계단 아래에 멈춰 섰다. 잠깐 고민하던 그는 홍혜화에게 전화를 걸었다.

"어, 오빠."

"다리는 괜찮아? 나 지금 계단인데 못 움직일 것 같으면 내가 올라갈게."

"괜찮긴 한데, 올라와서 같이 밥 먹을까? 밥 올린 거 방금 다 됐는데."

"그래?"

대답보다 먼저 김남우의 몸이 계단을 올랐다.

"알았어 지금 올라갈게. 양 선생님은 언제쯤 오실지 모르고?"

"모르겠어. 어쩌면 오늘도 여기서 자야 할 것 같아. 아니면, 이미 초능력자 모임에 가신 걸까?"

"그럴지도 모르겠다. 근데 밥은? 거기 있는 재료로 밥 한 거야?"

"어. 여기 반찬이랑 다 있어. 전에도 몇 번 여기서 해 먹었는데, 심심한 반찬 좋아해?"

"괜찮지."

"잘됐네. 그럼 평양냉면을 함흥냉면보다 좋아하려나? 난 그런데."

"그건 딱히, 둘 다 좋아해."

"그래? 하긴 나도 그러네."

김남우는 올라가는 내내 계속 대화가 이어지는 게 신기했다.

어제 처음 만난 사람과 이렇게 잘 맞을 수 있을까? 마치 예전부터 알고 지낸 사이처럼 정말 편했다. 평소의 자신과 다른 모습이 스스로도 낯설었지만, 종말의 힘 때문이라고 생각하기로 했다.

마침내 통화는 사찰 앞에서 끊어졌고, 홍혜화가 문을 열고 나와 마중했다. 김남우는 그녀의 발을 보며 물었다.

"발은 괜찮아?"
"어, 살짝만 아프고 괜찮아. 들어가자, 밥 먹게."

양 선생님의 방으로 들어간 두 사람은 곧 식사를 시작했다. 다 먹은 뒤에는 함께 치우고, 차까지 마셨다. 김남우는 다시 내려갈 마음이 없는 것처럼 방에 눌러앉았다.

"너 오늘도 여기서 잘 거라고? 집에서는 안 기다려?"
"나도 집에 기다리는 사람 없어. 엄마랑 둘이 살았는데, 우리 엄마 1년 전에 돌아가셨거든."
"아. 미안하다."
"괜찮아. 그래서 나는 종말이 왔을 때 여기서 죽나 집에서 죽나 똑같아. 여긴 사람 없으니까 더 좋을지도 모르겠다."
"그래."

멋쩍어하는 김남우에게 홍혜화가 웃으며 말했다.

"아무것도 잊지 못하는 내 기억력이 늘 싫었는데, 한 가지는 좋더라."

"뭔데?"

"우리 엄마 치매였거든? 근데 다른 건 다 잊어도 나는 절대 잊어버리지 않았어. 양 선생님 말씀으로는 그것도 내 초능력 때문이래. 모든 걸 잊지 못하기도 하지만, 정말로 사랑하는 사람한테서 절대 잊히지 않을 수도 있다는 거야. 태어나서 처음으로 내 초능력에 감사했던 순간이었어. 멋지지?"

"그래, 정말 멋지네."

"나랑 결혼하는 사람은 내가 죽어도 평생 재혼은 못 할 거야. 하하."

홍혜화의 웃음에 김남우도 따라 웃었다.

늦은 저녁, 또다시 홍혜화를 혼자 두고 집으로 내려가던 김남우는 계속 그녀를 생각했다. 그것이 그녀의 초능력 때문인지 고민하면서.

텅 빈 원룸으로 돌아온 김남우는 집이 너무 썰렁하다는 생각에 TV를 틀었다.

[현재까지 밝혀진 운석 대응 플랜은 크게 두 가지입니다. 원래 계획이었던 혜성 유도 폭탄을 완성하고 충돌 36시간 전에 발사하기, 다른 하나는 절대 터지지 않는 초거대 풍선 더미를 대기권에 올려서 피해를

일주일 만에 사랑할 순 없다

최소화하는 방식입니다. 현재 1안의 가능성을 높게 평가하고 있으며, 기술진은 70시간이 넘도록 한숨도 자지 않고 폭탄 완성을 위해 노력하고 있습니다.]

방송을 보던 김남우는 왠지 지구가 멸망하지 않을 것만 같다고 생각했다. 내가 산 복권은 당첨될 것 같은 심리와 비슷하다고나 할까. 김남우는 외출복을 벗는 것도 잊고 화면에 빠져들었다. 인류 모두가 힘을 합치는 모습은 없던 인류애도 피어나게 할 정도로 감동이었다.

[전 세계에서 수많은 시민분들이 선물과 응원 물품을 보내주시고 있습니다. 그분들은 할 수 있는 일이 이런 것밖에 없다고들 하시지만, 그 마음이야말로 가장 큰 힘입니다. 우리는, 인류는 반드시 이겨낼 겁니다.]

지구가 멸망하지 않을 거라고, 김남우는 조금 더 기대하게 되었다.

*

아침 일찍 경찰서로 나온 김남우는 절반 이상의 직원이 나오지 않았단 걸 알았다. 서장은 출근한 직원들을 모아놓고 말했다.

"이제 너희도 그만 나와라. 마지막은 가족과 함께해야지. 그동안 수고했고, 너희와 함께 일할 수 있어서 정말 좋았다."

누구도 이의를 제기하지 않았고 김남우도 받아들였다. 종말 앞에서는 경찰의 본분이 아닌 인간의 도리가 먼저였다.

습관적으로 동네를 한 바퀴 돈 김남우는 사찰로 향했다. 가족이 없는 그에게 갈 곳은 그곳밖에 생각나지 않았다. 그리고 홍혜화를 만났을 때, 솔직하게 고백했다.

"경찰 업무는 오늘로 끝났어. 이제 할 일은 생각이 안 나는데, 양 선생님을 기다리는 일은 할 수 있겠어. 도울게. 그리고 나도 기다리는 사람이 없으니까, 이곳에서 끝을 맞이해도 좋아."

"그래 오빠. 여기 우리 두 사람이 끝까지 먹을 음식은 충분하니까."

홍혜화는 마지막 순간 혼자가 아니라서 다행이라고 했다. 더욱이 같은 방에 조용히 들어앉은 두 사람 사이에 묘한 분위기가 흘렀다. 두 사람은 서로를 여자와 남자로 의식했다. 어색한 기류가 이어지던 중 홍혜화가 말했다.

"오빠는 첫눈에 반한다는 말을 믿어?"

"아니."

"나도 안 믿어. 사람이 사람을 사랑하는 게 첫눈에 가능하단

일주일 만에 사랑할 순 없다

건 말이 안 되는 것 같아. 첫눈에 연애를 하고 싶어질 순 있겠지만, 첫눈에 진짜 사랑할 순 없다고 생각해. 그건 사랑에 대한 모욕이야."

"그래. 나도 동감이다."

"근데 나 계단에서 넘어졌을 때 오빠를 처음 봤잖아? 그때 이상하게 오빠한테서 눈을 뗄 수가 없는 거야."

홍혜화의 솔직한 말에, 김남우도 조금은 솔직해졌다.

"나도 마찬가지야. 첫눈에 반하는 건 모르겠지만, 분명 살면서 처음 느껴본 기분이었어."

"그렇지? 인연이란 게 정말 있나 봐. 근데 너무 늦게 만나서 아쉽네. 이제 겨우 4일 남았는데. 아무것도 할 수 없잖아."

"4일 뒤에 종말이 찾아오지 않을지도 모르지."

"그럴까? 그럼 좋겠네. 정말로 말이야."

"그래. 정말로."

둘은 이미 닮은 미소를 지었다.

*

종말 3일 전. 김남우와 홍혜화는 아침밥을 챙겨 먹고, 치우고, 쉬고, 다시 점심을 준비하기 위해 텃밭에 나왔다.

"양 선생님은 오늘도 안 오실 것 같네."

홍혜화는 고추를 따며 그렇게 말했지만, 딱히 상관없어 보였다. 옆에서 함께 상추를 따는 김남우의 마음도 마찬가지였다.

"어차피 오셔도 늦었지. 둘이서 종말을 넘기느냐 셋이서 종말을 넘기느냐의 차이겠다."
"그러네. 잘 기르신 텃밭 우리가 다 먹었다고 뭐라 하시진 않겠지?"
"싹싹 빌어야지 그럼."

두 사람은 웃으며 점심을 준비했다. 둘은 삼시 세끼를 직접 준비해서 먹는 일 자체가 즐거웠다. 종말을 앞두고 느긋한 시간을 보내는 것, 그리고 그게 척이 아니라 진짜라는 것이 좋았다.
점심을 다 먹고, 치우고, 할 일 없이 편안한 상태에서 김남우가 라디오를 틀었다.

[완벽한 구를 만드는 초능력과 절대 터지지 않는 풍선이 합쳐져서 초경량 신소재 탄두 제작에 들어갔습니다! 혜성 유도 폭탄이 시간 안에 완성될 가능성이 보입니다!]

"와! 정말로 혜성을 막는 걸까?"

"인류는 언제나 답을 찾는구나. 초능력자가 정말 대단하긴 대단하다."

"나도 초능력자지만, 세상에 그런 말도 안 되는 초능력자들이 숨어 있을 줄은 상상도 못 했어."

"그래? 양 선생님께 다른 초능력자들 이야기를 들은 적은 없었어?"

"말을 안 해주셨어. 그들이 세상에 드러나서 좋을 게 없다고 말이야. 또 간혹 자신의 초능력을 모르는 사람도 있는데, 그냥 평범하게 사는 게 더 행복한 일이라고도 하셨어."

"그럴 수도 있겠네. 그분도 예사롭지 않구나."

"양 선생님이 초능력자를 어떻게 알아보는지 물어봤거든? 선생님은 몇만 명의 사람 속에서도 혼자 빛나는 사람이 보인대. 그 사람을 가만히 쳐다보면 점점 새하얗게 변하면서 오직 특별함만 남는대. 그러면 그 사람의 능력이 머리로 이해된다고, 신기하지?"

"신기하네. 그 정도면 살면서 한두 명 본 게 아닐 것 같다."

"그럴까?"

한동안 대화하던 둘은 저녁을 준비하고, 먹고, 치우고, 다시 편안히 쉬었다. 아무 놀 거리가 없는 산속이었지만, 대화만으로도 시간은 즐겁게 흘렀다.

둘은 안녕히 잠을 청하고, 다시 일찍 일어나 아침을 준비했다. 오래전부터 그래 왔던 것처럼 둘의 모습은 자연스러웠다. 양 선

생님이 아껴둔 차를 꺼내 마시며 웃고, 고장 난 서랍을 같이 고
치고, 길 없는 산길을 산책하며 보냈다.

　홍혜화는 김남우를 등지고 말했다.

　"만약 시간만 있었으면 오빠랑 나랑 분명 사귀었을 거야. 어
쩌면 결혼했을지도 모르겠다."

　김남우는 그 말에 잠깐 놀랐지만, 고개를 끄덕였다.

　"그랬을까? 그러면 우리, 지구가 종말하지 않으면 사귀는 걸
로 할까?"
　"아! 그럴까? 종말일부터 1일. 멋지다."

　두 사람은 웃으며 아직 사귀지 않는 이 모호한 관계를 즐기기
로 했다. 다만, 그 즐거움은 딱 다음 날 저녁까지였다. 저녁밥을
먹고 라디오를 튼 그들의 귀에 허탈한 소식이 들려왔다.

　[이런 소식을 전해드리게 되어서 정말 참담한 심정입니다. 혜성 계
획은 모두 실패입니다. 어떤 방법으로도 혜성은 막을 수 없습니다. 지
구의 마지막 하루를 사랑하는 이들과 함께하시길 기원합니다.]

　인류를 절망케 하는 소식이었다. 김남우와 홍혜화도 허탈한
얼굴로 한동안 말을 잇지 못했다. 소식을 전하던 방송마저 노이

즈로 바뀐 뒤, 홍혜화가 침묵을 깼다.

"아쉽지만, 우리 연애는 시작도 못 하겠네."
"그래. 어쩌면 그게 잘된 걸지도 몰라."
"왜?"

홍혜화가 정말 궁금해하는 얼굴로 물어보자, 김남우는 마치 변명하듯 말했다.

"살면서 이렇게 쉽게 마음이 움직인 적이 없었어. 종말이 오지 않았어도, 내 마음이 지금과 같았을까? 고작 일주일 만에 사랑에 빠진다는 건 믿을 수 없는 일이잖아."
"날 사랑해?"

김남우는 그렇다고 대답하지 못했다.

"오빠의 지금 그 표정 난 영원히 못 잊을 텐데."

김남우는 홍혜화의 씁쓸한 얼굴을 쳐다보지 못했다. 지난 며칠간 한시도 대화가 끊어지지 않던 둘 사이에 무거운 침묵이 흘렀다. 아무 말 없이 일어난 홍혜화가 방문을 열고 나섰다. 김남우는 굳은 얼굴로 돌처럼 그 자리에 못 박혔다. 그 순간, 밖에서 홍혜화의 커다란 외침이 들렸다.

"양 선생님!"

"뭐?"

깜짝 놀란 김남우가 황급히 밖으로 뛰쳐나갔다. 중년 사내가 대문을 열고 들어오고 있었다. 홍혜화가 반가운 얼굴로 그를 맞으려 했지만, 그는 홍혜화를 보지도 않았다. 그는 부릅뜬 눈으로 김남우를 향해 달렸다.

"당신! 여기 있었던 거야!"

"예?"

영문 모를 표정의 김남우에게 달려든 양 선생은 버럭 외쳤다.

"내가 당신을 얼마나 찾아다녔는지 알아! 이 시간 초능력자야!"

홍혜화와 김남우의 얼굴이 일순간 멍해졌다.

*

방 안에 마주 앉은 세 사람, 김남우와 홍혜화는 믿을 수 없는 얼굴로 양 선생을 바라보았다. 찬물을 벌컥벌컥 마시고 진정한 양 선생은 김남우를 바라보며 말했다.

"작년에 시내에서 우연히 자네를 본 적이 있어. 그때 자네가
초능력자라는 걸 알게 되었지만, 사실을 모르는 자네에게 굳이
알려주지 않았어."

"제가 초능력자?"

"살면서 하루가 완전히 사라진 날이 있지 않나? 사고로 기절
했다가 일어났을 때 24시간이 통째로 날아간 적이 없느냐는 말
이야."

"그건….."

미간을 찌푸리던 김남우는 곧, 눈을 크게 떴다.

"아! 3년 전에 유도 대련 중 머리를 크게 박은 날에….."

"그런 날들이 살면서 몇 번 있었을 거야. 그날이 자네의 타임
포인트야. 자네는 그날로 시간을 되돌릴 수 있는 초능력자야."

"무슨 그런…!"

믿을 수 없어 하는 김남우를 개의치 않고 양 선생은 심각하게
말했다.

"일주일 전에 혜성 유도 폭탄이 실패라는 뉴스를 들었을 때,
자네가 떠올랐어. 시간을 되돌리는 자네의 초능력이 말이야. 그

래서 자네를 찾기 위해 산에서 내려갔지. 일주일 동안 온통 자네를 찾아 돌아다녔지만 찾지 못했어. 그런데 여기에 와 있었다니? 이거 참 정말이지!"

"아니, 제가 그런 초능력자라는 게 무슨 말씀이신지 저는 도대체 모르겠습니다."

"자네는 잃어버린 그날로 돌아가고 싶다고 염원하면 그날로 시간을 되돌릴 수 있어. 지구의 종말을 앞둔 지금, 오직 자네의 초능력만이 종말을 멈출 수 있단 말이야! 늦지 않게 자네를 찾을 수 있어서 얼마나 다행인지 몰라."

김남우는 도저히 믿을 수 없었지만, 홍혜화가 옆에서 너무 기뻐했다.

"정말 잘됐다! 오빠의 초능력이 지구를 구할 열쇠였다니!"
"말도 안 되는 소리! 내가 어떻게 지구를 구해?"
"시간을 되돌리는 초능력이라면 당연히 구할 수 있지!"

흥분하는 홍혜화에게 김남우가 뭐라고 말하기 직전, 양 선생이 대답을 가로챘다.

"맞아. 자네는 지구를 구할 수 없어."
"예?"
"네?"

　　　　　　　　　일주일 만에 사랑할 순 없다

홍혜화는 물론 김남우도 놀라 그를 돌아보았다. 양 선생은 말했다.

"혜성 유도 폭탄은 단 일주일이 모자라서 실패했어. 만약 자네가 3년 전으로 돌아가서 혜성을 일찍 발견하는 일이 생긴다면 지구를 구할 수도 있겠지."

"그렇죠!"

"하지만 자네의 초능력은 시간을 되돌리는 것이지, 시간 여행이 아니야."

"네?"

"쉽게 말해서, 지금의 자네가 3년 전으로 가는 게 아니라, 자네가 3년 전으로 되감기 되는 거라고. 당연히 혜성 같은 건 까맣게 모르겠지."

"아!"

홍혜화는 울상이 됐다.

"그럴 수가!"

"하지만 그래도 그게 최선이야. 내일 종말을 맞이하는 것보다는, 그래도 그게 최선이야."

양 선생의 설명은 허탈했지만, 틀린 말은 아니었다. 그는 김남우를 바라보며 말했다.

"시간이 없어. 방법을 알려주겠네. 3년 전으로 시간을 되돌리고 싶다고 강하게 염원하면서, 머리에 강한 충격을 주면 돼. 지금 해야 돼. 혜성이 지구와 충돌하기 전에 말이야."

김남우는 심각하게 고민하다가 물었다.

"그게 정말입니까? 정말로 제가 초능력자란 말입니까?"
"맹세하고, 모두 다 정말이네. 어차피 내일이 종말인데 내가 이런 장난을 칠 이유가 있겠는가?"

복잡한 표정을 한 김남우는 자리에서 일어나 밖으로 나섰다.

"시간이 없네! 혜성이 언제 도착할지 몰라!"

김남우는 양 선생의 외침을 뒤로하고 마당을 빠져나왔다. 차가운 밤공기 속을 걸으며 그는 생각했다. 내가 초능력자라고? 3년 전으로 시간을 되돌릴 수 있다고? 지구를, 사람들을, 그 모두가 죽지 않도록 할 수 있다고?
산속에 멈춰 선 김남우는 검은 하늘을 올려다보았다. 허리로 향한 그의 손에 차가운 감촉이 느껴졌다. 권총이다.

일주일 만에 사랑할 순 없다

"머리에 강한 충격을 주면서 염원하면….”

김남우는 심각한 얼굴로 총을 만지작거렸다. 양 선생의 말이 사실일 거라는 생각이 들면서도 어떻게 해야 할지 몰랐다. 한참을 고민하고 있을 때, 작은 목소리가 들려왔다.

"오빠.”

돌아선 김남우 앞에 홍혜화가 섰다. 그녀가 무슨 말을 하기도 전, 김남우가 부지불식간에 말했다.

"시간을 3년 전으로 되돌릴 거야.”

홍혜화는 고개를 끄덕였다. 김남우는 그녀의 얼굴을 똑바로 바라보며 말했다.

"결국에는 혜성을 막을 수 없으니까 무의미한 일일지도 모르겠지만, 난 네가 죽는 게 싫다.”

그는 허리춤에서 총을 꺼냈고, 홍혜화의 눈이 휘둥그레졌다.

"오빠 그건!”
"양 선생님은 거짓말을 하지 않지? 그분의 말은 진짜지?”

"그렇지만… 죽을 필요까진 없잖아."

"죽는 게 아니라 하루를 덜 살아서 미래를 가져오는 거야."

김남우는 담담한 얼굴로 총구를 머리로 옮겼다. 한데 그 순간, 홍혜화가 안기며 키스했다. 김남우의 놀람이 자연스러움으로 바뀌고, 짧지만 긴 시간이 흘렀다. 뒤로 한 발 물러난 홍혜화는 김남우의 흔들리는 두 눈을 바라보며 말했다.

"난 첫눈에 반한다는 말을 믿지 않아. 일주일 만에 진짜 사랑에 빠질 수 있다고는 더 믿지 않아."

"뭐…?"

당황하는 빛이 역력한 김남우를 향해 홍혜화가 말했다.

"그런데 오빠, 우리가 정말 처음 만난 걸까?"

"무슨… 말이야?"

"오빠가 시간을 되돌려도 우린 3년 뒤에 다시 만날 거야. 그럼, 오빠가 시간을 되돌리려는 게 이번이 처음일까?"

"아!"

"처음이 아니라면, 오빠랑 나는 얼마나 만난 걸까? 14일? 21일? 어쩌면 1년? 어쩌면 10년? 수백 수천 년?"

두 눈을 부릅뜬 김남우를 향해 홍혜화가 눈시울을 붉히며 미소를 지었다.

　"그날 오빠를 만났을 때 첫눈에 좋았어. 지난 일주일 사이에 점점 더 좋아졌고. 분명하게 말하지만 그건 종말 때문이 아니야. 내 마음이 계속 오빠를 향해 가기 때문이야. 왜냐면, 내 초능력은 절대 잊지 않는 거니까. 그리고 진정으로 사랑하는 사람한테서 절대 잊히지 않는 거니까."

　"절대… 잊히지 않는…."

　"아직 모자랄지 몰라. 일주일이 모자란다면 일주일 더, 그 일주일도 모자란다면 일주일을 더. 오빠가 나를 절대로 잊지 못할 때까지, 시공간을 넘어서도 절대 잊지 못할 때까지."

　말없이 홍혜화를 바라보던 김남우는 총구를 머리로 옮겼다. 그는 마지막으로 말했다.

　"종말이 없었어도, 난 널 사랑했을 거야."

　탕….

　총성이 산속 가득히 울렸다.

*

[억울하고 원통합니다! 혜성 유도 폭탄의 개발 가능성은 검증되었지만, 최종 계획은 실패로 돌아갔습니다. 어떻게 계산해도 완성 시간이 부족합니다. 시간이 일주일만 더 있었다면, 일주일만 일찍 혜성을 발견했더라면!]

"으아앙! 죽기 싫어!"

[전 세계에 숨어 있는 초능력자 여러분! 정체를 드러내주십시오! 우리가 모여서 지구를 구할 방법을 찾아봅시다! 세상으로 나와주십시오!]

"꺄아악!"
"무슨 일이십니까!"

"어, 오빠."
"다리는 괜찮아? 나 지금 계단인데 못 움직일 것 같으면 내가 올라갈게."
"괜찮긴 한데, 올라와서 같이 밥 먹을까? 밥 올린 거 방금 다 됐는데."
"그래?"

"아무것도 잊지 못하는 내 기억력이 늘 싫었는데, 한 가지는

40   일주일 만에 사랑할 순 없다

좋더라."

"뭔데?"

"우리 엄마 치매였거든? 근데 다른 건 다 잊어도 나는 절대 잊어버리지 않았어. 양 선생님 말씀으로는 그것도 내 초능력 때문이래. 모든 걸 잊지 못하기도 하지만, 정말로 사랑하는 사람한테서 절대 잊히지 않을 수도 있다는 거야. 태어나서 처음으로 내초능력에 감사했던 순간이었어. 멋지지?"

"그래, 정말 멋지네."

"나랑 결혼하는 사람은 내가 죽어도 평생 재혼은 못 할 거야. 하하."

[전 세계에서 수많은 시민분들이 선물과 응원 물품을 보내주시고 있습니다. 그분들은 할 수 있는 일이 이런 것밖에 없다고들 하시지만, 그 마음이야말로 가장 큰 힘입니다. 우리는, 인류는 반드시 이겨낼 겁니다.]

"이제 너희도 그만 나와라. 마지막은 가족과 함께해야지. 그동안 수고했고, 너희와 함께 일할 수 있어서 정말 좋았다."

"오빠는 첫눈에 반한다는 말을 믿어?"

"아니."

"나도 안 믿어. 사람이 사람을 사랑하는 게 첫눈에 가능하단 건 말이 안 되는 것 같아. 첫눈에 연애를 하고 싶어질 순 있겠지만, 첫눈에 진짜 사랑할 순 없다고 생각해. 그건 사랑에 대한 모욕이야."

"만약 시간만 있었으면 오빠랑 나랑 분명 사귀었을 거야. 어쩌면 결혼했을지도 모르겠다."

"그랬을까? 그러면 우리, 지구가 종말하지 않으면 사귀는 걸로 할까?"

"아! 그럴까? 종말일부터 1일. 멋지다."

[이런 소식을 전해드리게 되어서 정말 참담한 심정입니다. 혜성 계획은 모두 실패입니다. 어떤 방법으로도 혜성은 막을 수 없습니다. 지구의 마지막 하루를 사랑하는 이들과 함께하시길 기원합니다.]

"살면서 이렇게 쉽게 마음이 움직인 적이 없었어. 종말이 오지 않았어도, 내 마음이 지금과 같았을까? 고작 일주일 만에 사랑에 빠진다는 건 믿을 수 없는 일이잖아."

"당신 여기 있었던 거야! 내가 당신을 얼마나 찾아다녔는지 알아! 이 시간 초능력자야!"

"난 첫눈에 반한다는 말을 믿지 않아. 일주일 만에 진짜 사랑에 빠질 수 있다고는 더 믿지 않아. 그런데 오빠, 우리가 정말 처음 만난 걸까?"

일주일 만에 사랑할 순 없다

"그날 오빠를 만났을 때 첫눈에 좋았어. 지난 일주일 사이에 점점 더 좋아졌고. 분명하게 말하지만 그건 종말 때문이 아니야. 내 마음이 계속 오빠를 향해 가기 때문이야. 왜냐면, 내 초능력은 절대 잊지 않는 거니까. 그리고 진정으로 사랑하는 사람한테서 절대 잊히지 않는 거니까."

"종말이 없었어도, 난 널 사랑했을 거야."

*

[억울하고 원통합니다! 혜성 유도 폭탄의 개발 가능성은 검증되었지만, 최종 계획은 실패로 돌아갔습니다. 어떻게 계산해도 완성 시간이 부족합니다. 시간이 일주일만 더 있었다면, 일주일만 일찍 혜성을 발견했더라면!]

[전 세계에 숨어 있는 초능력자 여러분! 정체를 드러내주십시오! 우리가 모여서 지구를 구할 방법을 찾아봅시다! 세상으로 나와주십시오!]

"꺄아악!"
"무슨 일이십니까!"

"우리 엄마 치매였거든? 근데 다른 건 다 잊어도 나는 절대 잊어버리지 않았어. 양 선생님 말씀으로는 그것도 내 초능력 때문이래. 모든 걸 잊지 못하기도 하지만, 정말로 사랑하는 사람한테서 절대 잊히지 않을 수도 있다는 거야. 태어나서 처음으로 내 초능력에 감사했던 순간이었어. 멋지지?"

"사람이 사람을 사랑하는 게 첫눈에 가능하단 건 말이 안 되는 것 같아. 첫눈에 연애를 하고 싶어질 순 있겠지만, 첫눈에 진짜 사랑할 순 없다고 생각해. 그건 사랑에 대한 모욕이야."

"종말일부터 1일. 멋지다."

[이런 소식을 전해드리게 되어서 정말 참담한 심정입니다. 혜성 계획은 모두 실패입니다. 어떤 방법으로도 혜성은 막을 수 없습니다. 지구의 마지막 하루를 사랑하는 이들과 함께하시길 기원합니다.]

"시간을 3년 전으로 되돌릴 거야. 결국에는 혜성을 막을 수 없으니까 무의미한 일일지도 모르겠지만, 난 네가 죽는 게 싫다."

"오빠가 시간을 되돌려도 우린 3년 뒤에 다시 만날 거야. 그럼, 오빠가 시간을 되돌리려는 게 이번이 처음일까? 처음이 아니라면, 오빠랑 나는 얼마나 만난 걸까? 14일? 21일? 어쩌면 1년? 어쩌면 10년? 수백 수천 년?"

"종말이 없었어도, 난 널 사랑했을 거야."

일주일 만에 사랑할 순 없다

*

"오빠랑 나는 얼마나 만난 걸까? 14일? 21일? 어쩌면 1년? 어쩌면 10년? 수백 수천 년?"

"종말이 없었어도, 난 널 사랑했을 거야."

*

"종말이 없었어도, 난 널 사랑했을 거야."

*

"남우야! 정신이 드냐? 남우야!"

유도복을 입은 김남우는 눈을 떴다. 그는 멍하니 유도장 천장을 바라보다가 천천히 상체를 일으켰다. 그는 자신을 붙잡고 흔드는 선배를 보며 말했다.

"운석이 와 선배. 운석이 오고 있어."
"뭐? 이 자식 갑자기 무슨 말이야? 머리 다친 거 아니야?"

김남우는 벌떡 일어나 유도장을 나섰다.

"야! 어디 가? 야! 남우야!"

김남우는 달렸다. 전력으로 도착한 중앙도서관에서, 그는 홍혜화를 찾았다.

"혜화야!"

김남우의 부름에 뒤를 돌아본 홍혜화가 의아해하는 얼굴로 되물었다.

"네? 누구세요?"

김남우는 붉어진 눈시울로 그녀에게 다가와 섰다.

"제가 지금부터 도저히 믿지 못하실 이야기를 하려고 합니다. 제 말은 하나도 잊지 않으시겠죠."
"네? 아!"
"말씀드릴 이야기의 결말을 먼저 스포일러하자면….

김남우는 눈물겹게 웃으며 말했다.

"세상이 끝나도 전 당신을 사랑할 겁니다."

개연성 있는 이야기

당신, 이 이야기를 믿지 못하겠지만 정말이야. 그리고 난 이걸 어떻게 해야 할지 모르겠어. 어떻게 해야 할까? 환자의 상담 내용을 절대 공개하지 않기로 맹세했지만, 이것만은 어쩔 수 없어. 한번 들어봐.

그 남자를 A라고 할게. 나를 찾아온 A는 한눈에 보아도 수척해 보였어. 눈 밑의 다크서클이 장난 아니었지. 그는 말했어.

'잠을 못 자서 그렇습니다…. 선생님, 저는 매일 이어지는 꿈을 꾸고 있습니다.'
'네? 무슨 말씀이십니까?'
'제 꿈이 연속으로 매일 이어진다고요.'

난 그 이야기를 듣고 저승사자 이야기가 떠올랐어. 첫날에 저 승사자가 마을 입구에 있는 꿈을 꾸고, 둘째 날에 동네 골목에 있는 꿈을 꾸고, 셋째 날에 현관문 앞에 있는 꿈을 꾸고, 넷째 날에 방문 앞에 있는 꿈을 꾸고, 마지막 날에 머리맡에 있는 저승사자의 꿈을 꾸면서 죽는다는 이야기 말이야. 당신도 알지?

남자는 덤덤하게 이야기를 시작했어.

'꿈속에서 저는 이름 모를 도시에 있습니다. 그리고 동쪽 멀리서 죽음이 저를 쫓아오는 게 느껴지죠. 저는 온 힘을 다해 서쪽으로 달아나다가 꿈에서 깹니다. 처음에 이 꿈을 꾸었을 땐 단순히 악몽이라고 생각했지만, 그 꿈이 계속 이어졌습니다. 상식적으로 이해할 수 없기에 상식적으로 이해할 수 없는 결과가 일어날 거라고 생각했습니다. 잡히면 진짜로 죽는다는 생각 말입니다.'

그의 말이 거짓이라고 하기에는 너무 진지했어. 매일 꿈이 이어진다는 환자는 본 적이 없었기 때문에 나도 긴장했지.

'말 그대로 사신이 쫓아오는 꿈이군요. 그런 꿈을 꾼 지가 얼마나 됩니까?'

'한 달이 넘었습니다.'

'한 달 넘게 그럼 도망 다니신 겁니까? 잡힌… 적은 없겠군요. 서쪽으로 계속 도망치는 꿈입니까?'

'그렇습니다. 꿈속에서 저는 온 힘을 다해 도시의 서쪽으로 도망칩니다. 쉽지 않은 일입니다. 끝이 안 보이는 그 도시는 사람들이 살고 있으니까요. 급하게 달리다가 깡패와 부딪혀 시비가 일어나는 일도 있고, 매력적인 여인이 붙잡고 놓아주지 않으려는 일도 있습니다. 경찰에게 수상하다며 검문을 당하기도 하고, 시위대의 행렬에 막혀 제대로 도망치지 못하기도 합니다. 담을 넘어야 할 때도, 좁은 하수구를 지나야 할 때도, 거친 가시 장미 공원을 통과해야 할 때도 있습니다. 그렇게 지체되는 사이에도 죽음은 점점 제게로 다가옵니다. 전 그 '도시'를 온 힘을 다해 뿌리치며 서쪽으로, 서쪽으로 끝없이 도망치는 겁니다. 꿈을 꿀 때마다 말입니다.'

몹시 지쳐 보이는 그에게 해줄 말이 떠오르질 않았어. 신경성에 불과할 수 있으니 한번 잡혀보라고 할 수도 없는 노릇이니까. 한데, 그는 애초에 해결법을 기대하고 찾아온 게 아니었어.

'제가 걱정하는 건, 필름이 끊긴다는 겁니다.'
'그게 어떤 의미입니까?'
'죽음이 다가오는 속도는 일정합니다. 온 힘을 다해서 서쪽으로 도망치면 거리를 크게 벌릴 수 있습니다. 문제는, 꿈을 안 꾸는 날이 있다는 겁니다.'
'그게 왜 문제가 됩니까?'
'제가 꿈을 꾸지 않아도 죽음은 움직이기 때문입니다. 열심히 도망쳐서 큰 거리를 벌려놓았는데 꿈을 하루 안 꾸게 되면, 그다음 날에는 죽음과 거리가 가까워져 있습니다. 게다가 꿈을 꾸지 않은 그 하루에 꿈속의 제가 도대체 무슨 짓을 저지르는지, 지독한 숙취에 시달릴 때도 있고, 어딘가 다쳐 있을 때도 있고, 술집 여인과 침대에서 일어날 때도 있습니다. 그런 몸으로 깨어나자마자 저는 죽음에게서 도망쳐야 하는 겁니다. 또 기껏 도망쳤다가도, 다시 꿈을 하루 안 꾸면 도루묵이 됩니다.'

'허허.'

'그 꿈을 해결하는 건 바라지도 않습니다. 그저 제가 매일 꿈을 꾸게 해주실 순 없습니까? 그런 방법은 없겠습니까?'

안타깝지만, 난 그에게 해줄 수 있는 게 없었어. 그가 실망하며 돌아간 뒤에도 난 그를 잊을 수 없었지. 그런 증상의 환자는 평생 처음이었으니까.

가끔 생각날 때마다 궁금했었는데, 얼마 전에 난 깜짝 놀라고 말았어.

지금부터 말하는 환자를 B라고 부를게. B가 이런 상담을 하는 거야.

'제가 매일 이어지는 꿈을 꿉니다. 죽음이 저를 쫓아오고 있는 꿈이죠.'

개연성 있는 이야기

그런 특이한 증상을 가진 환자를 또 만나게 되다니, 정말 얼마나 놀랐겠어 내가? 근데 더 놀라운 게 뭔 줄 알아?

'그 죽음이 저를 잡으면 죽을 걸 알고 있기 때문에, 꿈속에서 저는 자포자기가 됩니다. 어차피 죽을 거라면 억눌림을 다 풀어버리자고 말입니다. 흥청망청 술을 마시거나, 술집 여자와 자거나, 시비를 걸어서 싸우기도 하고 멀쩡히 주차된 차를 부숴버리기도 하죠. 현실에서는 상상도 못 할 일들을 마구잡이로 저지르며 스트레스를 해소합니다. 그러는 동안 죽음은 점점 다가오고, 죽음을 앞두며 잠에서 깨는 겁니다.'

난 설마 싶었지.

'그 똑같은 꿈을 매일 꾸는 겁니까?'
'매일은 아니고… 하지만 똑같은 꿈이 이어진다는 건 확실합니다. 도시에서 사귄 사람을 또 만나기도 하니까요. 근데 이상한 건, 그렇게 흥청망청 놀다가 하루 이틀 꿈을 안 꾸고 다시 꿈이 시작됐을 땐 제가 도시의 다른 곳에서 깨어난다는 겁니다. 보면 죽음과의 거리도 멀어져 있죠.'

이게 무슨 말인지 알겠어? 매일 이어지는 꿈을 두 명이 분담해서 릴레이로 꾸고 있다는 거야.

'왜 다시 죽음과 멀어진 곳에 제가 서 있는지는 모르겠지만, 그래도 죽음의 공포는 여전합니다. 저는 다시 자포자기로 흥청 망청 스트레스를 해소합니다.'

'아니 도대체 어떻게 이런….'

'네. 저도 신기하지만, 거짓말이 아닙니다. 꿈속에서 막살다 가, 다시 멀리 떨어진 곳에서 깨어나고, 다시 막살기를 반복하 죠. 묘하게 균형이 맞는다고 할까요? 솔직히 말하면, 꿈속에서 그렇게 스트레스를 해소하는 것이 참 좋습니다.'

확실히 B의 밝음이 A와는 질적으로 달랐어. 그의 목적도 달 랐지.

'이 꿈을 더 많이 꾸고 싶은데, 방법이 있을까요?'

난 별다른 소견 없이 B를 보낸 뒤, 머리가 복잡해졌어. 일단 이 신기한 현상을 사실이라고 인정한다 치고 말이야, 두 사람의 대응이 너무 다르잖아?

A는 겁이 나서 끝없이 서쪽으로 도망치고, B는 자포자기해서 흥청망청 스트레스를 해소하는데. 만약 두 사람의 꿈이 평생 이 어진다고 생각해봐. 사실상 A가 평생 애써서 벌려놓은 거리를, B가 평생 놀면서 버리는 거 아니야?

A에게만 너무 억울한 일이잖아! 안 그래? 그래서 내 고민은 그거야. 두 사람이 서로 같은 꿈을 꾸고 공유하고 있다는 걸 알

려줘야 하는 걸까? 알아.

　물론 난 절대 환자의 상담 내용을 누설하지 않기로 맹세했지. 하지만 이건 너무하잖아? 보통 직장에서도 말이야, 항상 일하는 놈 따로 있고, 노는 놈 따로 있거든? 같은 월급 받으면서 말이야. 그게 얼마나 짜증 나는지 당신도 알지?

　당신 생각은 어때? 도저히 혼자서는 결정을 내릴 수 없어서 당신에게만 솔직히 물어보는 거야. 내가 어떻게 하는 게 맞는 걸까?

　아니다, 말하면서 생각이 정리됐어. 이건 역시 말해주는 게 맞아! 어차피 당신에게도 누설한 판에. 좋아, 내일 연락해야겠어.

*

　내가 전에 말한 꿈꾸는 양반들 알지? 내가 둘을 동시에 불러서 말했어. 두 사람은 깜짝 놀랐지만, 금세 받아들이더라고. 하긴, 그렇게 신기한 일을 겪고 있는 사람들이니까 충분히 믿을 수 있었겠지.

　이야기를 들은 A는 몹시 흥분했어.

　'어쩐지! 내가 아무리 도망쳐도 다시 거리가 줄어든다 했어! 당신이 다 말아먹은 거야!'

B는 사과했어.

'몰랐습니다. 변명이겠지만, 저도 몰랐으니까 그랬던 겁니다.'
'내가 그동안 얼마나 개고생을 한 줄 알아? 당신이 놀고먹을 때 난 말이야!'

A의 말을 듣다 보니, 내가 그들에게 사실을 밝히길 정말 잘했더라고.

'알아? 이제 더 못 버티고 포기하려 했었다고!'
'어쩐지, 죽음의 거리가 점점 가깝다 했습니다. 신경 쓰여서 제대로 놀기가 힘들 정도였는데….'
'그게 지금 할 말이야?'
'아고, 지금부터는 저도 제대로 하겠습니다. 죄송합니다.'

내가 나설 것도 없이 둘이서 합의를 하더라. 이제 B도 꿈을 꾸면 서쪽으로 도망치고, A는 좀 쉬엄쉬엄 가기로 하고. 서로 연락처를 교환하더니 결국 그렇게 갔어.
역시, 말하길 잘했어. 나름의 해결이 된 거잖아? 이제 A만 억울할 일은 없어진 거야. 여유가 있겠지.

*

    당신, 전에 말한 그 꿈꾸는 남자들 있잖아. 내가 실수했나 봐. 며칠 전에 A가 찾아왔어.

    처음엔 둘이서 같이 도망쳤다는데, 어느 순간부터 다시 B가 놀더라는 거야. 화가 난 A가 연락했더니 하는 말이.

    '그동안 꽤 멀리 도망쳐서 죽음하고 거리가 이렇게나 남아도는데, 이젠 좀 놀아도 되지 않겠습니까? 억울하면 당신도 좀 노십시오.'

    A는 화가 났지만, B가 자기 맘대로 그러는 걸 강제할 방법이 없었어. 애초에 둘은 성향의 차이가 있었던 거야. A는 B처럼 자포자기하고 놀 수 없는 사람이었거든. 결국, 둘은 원래대로 돌아갔어. A는 죽어라 도망치고, B는 스트레스를 해소하며 놀았지.

    내가 B에게 연락해봤지만 소용이 없었어. A가 차라리 몰랐으면 덜 억울했을 거라고 날 원망하는데 할 말이 없었어. 어휴. 이놈의 세상은 왜 이렇게 이기적인 놈들만 편하게 사는 건지!

    왜 늘 성실하고 착한 사람들이 손해를 봐야 해? 이건 아니지 않아?

*

　당신! 기가 막힌 아이디어가 떠올랐는데, 당신의 도움이 필요해! 오늘 나랑 같이 병원에 가자.
　내가 오늘 A와 B에게 병원으로 찾아오라고 했거든? 그때 당신도 환자인 척 내 옆에서 연기해줘. 그러면 내가 이렇게 당신을 소개할게.

　'이분도 매일 밤 이어지는 꿈을 꾼답니다. 놀라지 마십시오. 이분은 꿈속에서 죽음입니다. 꿈속에서 한 남자를 죽이려는 마음에 가득 차 있답니다. 이성이 찾아지지 않는 와중에도 필사적으로 그 살인 충동을 억제하기 위해서 노력하는데, 문제는 그 남자가 도망치지 않고 놀 때랍니다. 무시당한다는 생각이 강하게 들면서 살의가 들끓는답니다.'

　어때? 당신은 이 한마디만 해주면 돼.

　'만약 제가 더는 충동을 참지 못하고 그를 죽이는 날이 온다면, 분명 그가 저를 무시하고 놀 때일 겁니다.'

　그러면 B는 두려움에 더는 혼자 놀진 못할 거야. 어때? 기가 막힌 아이디어 아니야? 안 그래?

"재밌는 생각이네. 근데 당신은 도대체 누구한테 말하는 거야? 시끄러워 죽겠네 정말."

응? 누구라니?

"이상하다고 생각한 적 없어? 당신은 누구한테 이야기하는 거고, 왜 그런 이야기만 하는 거고, 왜 그들을 그렇게 신경 쓰는지. 당신, 그들 말고 다른 환자가 기억이 나긴 해? 아니, 다른 환자를 알긴 해? 당신 직업이 뭔데?"

그야… 아니, 갑자기 무슨 말이야?

"그 남자들의 이야기 말이야. 현실적으로 너무 말이 안 되는 이야기잖아. 내가 그 이야기를 개연성 있게 바꿔볼까?"

뭐?

"이상하잖아. 두 남자가 현실에서는 각각 따로 두 명인데, 왜 꿈속에서는 한 명의 몸을 번갈아 가며 조종하지?"

그건 분명 이상하긴 하지만….

"어쩌면… 반대로 된 게 아닐까? 꿈속에서 한 명인 것이 진짜 현실이고, 지금 이 현실은 그 한 몸의 인격이 나뉜 의식의 세계라고 말이야."

무슨…. 뭐라고? 이 세상이 진짜가 아니라고?

"그래. 이것이 더 현실성 있는 이야기잖아. 그리고 내 예상이 맞는다면 '그'를 쫓는 죽음은, 그의 여러 인격을 하나로 통합하기 위한 어떤 의료적 행위일 거야. 그렇다면 머지않아 우리 차례도 오겠지."

…그럼 우린 어떡해?

"딴 건 모르겠고, 제발 좀 조용히 해 줘. 그들의 꿈 이야기 같은 건 궁금하지도 않으니까."

네 명의 소원

안개 너머 드디어 산장이 보인다. 여기가 어디인지, 내가 왜 이곳에 왔는지, 난 누구인지, 아무것도 기억나지 않는다. 단 하나, 산장에 가야 한다는 일념만이 내 발걸음을 옮긴다.

산장 안에 들어섰을 때, 나를 돌아보는 세 사람이 눈에 들어왔다. 직감했다. 저들도 역시 나와 같은 이유로 이곳에 모였구나.

젊은 남자, 젊은 여자, 그리고 중년 남성. 초면임에도 난 자연스럽게 그들과 합류했고, 나를 본 중년 남자가 바로 물었다.

"전화기나 지갑 같은 건?"

"없습니다."

"역시."

통성명은 할 수 없었다. 아무 기억이 안 나니까. 그들도 이곳에 들어온 지 얼마 안 되어 당황하는 듯 보였는데, 아무도 소파에 앉지 않고 서 있다는 점에서 그랬다.

"뭔지 모르겠지만 좀 앉아서 기다립시다."

내가 운을 떼며 먼저 소파에 앉자, 다른 셋도 뒤이어 앉았다. 그러나 얼마 안 가 자리에서 일어나야 했다. 드디어 산장 주인이 나타났기 때문이다.

"안녕하십니까? 여러분들 모두 잘 모이셨군요. 기억을 잃은 채 말입니다."

깔끔한 양복 차림을 한 산장 주인은 반달 눈웃음을 지으며 우리에게 다가왔다. 그는 벽시계를 가리키며 앉아 있기를 권했다.

"아직 결정하기까지 한 시간 정도 여유가 있으니까 좀 쉬시죠. 설명도 들으셔야 하고."

산장 주인까지 다섯 명이 소파에 앉았을 때, 주인은 설명을 시작했다.

"여러분은 지금 안개를 통과하면서 모든 기억을 잃은 상태입

　　　　　　　　　　　　　　　　　네 명의 소원

니다. 하지만 걱정하실 필요는 없습니다. 모든 기억은 나갈 때 되돌아올 테니까요. 그리고 지금도 한 가지 느낌은 분명하시지요? 여러분이 여기에 온 목적 말입니다. '소원'을 들어주기 때문이란 거."

우리 넷 모두가 그건 느꼈다. 중년 남성이 질문을 하려 했지만, 산장 주인은 일단 설명을 마무리하겠다며 계속 말을 이어나갔다.

"여러분은 각각 한 가지 소원을 비셨고, 그 소원을 이루는 방식은 간단합니다. 저기 저쪽에 보이는 네 개의 방 중 하나에 들어가면 됩니다."

고개를 돌린 그곳에 1호실, 2호실, 3호실, 4호실의 방이 존재했다.

"저 네 방의 소원은 모두 다르고, 방마다 선착순 한 명의 소원만 이루어집니다. 그럼, 여기서 재밌는 건 뭐냐?"

주인의 입꼬리가 길게 올라갔다.

"여러분은 지금 본인의 소원이 뭔지 모른다는 겁니다. 말하자면 여러분이 자기 소원 대신 남의 소원을 이루고 돌아갈 수도 있단 거죠."

우리 모두 표정이 굳었지만, 주인에게 항의하는 이는 없었다. 그게 당연하다는 듯 주인은 말했다.

"여러분도 동의하신 내용이니까 말입니다. 그만큼 간절하셨으니까 그런 거지만. 자! 그럼 이제 여러분이 빌었던 소원들이 무엇인지 말씀드리겠습니다. 내 소원이 이거다 싶으신 분들은 잘 찍기를 바랍니다."

주인은 먼저 1호실의 문을 가리켰다.

"1호실에서 이룰 수 있는 소원은 이겁니다. '로또 1등에 당첨되게 해주세요.' 여러분 중 누군가 제게 이렇게 소원을 빌었습니다."
"로또 1등?"
"네. 저 방에 가장 먼저 들어간 사람은 로또 1등에 당첨됩니다."

로또 1등이라니! 혹시? 로또 1등 소원을 빈 게 나였을까? 저런 소원이라면 내가 빌었을 법도 한데?
나는 다른 셋을 돌아보았다. 그들 역시 나와 비슷한 생각을 하는 듯했다.

주인은 2호실의 문을 가리켰다.

"다음 2호실의 소원은 이렇습니다. '말기 암의 완치'."

모두가 일순간 아연했다. 우리 중 누군가 말기 암을 완치하게 해달라는 소원을 빌었다고? 그 말은 지금 누군가는 말기 암이라는 뜻이 아닌가?

"누가….."

우린 서로를 돌아보았다. 자신은 아닐 거라는 듯 서로를 돌아보다 깨달았다. 혹시 나일 수도 있겠구나.
불안한 눈동자가 오갈 때, 산장 주인의 손가락이 또 이동했다.

"3호실의 소원은 이렇습니다. '이지원과 결혼'."

이지원과 결혼? 서로를 돌아보는 네 사람의 표정이 모두 모호했다. 젊은 남자가 주인에게 물었다.

"이지원과 결혼하게 해달라는 건, 두 사람이 사랑하는 사이입니까?"
"그렇습니다. 여러분 넷 중 누군가는 간절한 마음으로 그 소원을 비셨죠."

"으음."

혹시, 나일까? 내가 이지원이라는 여자와 결혼하기를 간절히 원한 걸까?

마지막으로 산장 주인의 손이 4호실로 향했다.

"4호실의 소원은 이렇습니다. '내가 저지른 살인을 영원히 묻어주세요'."

"살인이라고요?"

모두의 눈이 커졌다. 이들 중에 살인자가 있다고?

혼란한 와중에 중년 남성이 산장 주인에게 물었다.

"그 소원이 어떤 의미요?"

"말 그대로, 누구도 그의 살인을 영원히 모른다는 거죠. 만약 그 사람이 저 소원을 이룬다면, 저는 모든 관계자의 기억을 조작할 겁니다. 본인까지도 말입니다. 그리고 소원이 이뤄지지 않더라도 여기 있는 모두가 누군가 이 소원을 빌었다는 사실을 잊게 될 겁니다."

그렇다면 약간은 무서운 소원이다. 설마 저 소원을 빈 게 나는 아니겠지?

"흠. 지명 수배라도 당하고 있는가 보지."

"아…!"

중년 남성의 중얼거림은 그럴듯해 보였다. 그렇다면 저 소원을 빈 사람도 간절하겠구나. 아니, 그게 나일 수도 있나? 으음… 쉽지 않다.

복잡한 생각에 잠겨 있는 이가 나뿐은 아닌 듯했다. 우리 넷의 표정을 살피고 있던 주인이 말했다.

"정오에 저 네 개의 문이 열릴 겁니다. 그리고 선착순 한 명만이 소원을 이룰 수 있습니다. 여러분에게 가장 이상적인 결과는, 여러분이 기억을 잃기 전에 빈 자신의 소원을 각자가 다 찾아 들어가는 거겠죠. 물론 어렵겠지만, 시간이 있으니까 그동안 대화라도 많이 해보시길 바랍니다."

주인이 대놓고 자리를 깔아주어도 우리 네 사람은 딱히 할 말이 없었다. 일단 생각을 정리하는 게 먼저였다.

로또 1등, 암 치료, 이지원과 결혼, 살인을 묻는 것. 이 네 가지 소원을 생각해봤을 때 최소한 두 가지는 끔찍하다. 암과 살인. 내가 빈 소원이 그 둘이라면, 기억을 잃기 전의 나는 몹시 곤란한 상황이다. 그 둘일 경우에는 무조건 소원을 이루어야만 안전하다.

하지만 만약 내가 로또 1등 소원을 빌었는데 괜히 암 완치 방

에 들어간다면? 그건 쓸데없이 로또 1등 당첨금만 날리는 것 아
닌가? 이지원과의 결혼도 비슷한 맥락이고. 잠깐만, 내가 로또
1등 소원을 빈 게 아니더라도 1호실에 들어가면 일단 로또 1등
은 당첨된다는 거 아닌가? 그럼….

"말기 암이라는 게 돈이 있어도 치료를 못 하는 수준입니까?"

나는 산장 주인에게 물었지만, 주인은 어깨를 으쓱하며 대답
을 회피했다. 한데 그때, 중년 남성이 말했다.

"1호실 로또 1등 소원은 내 소원이야."
"예?"
"아무리 생각해도 그건 내 소원이라고."

뭐지? 모두가 중년 남성을 돌아보았고, 젊은 청년이 빈정대듯
물었다.

"뭘 가지고 그렇게 확신하십니까?"
"느낌!"
"허?"

황당한 대답이었지만, 중년 남성은 진지하게 말했다.

네 명의 소원

"기억은 잃어도 감정은 그대로다."

기억은 잃어도… 감정은 그대로다…?

"내가 어떤 사람인지는 느껴져. 난 돈에 대한 욕심이 엄청난 사람이다. 지금도 할 수만 있다면 무슨 수를 써서라도 로또 1등 방에 들어가고 싶은 욕망으로 가득 차 있어."
"그런 거로…."
"'그런 거로'가 아니야! 기억이 지워져도 한 인간이 평생 쌓아 올린 성격, 인성, 감정은 남아 있는 법이다. 난 여기에 있는 그 누구보다도 분명하게 말할 수 있어. 난 돈에 미친 놈이야 분명."

중년 남성의 말에는 위력이 있었다. 우리 셋이 쉽게 반박할 말을 꺼내지 못할 정도였다. 중년 남성은 계속해서 말했다.

"그리고 확률적으로도 그래. 이지원과 결혼하고 싶다? 너희들처럼 젊은 인간이라면 빌 수 있는 소원이지만, 난 아니야. 사랑이 별것 아니란 걸 아는 나이다. 그렇다고 살인을 묻어두기? 어차피 들키지만 않으면 살인이 아니야. 내가 여기에 있다는 것은 높은 확률로 들키지 않았단 거겠지. 소원으로 빌기에는 아까워. 말기 암? 이건 가장 확실하지. 지금 내 몸에서 전혀 아픔이 느껴지지 않거든. 그러면 남은 건 로또밖에 없지 않아?"

막힘없는 말이다. 저 이론이 정말인지는 몰라도, 돈에 대한 욕망만은 진짜 같았다. 그러나 그중 한마디가 꼬리를 잡혔다.

"저도 몸의 아픔은 없는데요?"
"저도 그렇습니다."
"나 역시."

몸의 불편함을 느낀 사람은 아무도 없는 듯했다. 중년 남성은 콧방귀를 뀌었다.

"아무튼 난 무조건 로또니까 그리 알아."
"뭘 그리 압니까? 정확한 건 아무것도 없는데."
"에헤이! 맞다니까!"

젊은 남자가 중년 남성과 대립했지만, 난 진지하게 생각해보았다. '기억은 잃어도 감정은 그대로다'라는 말은 일리가 있다. 난 지금 로또에 간절한가? 물론 당첨되면 좋긴 하겠지만…. 그럼 암은? 이지원은? 살인을 묻어두는 건?

"딱! 한 가지."

산장 주인이 갑자기 우리들 사이에 끼어들었다. 모두가 말을 멈추고 그를 바라보자, 그가 웃으며 말했다.

"힌트를 조금 드리자면, 여러분들 네 분 중 한 분이 '이지원' 입니다."

"뭐야?"

"원래는 세 분이었는데, 재밌는 그림을 위해서 제가 그분도 초대한 거죠."

우리는 서로를 돌아보았고, 곧바로 젊은 여자에게 시선이 쏠렸다.

"당신이 이지원…?"

"네? 아니, 이지원이라는 이름이 여자란 보장이 어디 있어요? 농구 선수 우지원, 연예인 은지원도 있잖아요."

"으음."

맞는 말이다. 그녀의 말대로 이지원이 여자란 보장은 없다.

중년 남성은 말했다.

"확실한 건, 난 이지원이 아니란 거야. 누가 나 같은 사람이랑 결혼하고 싶다고 소원을 빌겠어?"

모두가 동의하는 와중에, 젊은 남자가 정리했다.

"만약 여자분이 이지원이라면 남자 중 한 사람이 그 소원을 빌었겠지만, 만약 남자가 이지원이라면 그 소원은 여자분이 빈 소원이 됩니다. 동의하시죠?"

젊은 여자는 애매한 얼굴로 말했다.

"동성 결혼을 바라는 것일지도 모르잖아요. 소원으로 빌어야 할 만큼 어려운 일이니까."
"그건…. 전 아닙니다."

젊은 남자가 단언할 수 있는 이유는 나와 똑같았다.

"당신에게 이성으로서의 매력을 느끼고 있기 때문입니다."
"아."

젊은 여자가 말문이 막혔을 때, 나는 얼른 같은 의견임을 알렸다. 그리고 내 생각 하나를 모두에게 말했다.

"로또 1등이라는 소원은 누구나 빌 수 있는 가장 보편적인 소원입니다. 아까 산장 주인은 말했죠. 원래 세 명이었는데 재미를 위해서 이지원 한 명을 추가했다고요. 그럼 그 추가된 한 명이 빈 소원이 로또 1등일 확률이 가장 높지 않겠습니까? 원래 간절한 소원이 있었던 세 명이 아닌, 갑자기 소원을 빌게 된 그 이지

네 명의 소원

원이란 사람이 말입니다."

"음. 논리적으로 그럴싸하네요."

모두 내 말에 동의하는 듯했지만, 중년 남성은 아니었다.

"무슨 소리야! 그건 그냥 가정이지! 로또 1등은 내 소원이라고! 난 지금 그 누구보다 돈에 대한 욕구가 크다고!"

"그래도….."

"아아! 무조건 내가 1호실이야! 난 12시 땡 하면 바로 1호실로 갈 거야!"

눈살을 찌푸리게 하는 모습이었지만, 사람들은 그냥 두었다. 과연 그가 바람대로 1호실에 들어갈 수 있을까?

일단 시간이 있으니까, 나도 생각을 정리하는 게 먼저다. 난 아까부터 그 말이 머릿속에 맴돌았다.

기억은 잃어도 감정은 그대로다.

그 말은 맞다. 왜냐면, 지금 저 여인을 보는 것만으로도 내 심장이 뛰고 있기 때문이다. 분명 아름다운 여인이긴 하지만, 이렇게나 가슴이 뛰는 건 내가 그 소원을 빌었기 때문인가? 정말 내 감정은 그것을 기억하고 있는 것인가?

자꾸만 그녀에게 눈이 가는 걸 막을 수가 없었다.

"암…. 그게 가장 안전한 선택이군."

젊은 남자의 혼잣말이 들렸다. 내가 그를 바라보니, 그가 설명을 이어갔다.

"역으로 생각했을 때 말입니다. 어떤 소원이든 이루어지긴 하지만, 이루지 못했을 때 가장 큰일 나는 소원은 말기 암입니다. 다른 소원은 아쉬움으로 끝나겠지만, 말기 암은 아니죠. 목숨이 걸려 있으니까. 내가 나를 확신할 수 없다면, 가장 안전한 선택은 2호실에 들어가는 겁니다."
"그건… 그렇죠."

젊은 여인과 나는 동의했지만, 중년 남성은 끝까지 고집불통 외길이었다.

"난 전혀 몸이 아프지 않다니까? 난 1호실이야 그냥!"

젊은 남자가 눈살을 찌푸리며 그에게 빈정댔다.

"당신의 소원이 말기 암 치료였다면 어쩌려고 그럽니까?"
"그럼 로또 당첨금으로 치료하지."
"하, 참."

왜 저러지? 안전한 선택을 할 거라면, 경쟁자가 적어지는 게 더 좋다. 말기 암 치료로 가고 싶은 사람이 적을수록 말이다.

"이제 30분 남았군요."

산장 주인의 목소리에 모두 벽시계를 확인했다. 앞으로 30분 뒤면 결정해야 한다. 뭘까. 내가 빌 소원은 도대체 뭘까.

기억은 잃어도 감정은 그대로다⋯. 그래.

모두 고민에 잠겨 있을 때, 난 조용히 자리에서 일어났다. 아무도 눈치채지 못하게 조용히 움직여 모두의 시야 밖인 뒤쪽에 섰다. 크게 숨을 들이마신 뒤, 외쳤다.

"지원아!"

움찔 놀란 사람들이 나를 돌아보았다. 확인했다. 가장 먼저 돌아본 것은, 역시 그녀다. 난 그녀를 바라보며 말했다.

"이름이 불렸을 때 가장 먼저 돌아본 게 당신이었습니다. 몸이 기억하는 걸까요?"

"네? 아니 그건…."

"그리고 한 가지 더."

나는 조금 긴장한 얼굴로 그녀를 보았다. 내 얼굴이 달아오르는 게 느껴졌다.

"기억은 잃었지만, 감정은 속일 수 없는 게 맞네요. 전… 당신을 볼 때 가슴이 너무나도 뜁니다. 전 확신합니다. 제 소원은, 당신 이지원과 결혼하는 겁니다."

젊은 남자와 그녀는 놀란 표정이었다. 중년 남성은 옳다구나 말했다.

"그래! 그렇지! 기억은 잃어도 감정은 정확한 법이야. 암, 그게 정확하지!"

난 모두에게 물었다.

"저처럼 가슴이 뛰는 사람이 있습니까 지금?"

아무도 없는 듯했다. 역시, 3호실의 소원은 내 소원이다.

다만, 그걸 생각하지 못했다.

"그럼 그게 맞다 쳐요. 그쪽이 소원을 이루면 난 손해잖아요. 난 그쪽과 억지로 결혼해야 한다는 건데?"

"아…!"

"난 솔직히 그쪽한테 별 감정 안 드는 것 같은데."

"아, 아니 그건!"

"난 그럼 당신이 소원을 못 이루게 막아야 하는 거예요?"

"아…."

생각이 짧았다. 내 소원이 그녀에게도 좋은 게 아니었지! 원치도 않는 사람과 결혼한다는 건 오히려 불행이지 않은가.

난 무슨 말을 해야 할지 떠오르지 않았지만, 젊은 남자가 대신 나섰다.

"하지만 우리, 상황이 가진 특수성을 좀 고려해봅시다. 모두가 자신이 빈 소원을 이뤄야 가장 좋다는 게 팩트입니다."

"뭐예요?"

"한 사람이라도 소원이 어긋난다면, 두 명 이상이 불행해지는 겁니다. 합리적으로 생각해봤을 때 그의 소원은 이루어지는 게 맞습니다."

"아니 그럼 난!"

"다수결로 해도 그렇고, 힘으로 해도 그렇습니다."

다소 냉정한 젊은 남자의 말에 그녀의 얼굴이 구겨졌다. 나는 그녀의 기분을 상하게 하는 그 말에 반감이 들었지만, 그의 주장이 나를 위한 말이란 것은 혼란스러웠다.

"크흠! 그래! 저 친구는 3호실로 가게 하자고! 어!"

중년 남성까지도 그렇게 나서니, 그녀는 더 입을 열지 못했다. 난 혼란스러움을 삭이고 그녀에게 말했다.

"제게 혐오감이 느껴지지만 않는다면, 일단은 그렇게 하시죠. 그리고 3호실의 소원은 마음을 얻는 게 아니라 결혼하는 것입니다. 그러니까 정 마음에 들지 않으신다면 이혼도 가능하지 않겠습니까?"
"음."

미간을 좁힌 그녀는 잠시 뒤 물었다.

"정말로 그런 감정이 확실히 들어요?"
"예. 제 소원은 3호실이 분명합니다."
"으…. 알겠어요. 지금은 이 상황을 맞추는 게 중요하니까. 그럼 알겠어요."

마음속에서 느껴지는 기쁨을 확인하며, 나는 더욱 확신했다.

내 소원은 3호실이 분명하다.

그때 젊은 남성이 말했다.

"그럼 로또 1등도 여자분의 소원이라고 치면, 두 개는 맞춘 건가?"

"무슨 소리! 그건 내 소원이라니까!"

중년 남성이 펄쩍 뛰면서 열변을 토했다.

"저 친구가 감정으로 확신하는 것처럼, 나도 확신한다고! 난 돈에 미친 새끼야! 돈 말고 다른 건 아무리 봐도 동요가 없어! 무조건 로또 1등은 내 소원이라니까!"

"논리적으로 판단합시다. 좀!"

"기억은 잃어도 감정은 그대로라니까! 내 돈 욕심이 논리다!"

두 사람의 다툼을 보면서 난 깨달았다. 내가 그녀의 소원을 맞출 수 있게 도와야 한다. 만약 그녀가 말기 암인데 그 소원을 놓친다면?

난 그녀에게 다가갔다.

"당신의 소원이 무엇인지 느낌이 오나요?"

"글쎄요⋯."

"이성적으로는 로또 1등일 것도 같지만⋯ 혹시 말기 암이라면 큰일 아닙니까?"

"제가 암일 것 같아요?"

"그건⋯."

나는 잠시 고민하다가 물었다.

"저를 보고 어떤 감정이 드세요? 싫다거나, 좋다거나."

"글쎄요⋯."

"제가 생각해봤는데, 왜 제 소원이 '당신과 결혼하게 해주세요'였을까요? 제 짝사랑이라고 생각해보면 '사랑에 빠지게 해주세요'가 더 나을 것 같은데. 어쩌면 이미 서로 사랑은 하지만 결혼을 못 하고 있는 게 아니었을까요?"

"왜죠?"

"당신이 허락해주지 않아서겠죠. 당신이 허락하지 않은 이유가 혹시 암에 걸렸다는 사실을 숨기고 있어서가 아닐까요⋯?"

"무슨 드라마 스토리 같네요."

나는 머리를 긁적거렸다. 확실히 그녀를 향한 감정을 자각하고 나니까, 머리가 이성적으로 돌아가지 않는 듯했다. 그래도 그녀에게 말했다.

"그래도 가장 안전한 선택은 말기 암 치료가 맞습니다. 만에 하나 틀렸을 때 가장 큰일 나는 게 그것이니까. 보면 저 남자도 그 소원을 이루고 싶어 하는 것 같은데….”

　우리가 젊은 남자를 돌아보니, 그는 중년 남성을 더 이상 신경 쓰지 않고 있었다. 그의 고민은 안전한 선택을 하는 것에 맞춰진 듯했다.

　난 상황을 정리하듯 모두의 앞에 나서서 말했다.

“그럼 제 소원은 3호실이 확실하고, 저 선생님의 소원도 1호실 로또 당첨이 확실하다고 칩시다. 그럼 남은 건 2호실 말기 암 치료와 살인을 묻어두는 것입니다. 여자분과 남자분만 정하신다면 될 것 같은데 말입니다.”

“으음.”

　젊은 남자와 그녀의 눈이 마주쳤다. 난 이어서 말했다.

“시간은 다가오고 있고, 주어진 단서 내에서 선택하는 게 맞지 않나 싶습니다. 두 분만 결정하죠.”

“그래! 저 친구 말이 딱 맞는 말이네! 1호실이랑 3호실은 우리 둘이 하고, 남은 둘만 결정하자고!”

　내 말을 거들고 나선 중년 남자가 젊은 남자에게 말했다.

“확률적으로 보자고. 살인자는 여자보다 남자가 많지? 자네가 4호실인 것 같은데."

"뭐요?"

"그리고 아까부터 내가 보니까, 자네 성격이 그래. 계산적이고 까칠하고 냉정하잖아. 전형적인 살인범 이미지야. 결정됐네. 자네가 4호실, 여자가 2호실."

"뭔 말도 안 되는 개소리야!"

"봐봐! 화내는 모습 보니까 사람도 죽이게 생겼네."

"미친?"

"내가 시비 거는 게 아니라, 잘 생각해보라는 말이야. 자네 지금 혹시 수배 중일지도 몰라. 4호실 소원 이뤄서 살인을 묻어야 할지도 모른다고! 살인마가 다시 정상인인 척 인생을 살 수 있는 훌륭한 소원이잖아."

"난…."

"내가 괜히 그런 말을 하는 게 아니라, 확률적으로도 그렇고. 자네가 여기서 가장 몸이 건강해 보여서도 그렇고."

젊은 남자는 고민에 잠기는 듯했다. 나는 그녀에게 속삭였다.

"내가 생각해도 당신이 2호실이 맞는 것 같아요. 아니, 그래야 해요. 여기서 목숨이 걸린 소원은 딱 그거밖에 없으니까, 틀린다 생각해도 안전한 선택이죠."

"내가 이지원이 맞는다면 게스트니까 로또 1등을 빌었을 확률이 가장 높은 거 아니에요?"

"만에 하나라는 게 있잖아요. 목숨이 더 먼저죠."

그녀는 고민하는 듯했지만, 난 그녀에게 합리적인 선택을 내릴 지혜가 있으리라 믿었다. 문제는 젊은 남자였다.

"아니, 아무리 생각해도 역시 2호실이 가장 안전한 선택입니다. 리스크를 다 따져봤을 경우에 말입니다."

불안하다. 만약 저 남자가 2호실에 들어갔는데, 그녀가 암이면 어떡하지? 그럼 결혼이 다 무슨 소용이란 말인가? 그래선 안된다. 방법이 필요한데….

벽시계의 초침 소리가 시간이 성실히 흐르고 있단 사실을 알려주었다. 더 이상 지체할 수 없던 난 중년 남성에게 조용히 접근했다.

"제안이 있습니다."
"제안?"
"12시가 되었을 때 선생님이 1호실에 들어가는 걸 막지 않겠습니다. 대신, 그녀가 2호실에 먼저 들어갈 때까지 저 남자를 함께 막아주세요."
"뭐라?"
"만약 제 제안을 받아들이지 않는다면, 그녀가 1호실에 들어갈 겁니다. 제가 선생님을 제압하고요."

중년 남성의 미간이 좁아졌지만, 이내 고개를 끄덕였다. 그의 동의를 받아낸 나는 시간을 끌기 위해 부러 산장 주인에게 말을 걸었다.

"저기! 힌트를 하나만 더 주십시오. 지금은 너무 어렵지 않습니까?"
"어어. 그래. 그거 좋겠네."

중년 남성이 맞받아쳤고, 의외로 모두가 호응하며 받아들였다. 사실, 가장 좋은 방법은 산장 주인에게서 알아내는 것이긴 했다. 그의 존재가 왠지 껄끄럽고 이상해서 그렇지.
산장 주인은 우리의 시선을 받으며 씩 웃었다.

"좋아요. 그럼 하나만 더 힌트를 줄게요."

주인은 팔을 앞으로 펼쳐 보이며 말했다.

"이 산장은 불상사를 막기 위한 안전장치가 설치되어 있습니다. 누구든 이 안에서는 아무런 고통을 느낄 수 없습니다."

우리는 모두 움찔 놀랐다. 사실 나만 해도 말기 암이 아닐 거

네 명의 소원

라고 생각한 가장 큰 이유가 몸의 건강함 때문이었다. 근데 그게 안전장치 때문이라고?

젊은 사내와 그녀의 표정이 굳었다. 중년 남성은 잠깐 놀라는 듯했지만, 그래도 1호실을 바라보았다. 나도 내 감정을 확신한다. 내 소원은 이지원과의 결혼이 맞는다.

"이제 10분도 안 남았습니다."

산장 주인의 말에 모두 초조해졌다. 젊은 남자는 그녀에게 말했다.

"합리적으로 당신의 소원은 로또 1등이 맞습니다. 간절해서 온 사람이 아닌 중간에 합류한 사람이니까. 아닙니까? 로또 1등에 대한 욕심이 들지 않습니까?"

"저도 돈 욕심은 있긴 한데…."

"뭔 소리야! 1호실은 내 방이라니까!"

중년 남성이 펄쩍 뛰었지만, 젊은 남자는 두 사람을 붙였다.

"1호실을 두고 두 분이 결정하시는 게 맞는 것 같습니다. 그리고 저는 2호실에 들어갈 겁니다."

"아니 뭘 결정해! 내가 1호실인데!"

나는 서둘러 그들 사이에 끼어들어 주의를 흩트렸다.

"일단 5분만 더 서로의 감정에 물어봅시다. 무엇에 가장 간절한지! 그 정도 시간은 있으니까."

그러면서 중년 남성에게 눈짓으로 신호를 보내니, 그도 화난 얼굴로 작게 고개를 끄덕였다. 이로써 예정대로 흘러갈 것이다. 난 그녀를 데려가며 속삭였다.

"2호실로 가셔야 해요."
"하지만…."
"당신이 말기 암 때문에 저와 결혼을 망설였을 수도 있다니까요."
"그건 너무 드라마인데…."
"그냥 단순하게, 목숨과 돈 중 하나를 고른다고 생각하세요. 어느 걸 고르실 건가요?"

한참 고민하던 그녀는 결국 고개를 끄덕이며 물었다.

"그럼 저분은 어떻게 처리를…?"
"12시가 되자마자 2호실로 달려 들어가세요. 제가 저 남자를 막을 테니까."

난 그렇게 속삭인 다음 그녀를 떠나 산장 주인에게 향했다.

"저 방에 선착순으로 한 명이 들어가면 다른 사람은 다신 못 들어가죠?"
"그렇습니다."

벽시계를 확인하니, 남은 시간은 2분 정도다. 난 중년 남성과 눈짓하며 동선을 잡았다. 젊은 남자를 붙잡기 가장 좋은 위치. 때마침 중년 남성이 젊은 남자에게 시비를 걸었다.

"당신이 살인마라니까! 2호실만 큰일 나는 줄 알아? 4호실도 큰일 나! 평생 교도소에서 썩는 게 죽는 것보다 나을 게 뭐야?"
"아니 그러니까 무슨…!"

언쟁을 펼치며 답답해하던 젊은 남자가 벽시계를 보며 다급히 외쳤다.

"시간이 없습니다!"

이제 1분도 채 남지 않았을 때, 난 중년 남성과 눈짓을 주고받았고, 젊은 남자의 뒤에 섰다. 중년 남성은 혼을 빼놓을 듯 이상한 이야기를 계속했고, 젊은 남자는 2호실을 돌아보았다. 그리고 내가 그를 붙잡고 막아섰다.

"충분히 상의하고 들어가도 되지 않습니까? 일단 얘기 좀 합시다. 그래야 모두가 만족하죠."

"만족이고 뭐고 일단 좀 놓고 말을…!"

그의 몸이 2호실로 쏠릴 때, 내가 힘을 썼다. 중년 남성도 그를 붙잡아 들었고, 그녀가 움직였다. 그 타이밍에 산장 주인이 외쳤다.

"시간이 됐습니다. 결정하시지요."

"시간이 됐답니다!"

내가 그녀에게 외치자, 그녀는 2호실을 향해 달렸다.

"아니!"

젊은 남자가 버둥댔지만, 시간상 이제 불가능했다. 뒤이어 중년 남성이 곧장 뛰어서 1호실로 향했다.

"난 1호실이라니까!"

2호실 앞에서 잠시 망설이던 그녀는 중년 남성이 1호실로 들어가자 어쩔 수 없다는 듯 2호실로 들어갔다. 나도 바로 그를 놓고, 3호실로 뛰어 들어갔다.

'쾅!' '쾅!' '쾅!' 순식간에 문 닫히는 소리가 연달아 들렸다.

"아니 이런 씨!"

흥분한 젊은 남자의 외침이 문밖으로 들려왔다. 그만 홀로 덩그러니 산장 안에 남았을 것이다.

3호실 안에는 놀랍게도 산장 주인이 기다리고 있었다. 바깥에 있었던 그가 언제?

놀란 것도 잠시, 4호실 쪽 방문이 '쾅!' 하고 닫히는 소리가 들려왔다.

"축하드립니다. 김남우 씨. 기억이 돌아오셨습니까?"

"예? 아아! 맞아 내 이름은….."

"본인이 빈 소원을 이루게 되셨네요. 저 뒷문으로 나가시면 됩니다."

산장 주인은 등 뒤의 문을 내주었고, 나는 얼떨결에 그 문을 통과했다. 빛에 휩싸인 문을 지나치자, 신도림역이었다.

"뭐, 뭐야?"

많은 이들이 바쁘게 걷고 있었다. 서 있는 건 익숙한 얼굴들뿐이었다.

"으아아악!"

중년 남성의 비명에 우린 그를 돌아보았다. 아! 그가 누군지 깨달았다. 그의 말대로 그는 돈에 미친 양반이 맞았다. 다만, 재산이 조 단위인 부자라는 게 문제지.

"폐암 말기라던 두석규 회장이…!"

바닥에 주저앉은 두석규 회장을 보며, 젊은 남자가 억울함을 토했다.

"내 소원이 로또 1등이었어… 빌어먹을! 내 소원이었다고!"

나는 그녀를 돌아보았다. 그녀의 소원이 뭐였지?

"남우 오빠. 내 소원이 뭐였지?"
"몰라. 기억이 안 나는데?"
"분명 뭔가 소원을 빈 것 같은데, 그게 뭔지 기억이 안 나네."
"나도야. 근데 그런 조건의 소원이었던 것 같긴 해. 당사자까지도 모두 잊게 되는 소원."
"그런가."

난 아쉬워하는 그녀를 가만히 바라보다가 말했다.

"근데… 너도 내가 빈 소원 알지? 나와 결혼해줄래?"

지원은 빙긋 웃으며 말했다.

"그게 정말 오빠 소원이라면, 나도 좋아. 결혼하자."
"정말이지? 고마워!"

그녀의 웃는 얼굴이 정말 사랑스러웠다. 소원 때문에 강제로 결혼할 수밖에 없단 걸 알면서도 저런 표정을 지어주다니! 역시 그녀도 나를 좋아하고 있었던 거야!

"아 참, 근데…."
"근데?"

무슨 말을 할까 불안에 떠는 내게 지원이가 웃으며 말했다.

"난 초혼이 아닌 거 알지? 전 남편이랑 사별했잖아. 그래도 괜찮아?"
"그럼! 괜찮고말고!"

김 회장의 음료 조합식

웬만한 국민이라면 누구나 이름을 알 만한 기업도 한순간에 망하는 일이 없지 않다. 음료를 전문으로 하던 그 기업이 파산을 앞두고 있다는 소식이 들렸을 때, 사람들은 쉽게 수긍했다.

"생산 공장도 다 정지했다며? 진짜구나. 어렸을 때는 참 맛있게 먹었는데. 소풍 갈 때도 사 먹고. 아쉽네. 왜 망했지?"

"왜긴. 솔직히 거긴 맛에 변화가 없잖아? 보니까 회장이 보수적이라 못 바꾼다던데. 제조법도 다 회장이 개발하고, 유행하는 맛으로 바꾸는 것도 없고, 신제품도 없고. 요즘 시대에 변화 없는 기업이 살아남을 수 있겠어?"

오래된 기업이었기에 추억을 가진 이들은 많았지만, 그들이 기업을 구할 순 없었다. 파산 소식에 판매량이 반짝 올라가는 정도가 전부였다. 그때 뜬금없이, 김 회장이 유튜브 채널을 개설했다. 그곳에 올라온 첫 번째 동영상은 아주 짧았지만, 충격적인 내용이었다.

[항상 받아온 질문입니다. 왜 매번 똑같은 음료만 내고 변화가 없느냐고. 파산을 앞두고 마지막으로 고백합니다. 우리 회사의 음료 스물네 가지에는 숨겨진 조합법이 총 세 가지 있습니다. 첫 번째 조합식을 알려드리죠. '딸기 봉쥬스' 한 캔, '눈꽃 식혜' 한 캔, '우른신' 한 캔, '별난 쥬스' 반 캔을 섞으면, 향정신성 음료가 나옵니다. 네, 일종의 유사 마약이죠.]

농담이라기에는 김 회장의 표정이 사뭇 진지했다. 또한 그의 나이와 사회적 위치가 발언에 신빙성을 더했다. 이 영상은 엄청난 속도로 공유되었고, 김 회장이 말한 음료들이 순식간에 팔려 나갔다. 진짜라는 인증들이 쏟아졌기 때문이다.

"왠지 묘한데? 기분 좋아…. 하항."
"아, 이럴 때 '뿅 가네'라는 말을 써야 하나? 으흐흥."

인증이 올라올 때마다 그 제품들이 불타게 팔리기 시작했다. 그동안 마약 청정국을 표방했던 정부는 당연히 뒤집어졌다. 그나마 다행인 점은, 첫 번째 조합식을 통해 완성된 유사 마약이 섭취 2회 차부터 구역질 등의 거부 반응이 일어나기 때문에 중

독 걱정은 없다는 것이었다.

그렇게 난리가 났을 때, 김 회장이 두 번째 동영상을 올렸다.

[제가 왜 그런 짓을 했는지 궁금해하시는 분들이 많습니다. 제 꿈을 막은 아버지에 대한 반발 때문이었습니다. 저는 꿈을 포기한 채 강제로 기업을 물려받아야만 했습니다. 억울했습니다. 그 반발심으로 그런 조합식을 숨겨둔 것입니다. 그럼 두 번째 조합식을 알려드리겠습니다. '초코클클' 한 캔, '딸기 봉쥬스' 한 캔, '샤이닝후르츠' 한 캔, '쿨업' 포도맛과 사과맛 각각 반 캔, '솔맛나' 반 캔을 섞으면 정력제가 나옵니다. 네, 일종의 비아그라 효과라고 보시면 됩니다.]

두 번째 조합식이 알려진 뒤에는 난리가 났다. 전국의 편의점, 슈퍼, 마트에 해당 음료들이 동나서 못 구할 정도였다. 첫 번째 조합식이 사실이었던 것처럼, 두 번째 조합식 역시 사실이라는 인증이 잇따랐다.

"대박! 정말 대박이라고밖에 할 말이 없네!"
"와. 우리 남편 어제 진짜! 어머, 세상에 말을 마!"

두 번이나 나라를 뒤집어엎은 음료 조합식에 사람들은 충격을 받았다. 그동안 평범하고 고지식한 이미지의 음료 기업이, 이런 비밀을 가지고 있었을 줄 누가 알았을까?

"김 회장이 고집불통인 게 아니라, 돌아이였네! 이런 걸 만들어서 팔고 있었단 말이야?"

"그동안 한 번도 제품 안 바꾸고 그러던 게 이런 이유였어? 미친, 천재 아니면 사이코네!"

이제 사람들은 자연스럽게, 마지막 음료 조합식을 기대했다.

"마지막은 뭘까? 유사 마약에, 정력제에, 도대체 마지막은 뭘까? 사랑의 묘약 같은 거면 대박인데!"

"말이 안 되는 것 같긴 한데, 김 회장이 꿈에 대한 미련으로 연구를 계속했다면, 현대 기술로 불가능한 효과도 가능하지 않았을까? 발모제라든가!"

사람들은 김 회장의 세 번째 영상을 기다렸지만, 한동안 올라오지 않았다. 그러는 동안 자연스럽게, 조합식 연구자들이 생겨났다.

"모든 제품을 사서 다 조합해 보자!"

"메뉴가 스물네 개니까 조합하다 보면 나올지도 모르잖아!"

유튜버를 중심으로 많은 이들이 조합식 연구에 몰두했다. 그러자 시장에는 당연한 일이 벌어졌다.

"뭐야? 여기도 매진이야? 아씨, '쿨업 오렌지맛' 어디서 파는 거야!"

"아니 평소에는 자판기에서 절대 안 팔리던 '생생 수정과'가 왜 없는 건데! 누가 다 뽑아 갔어?"

"아 나, '샤이닝후르츠' 구하기가 너무 힘들어! 죄다 정력제 만들어서 처먹고 있나 정말!"

모든 제품의 매진 행렬에 일부러 시골 구멍가게를 찾아가서 구할 정도였고, 심지어는 웃돈을 붙여서 되파는 일까지 벌어졌다. 파산 직전이라던 기업의 주가가 순식간에 천정부지로 치솟았고, 어서 공장에서 음료를 찍어내라는 요구가 빗발쳤다.

그렇게 시간이 지나고 며칠 뒤. 다시 공장이 가동하는 일도, 김 회장이 세 번째 조합식을 발표하는 일도 일어나지 않았다. 대신 사람들이 접하게 된 소식은 김 회장의 구속과 음료 판매 금지 소식이었다.

어떻게 보면 국가가 해야 할 마땅한 행동이었지만, 사람들의 반발이 컸다.

"아니 왜 김 회장을 구속하고 그래! 세 번째 조합식이 뭔지는 알아야지!"

"왜 판매를 금지한다는 거야? 음료들이 건강에 나쁜 것도 아니고! 마약성도 어차피 일회용인데!"

김 회장의 음료 조합식

"내가 음료들 매입하느라 얼마를 쓴 줄 알아?"

많은 이들의 반발은 체포된 김 회장의 발언 이후 더 커졌다.

[이왕 이렇게 된 거, 마지막 조합식은 밝히지 않겠습니다.]

주말 드라마 결말도 이보다 궁금할 순 없었다. 도대체 세 번째 조합식은 뭘까?
낙관적으로 사태를 보는 이들도 있었다.

"어딘가에서는 분명 과학자들이 성분 조사를 하고 있겠지. 김 회장이 굳이 밝히지 않더라도 곧 알려질 거야. 아니면 유튜버나 그런 사람들이 조합식 계속 때려 맞히다가 뭔가 발견하거나."

하지만 몇몇 과학자들을 통한 성분 조사 결과가 밝혀졌을 때, 오히려 여론은 더 혼란스러워졌다.

"전혀 알 수 없습니다. 오히려 저희가 순수한 과학적 호기심으로 김 회장님께 묻고 싶을 지경입니다."
"단언컨대, 김 회장이 아버지의 강요로 기업인의 길에 들어서지 않았다면, 인류의 과학은 크게 발전했을 겁니다."

수많은 이들이 무작위로 조합하는 것에서 무언가 밝혀지기를 마냥 기다리는 것도 어려웠다.

"음료 가짓수가 고작 스물네 개밖에 안 되는데 왜 아무도 성 공을 못 하는 거야?"

"스물네 개 중에 아예 몇 년째 생산이 안 되던 메뉴가 몇 개 있 다던데? 시골 구멍가게나 가야 겨우 보인다고."

오직 김 회장을 통해서만 조합식이 밝혀질 것 같았고, 사람들 은 김 회장이 입을 열기를 바랐다. 이런 여론 덕분인지 모르겠지 만, 김 회장은 금방 풀려났다. 이유는 이랬다.

[음료를 단품으로 섭취할 경우 식품으로서 안전성에 전혀 문제가 없 고, 무엇보다 모든 음료에 '섞어 먹지 마세요'라는 작은 경고문이 분명 하게 쓰여 있다는 점을 감안할 때….]

"어렸을 땐 그게 왜 쓰여 있나 했더니, 김 회장 대박이네 진 짜!"

"얼마나 큰 그림을 그린 거야? 몇십 년간 밝히지 않다가 이제 야 말이야. 그러면 이제, 세 번째 조합식 알려주는 건가?"

사람들이 기대한 것처럼 김 회장은 생방송을 시작했다.

[아버지의 강요로 꿈을 포기하고 기업인이 되었을 때, 저는 제가 연

구하던 것들을 제품에 숨겼습니다. 처음 제 생각은 이랬습니다. 누군가 숨겨진 조합식을 발견하게 되면 사회적으로 논란이 일어날 테고, 자연스럽게 은퇴할 수 있을 거라고 말입니다. 그렇다고 일부러 조합식을 흘리고 싶진 않았습니다. 운명에 맡기고 싶은 심정이었습니다. 그러나 우연히라도 조합식을 발견한 사람은 나타나지 않았고, 시간이 흐르면서 제 정체성은 기업의 회장으로 굳어갔습니다. 오히려 나중에는 아버지가 제게 했던 것처럼, 아이에게 그러고 있는 제 모습이 보였습니다.]

김 회장은 잠시 말문을 잃었고, 이 대목에서 사정을 아는 사람들은 탄식했다. 오래전 김 회장의 아들이 자살한 건 유명한 일화였기 때문이다.

[자연스럽게 파산 위기가 왔을 때, 그때서야 제 인생을 돌아보게 되었습니다. 행복했나? 의미 있는 인생이었나? 저는 아무 대답도 할 수 없었습니다.]

복잡한 얼굴로 화면을 응시하던 김 회장은 텀블러와 컵 하나를 꺼냈다. 컵에 내용물을 따르며 말했다.

[이 음료가 마지막 조합식으로 완성된 음료입니다.]

방송을 지켜보던 사람들의 눈이 모두 음료로 향했다.

"저게 세 번째 조합식으로 완성된 음료구나!"
"색깔만 봐선 딸기 무조건 들어간 것 같은데?"
"효과가 뭘까?"

음료를 따라놓고 잠시 내려다보던 김 회장은, 시선을 올리며 담담하게 말했다.

[이 마지막 조합식을 바로 밝히진 않겠습니다. 우리 회사를 위해서 말입니다. 제가 원한 건 아니었지만, 분명 회사는 제 인생이었습니다. 직원들을 향한 책임도 제 몫이고 말입니다. 오늘부터 공장을 다시 가동하고, 제품을 생산하겠습니다. 분명 모든 제품이 잘 팔리겠지요.]

방송을 보던 사람들은 '뭐야!' 하고 욕했지만, 김 회장은 컵을 들어 올렸다. 꿀꺽꿀꺽 다 마신 뒤, 처음으로 환하게 웃었다.

[후련합니다. 정말 행복하네요. 왜 진작 이러지 못했는지.]

그 미소는 너무나도 눈부셔서, 욕하던 사람들도 말을 멈출 정도였다.

[일단, 공장에 전화부터 돌려야겠군요. 오늘 내일은 좀 바쁘겠습니다. 그럼….]

김 회장은 정말 기가 막힌 타이밍에 방송을 껐다.

"뭐야! 왜 안 알려줘!"
"무슨 효과인 거지? 행복해지는 효과야 뭐야?"
"김 회장 마지막에 좀 젊어진 것 같지 않아? 그냥 표정이 밝은 건가?"

순식간에 온갖 추측과 소문이 전국에 퍼졌다. 실제로 모든 뉴스가 김 회장과 그 기업에 집중됐는데, 다음 날 공장이 다시 가동되는 모습부터 물류 이동하는 모습까지 실시간으로 뉴스에 올랐다.

"아이 씨 몰라! 일단 종류별로 다 사서 조합해봐!"
"유튜버들이 김 회장 영상 속 음료 색깔을 보고 조합 유추해보고 있던데, 곧 나오지 않겠어?"
"딸기 봉쥬스 매진되기 전에 빨리 사야지!"

정말이지, 엄청나게 팔렸다. 다른 음료들은 아예 전시할 자리가 없을 정도로 대박이었다. 유튜버들이 조합식 찾기에 성공했다는 인증이 뜰 때마다 관련 제품이 불티나게 팔렸다.

[제가 개발한 조합은 '딸기 봉쥬스'와 '진한 토마', '타우리노', '쿨업 포도맛'입니다! 효과는 숙면입니다!]

[저 우루사가 드디어 김 회장의 세 번째 조합식을 찾았습니다! '딸기 봉쥬스' 하나, '스트레이팅 포스' 반 캔, '죽순차' 한 캔, '갈리갈리' 반 캔입니다! 효과는 기분 향상? 어쨌든 웃음이 납니다!]

[왜 행복해진다고 했는지 이유를 찾았습니다! 진짜 마약이었습니다! 첫 번째 유사 마약 조합식은 유지 시간이 짧고 2회 차부터 거부 반응이 일어나지만, 미세하게 다른 세 번째 조합식으로 만든 마약은 거부 반응이 일어나지 않습니다! 제가 파장을 고려해서 차마 밝힐 순 없지만, 사실입니다!]

수많은 발견과 관심을 끌기 위한 허위 제보가 나타났지만, 어느 하나 정확하다고 평가받진 못했다. 사람들은 김 회장의 입이 열리기를 기다릴 수밖에 없었다. 한데, 청천벽력 같은 소식이 전해졌다.

[오늘 마포대교에서 일어난 사고 차량 중 하나에 김 회장이 타고 있었다고 합니다! 급하게 병원으로 이송 중이지만, 상태가 위중하다고 합니다!]

"김 회장이 죽으면 세 번째 조합식의 비밀은 어떻게 되는 거야?"

"이런 씨! 뭐 이런 개떡 같은 운명이 다 있어? 누가 지어낸 소설도 아니고!"

김 회장의 음료 조합식

사람들은 제발 김 회장의 쾌차를, 그게 아니면 죽기 전 마지막 유언이라도 바랐지만, 김 회장은 그대로 눈을 감았다. 세 번째 조합식은 영영 비밀로 묻히게 된 것이다.

사람들의 궁금증은 이대로 묻힐 수 없었다. 이전보다 더욱더 많은 조합식 연구자들이 나타났고, 아예 김 회장의 주변 기록을 모조리 조사해야 한다는 국민청원도 올라왔다.

아무 해결이 나지 않은 채 한 달이 지났다. 한 달이 지났음에도 여전히 세 번째 조합식 연구는 활발했다. 첫 번째 조합식과 두 번째 조합식이 활발하게 사용되는 것만 봐도 세 번째 조합식을 포기할 순 없었다.

그때, 모두가 기다리는 소식이 들려왔다.

[회장님께서 세 번째 조합식 발표를 창사기념일에 맞춰서 미리 녹화하셨단 걸 확인했습니다! 현재 암호화되어 있지만, 내일 밤 12시 인터넷에 자동으로 업로드될 것입니다! 모두 기대해주십시오!]

기업의 발표가 뜨자마자 사람들은 환호했다.

"드디어! 행복의 묘약 조합식이 뜨는구나! 진짜 우울증 치료제나 그런 것일까?"

"설마 아무것도 아닌 낚시는 아니었겠지? 기업 살리기 위해서? 그렇다면 정말 실망인데!"

많은 이들이 기대하며 12시가 오기를 기다렸다. 그들 중 대부분이 24종류의 음료를 모두 준비해놓은 상태였다.

이윽고, 암호화되어 있던 김 회장의 동영상이 풀렸다. 소리가 없는 영상이었는데, 김 회장은 촬영을 의식하지 않는 상태로 그냥 혼자서 음료를 조합하고 있었다.

사람들은 당황했지만, 화면에 비친 캔을 보며 조합식을 맞추기에 급급했다. 커다란 볼에 캔 음료를 얼마나 넣는지 집중해서 바라본 결과 꽤 복잡한 조합식을 발견할 수 있었다.

"딸기 봉쥬스 비율이 세 캔이나 들어가네! 어쩐지! 이러니까 아무도 못 맞추지!"

"총 여덟 종류야 일곱 종류야? 헷갈리네, 다시 봐야겠다!"

전국에서 세 번째 조합식을 완성했다는 소식이 잇따랐다. 가장 먼저 한 유튜버가 생방송으로 완성한 음료를 먹었다. 한데, 그는 고개를 갸웃했다.

[음. 행복해지는 건가? 잘 모르겠네. 무슨 효과지? 근데 맛있다.]

그에 이어서 세 번째 조합식을 마신 수많은 이들도 비슷한 반응을 보였다.

"뭔지 잘 모르겠고… 그냥 맛있는데?"

김 회장의 음료 조합식

"이걸 출시했으면 대박 났겠다. 중독성 있네? 되게 맛있다."

세 번째 조합식은 설마 그냥 맛있는 음료일까? 사람들은 실망하면서도 해당 음료를 줄기차게 제조해 마셨다.

그렇게 이틀이 지났을 때, 한 방송사가 속보를 급히 편성했다. 김 회장 관련 소식이라는 게 알려지면서 많은 이들이 채널을 돌렸는데, 사색이 된 기자 하나가 카메라를 보며 말했다.

"세 번째 조합식을 조사하기 위해 김 회장의 뒤를 파헤치다가 김 회장의 부모를 조사하기에 이르렀습니다. 그리고 김 회장 모친이 다니던 성당에서 모친의 것으로 밝혀진 일기장을 손에 넣었는데… 그곳에 이런 글이 적혀 있었습니다."

[부모로서 아들의 꿈을 응원해주는 게 당연하겠지만, 내 아들의 꿈은 그럴 수 없다. 애가 무슨 영화를 잘못 본 탓일까? 내 속으로 낳았지만 이해할 수 없는 아들이다. 세상에서 가장 완벽한 킬러가 꿈이라니….]

"김 회장의 꿈은 과학자가 아니었습니다. 그렇다면… 과연 그가 연구한 것은 무엇이었을까요?"

너무 냉철한 사내

흠뻑 젖은 온몸, 통통 분 피부, 달라붙은 머리카락과 흘러내리는 물방울. 누가 봐도 그녀는 물귀신이다.

물귀신은 본인이 빠져 죽은 호수의 수면 위에 누워 밤하늘을 올려다보며 하품했다. 무시무시하게 생긴 귀신이지만 그녀는 지금 한가하다. 몰래 공짜로 번지점프를 하려다가 실수로 죽은 거라 원망할 사람도 없고, 애먼 사람들을 놀라게 하는 것도 귀찮았다. 대충 시간을 보내다가 성불이나 하자는 게 그녀의 계획이었다. 그런데 오늘 그녀에게 뜻밖의 손님이 찾아왔다.

[안녕하세요. 물귀신 님? 정말 제가 찾아다니던 물귀신 님이시네요.]

20대로 보이는 예쁘고 얌전하게 생긴 여자 귀신이었다. 고개를 돌린 물귀신은 의아해서 물었다.

[응? 누구…? 나를 찾아다녔다고?]

[네. 불어터진 얼굴 하며, 미역 같은 머리칼 하며, 정말 물귀신답게 생기셨어요.]

[뭐? 칭찬이야 욕이야?]

[칭찬이에요. 실은, 제가 물귀신 님께 부탁이 있어서요.]

[부탁?]

어차피 한가하던 차, 물귀신은 사연이나 들어볼 요량으로 자세를 잡았다. 여자 귀신은 원통해하는 얼굴로 이야기를 시작했다.

[결혼을 약속한 남자가 있었어요. 그는 몹시 머리가 좋고 냉철한 사람이었는데, 그 성격을 알면서도 믿은 제가 바보였죠. 사법고시 준비하는 걸 청춘을 바쳐 뒷바라지했더니, 붙자마자 저를 무참히 버렸어요.]

[어이구, 전형적이네.]

[그가 자주 하는 말이 '합리적'이라는 말이었거든요. 자기한테 좋은 집안의 선이 들어왔는데 결혼하는 게 합리적이라면서 저에게 헤어지자고 하더군요. 그러면서 그동안 뒷바라지한 시간을 연봉으로 계산해서 갚겠다고 말이죠.]

[저런…. 저런 전형적인 개자식이 있나?]

[저는 자살을 선택했고, 죽어서 원한을 갚을 생각이었죠. 그렇게 귀신이 된 것까지는 좋았는데… 보시다시피 제가 너무 예쁜 거예요.]

[너무, 뭐?]

[저는 물에 빠져 죽은 것으로 알려졌거든요. 그도 제가 물에 빠져서 자살한 걸로 알아요. 근데 사실 제가 바다에 뛰어든 건 맞는데, 중간에 절벽에 걸리는 바람에 제대로 못 죽었어요. 뇌진탕으로 너무 깨끗하게 죽었지 뭐예요? 속상해 죽겠어요.]

[귀신인데 속상해 죽지는 않지. 근데, 그래서, 그게 왜?]

[이대로 그 앞에 나타나서 위협해봤자 전혀 안 무서울 것 같은 거예요. 안 그래도 굉장히 침착하고 냉철한 사람이거든요. 그래서 말인데, 혹시 저 대신에 저인 척하고 그의 앞에 나타나 주시면 안 될까요?]

[뭐? 내가?]

물귀신은 황당해하며 자신을 가리켰다. 여자 귀신은 격하게 고개를 끄덕이며 말했다.

[그는 제가 물에 빠져 죽은 줄 알기 때문에, 물귀신으로 나타나면 바로 저라고 생각할 거거든요. 게다가 물귀신은 어차피 퉁퉁 부어서 얼굴도 잘 못 알아보잖아요. 부탁드려요, 너무 원통해서 그래요.]

[으음…. 될까?]

물귀신은 어이가 없었지만, 그녀의 사연이 딱하기도 해서 그 제안을 승낙했다.

[한번 해볼까?]

[아! 감사합니다! 분명 잘될 거예요! 굉장히 끔찍하게 생기셔서.]

너무 냉철한 사내

[칭찬이야 욕이야?]

물귀신은 그녀와 함께 호수를 떠나 도시로 향했다. 어느 오피스텔에 도착하자 여자 귀신이 손을 뻗어 한쪽을 가리켰다.

[저 원룸이에요. 지금 혼자 자고 있을 텐데, 최대한 무섭게 부탁드려요. 신경 쇠약에 걸려서 자살이라도 하도록 말이에요!]
[알았어. 나만 믿어.]
[기계처럼 냉철한 사람이라서, 어쩌면 잘 안 통할지도 몰라요.]
[나만 믿으라니깐! 내가 물귀신 경력이 몇 년인데! 간다.]

물귀신은 팔을 걷어붙이며 힘차게 원룸 안으로 들어섰다. 날카로운 인상의 사내가 침대 위에 누워 있는 게 보였다. 물귀신은 곧바로 천장에 달라붙었다. 곧장 사내의 위쪽 천장으로 간 물귀신은 사내를 정면으로 마주하고, 가장 자신 있는 연출인 '머리카락을 늘어뜨려 물방울 떨어뜨리기'를 시작했다.
물방울이 사내의 얼굴 위로 떨어지고 그의 미간이 조금씩 찡그려졌다. 곧 서서히 하강한 그녀의 긴 머리카락 끝이 그의 얼굴에 닿았다.

"으윽?"

인상을 찌푸리며 눈을 뜬 사내는, 순간 두 눈을 부릅뜨며 헛숨을 들이켰다.

[으흐으⋯. 으흐으⋯.]

타이밍을 엿본 물귀신은 원통해하는 듯한 신음으로 사내를
압박했다. 사내의 동공이 커지며 사정없이 흔들렸다.

"혜, 혜화?"
[으흐흑⋯. 으흐흑⋯.]

물귀신은 더욱 고조되는 신음 소리를 내며 내심으로 회심의
미소를 지었다. 사내의 입에서 잘못했다고, 살려달라고 비는 소
리가 나오길 기다렸다.

"혜화는 염색을 안 하는데⋯?"
[응?]
"누구야? 혜화가 아닌데? 누구?"
[어?]

사내가 물귀신의 염색한 머리카락을 보며 묻자, 당황한 물귀
신은 도망치고 말았다. 문밖에서 몰래 보고 있던 여자 귀신은 울
상을 지었다.

[그냥 오면 어떡해요!]

[미, 미안. 너무 당황스러워서….]

[아. 어떡해, 망했어!]

[아니, 근데 뭐 저런 놈이 다 있어? 그 상황에 뭐 저런….]

[제가 말했잖아요. 냉철한 사람이라고요.]

물귀신은 자신의 염색한 머리카락을 손가락으로 배배 꼬며 미안해하는 얼굴로 바라보다가, 조심스럽게 제안했다.

[내가 아는 다른 물귀신이 있거든? 너랑 머리카락 색도 똑같고 생김새도 비슷한데, 걔한테 부탁하자.]

[될까요?]

[그럼. 걔가 아주 제대로 살벌하게 생겼거든. 그리고 걔 특기가 뭔지 알아? 심장 마사지야. 웬만한 노인네들은 심장 마비로 죽을 정도라고.]

[그래요? 그분이 도와줄까요?]

[그럼!]

다음 날 밤, 물귀신은 여자 귀신을 데리고 자신의 호수 밑바닥으로 가 다른 물귀신을 소개해주었다. 모든 사정을 설명하자, 그 물귀신은 흔쾌히 고개를 끄덕였다.

[나도 남자 새끼의 배신으로 이 꼴이 됐지! 얼마든지 도와주겠어!]

그들 셋은 다시 사내의 원룸으로 향했다. 잠이 든 사내의 곁에서 기다리던 두 번째 물귀신은 그의 귓가에 기묘한 음성을 내뱉었다.

[오빠…. 오빠….]
"으음?"

미간을 찌푸리며 눈을 뜬 사내는, 눈앞의 물귀신을 보자마자 두 눈을 부릅뜬 채 굳어버렸다. 두 번째 물귀신은 경직된 그의 심장 쪽으로 손을 뻗었다.

[감히 나를 버려…. 네가 나를 버려…!]

악의 가득한 음성과 함께 그녀의 손이 사내의 가슴을 통과해, 심장을 움켜잡았다. 한겨울의 강바닥만큼 차가운 냉기가 사내의 심장에서 솟아올랐다.

"혜, 혜화는 왼손잡인데?"
[으응?]
"누구…? 누군데 나를 오빠라고…?"

당황한 물귀신은 급히 손을 바꿨지만, 오히려 사내는 더욱더 의심스러운 눈초리를 했다. 두 번째 물귀신도 결국 밖으로 도망

너무 냉철한 사내

처버렸다.

　밖에서 지켜보던 여자 귀신은 크게 실망해 고개를 떨궜다.

　[어떡해! 망했어!]
　[미, 미안해. 왼손잡이였으면 말을 하지 그랬어…. 아니다, 뭐 저런 놈이 다 있지?]

　물귀신 둘은 쭈뼛대다가, 그녀를 위로하며 말했다.

　[마지막으로 진짜 한 번만 더 해보자. 응? 내가 물귀신계의 전설적인 왕언니를 알거든? 성불이 얼마 안 남으신 분인데 지금 호수 가장 밑바닥에 계셔. 우리가 부탁해볼게. 너랑 옷차림도 비슷하게 하고, 이번엔 제대로 해보자.]
　[제발. 그럴까요?]
　[그럼! 그분을 보고도 기절하지 않은 인간을 본 적이 없어.]

　여자 귀신은 희망을 품고 호수까지 함께 갔다. 가장 밑바닥에서 만난 왕언니 물귀신은 정말 듣던 대로 살벌한 외양을 가지고 있었다. 셋이서 구구절절 사정을 털어놓자, 왕언니 물귀신이 자리를 털고 일어났다.

　[마지막으로 좋은 일 한번 하고 성불해야겠구나.]

다음 날 밤, 네 귀신은 기세등등하게 사내의 원룸으로 향했다. 왕언니 물귀신은 여자 귀신의 옷차림과 머리카락, 키로 완벽하게 변장한 뒤 목소리까지 흉내 냈다.

[아. 아. 어때? 저놈 이름이 재준이라고 했지? 재준이 오빠?]
[저라도 속을 것 같아요 정말 좋아요!]
[좋아. 추하게 질릴 녀석의 얼굴을 거기서 잘 보려무나.]

여자 귀신은 이번에야말로 성공하리라 기대하며 왕언니 물귀신의 뒷모습을 바라보았다.

원룸 안으로 들어간 왕언니 물귀신은 침대 천장에서부터 물귀신의 정석대로 물방울을 떨어뜨렸다. 그리고 아주 가늘고 희미한 음성을 내었다.

[재준이 오빠…. 배고파…. 재준이 오빠…. 추워…. 배고파….]

신음을 흘리던 사내는 곧 눈을 번쩍 떴다. 물귀신은 서서히 그를 향해 내려왔다.

[재준이 오빠…. 배고파…. 배고파…. 너무 배가 고파서….]

끊임없이 속삭이던 물귀신은 갑자기 입을 다물었다. 그러나 그것은 속을 게워내기 위한 동작이었다. 그녀의 가슴에서부터 목까지 크게 일렁거리더니 위액 섞인 강물과 죽은 물고기가 사내의 얼굴 위로 쏟아졌다.

"끄아아악!"

굳어 있던 사내가 비명을 지르며 얼굴을 가렸지만, 물귀신의 커다란 입은 부패한 내용물을 끝없이 토해냈다. 밖에서 지켜보던 귀신들도 드디어 성공이라며 회심의 미소를 짓던 그때, 사내의 몸부림이 별안간 멈췄다. 사내는 머리맡에 있는 물고기를 바라보며 말했다.

"메기는 민물고긴데…? 혜화는 바다에 빠져 죽었는데?"
[우웨에에… 응?]

사내는 미심쩍은 얼굴로 왕언니 물귀신을 보며 말했다.

"바다에 메기가 살 리는 없고, 강에 빠져 죽은 물귀신이네?"
[오, 오빠?]
"누구야? 누군데 도대체?"

왕언니 물귀신이 당황하여 할 말을 잃자, 문밖에서부터 울음소리가 터져 나왔다.

[이게 뭐야! 다 망했어! 망했다고!]

고개 돌린 사내의 눈에, 주저앉아 우는 여자 귀신의 모습이 보였다. 사내는 그녀를 가만히 살피다가 물었다.

"혜화구나. 몸은 좀 어때? 괜찮아?"

울던 여자 귀신은 벌떡 일어나서 분노했다.

[괜찮냐고? 나를 죽게 만들고 그게 할 질문이야? 내가 너 용서 안 할 거야! 평생 영원히!]
"괜찮아 보이네."

사내는 다른 물귀신들과 그녀를 돌아보다가 말했다.

"죽으면 끝인 줄 알았는데, 귀신이 있단 말이지? 그리고 죽을 때 모습 그대로 귀신이 된다고? 귀신이 되면 영원히 젊은 모습으로 늙지도 않을 테고, 이미 죽었으니까 죽지도 않을 테고? 합리적으로 생각해보았을 때, 인간보다 귀신이 낫네?"
[엉?]
"나도 죽어야겠다."

사내는 머리맡의 서랍을 열더니, 알약을 꺼내서 삼켰다.

"컥! 커헉…!"

순식간에 괴로운 표정이 된 사내는 이윽고 숨을 거뒀다. 그리고 잠시 뒤, 사내의 귀신이 나타났다.

[오, 오빠?]

잠시 자신의 몸을 점검한 사내는 여자 귀신에게로 향했다.

[합리적으로 생각해봤는데, 내 인생 최고의 실수가 너를 잃은 거였더라. 정말 후회하고 혼자 자책했어. 네 시체가 발견되면 나도 같이 죽을 생각이었는데, 이렇게 됐네. 나를 용서해주겠어?]
[오, 오빠?]
[합리적으로, 귀신 부부가 인간 부부보다 나은 것 같아. 영원히 신혼일 수 있잖아. 안 그래?]

울먹이던 여자 귀신은 남자 귀신에게 안겼다.
물귀신 셋은 어처구니없어하는 얼굴로 그 꼴을 구경하다가 고개를 흔들며 흩어졌다.

[내 참, 더러워서 성불이나 해야지.]

돈을 매입하는 기계

허연 입김이 서리는 새벽의 인력 사무소 앞. 마흔 살 두 남자 민우와 용철이 서 있다.

민우는 인상을 찌푸리며 자신의 20년지기 친구 용철을 노려보았다.

"갑자기 있는 돈을 다 가져오라고?"

"그래 인마! 너 지금 돈 얼마 있어? 마련할 수 있는 돈 전부 다해서!"

다소 흥분한 듯한 용철을 노려보던 민우는 한숨을 내쉬었다.

"먹고 죽을 돈도 없다 이 새끼야. 너 또 뭐 도박했냐?"

"아니야 인마! 진짜 그런 거 아니고, 너 돈 얼마 있어?"

"없다고! 며칠 만에 나타나서 뭐? 빌려 간 돈이나 갚고 말해라 새끼야!"

"아, 그런 게 중요한 게 아니라! 너 지금 얼마 있어? 아이, 아니다! 일단 따라와 인마! 너 대박 나게 해줄게! 주머니에 만 원이라도 있긴 있지? 따라와!"

"가길 어딜 가! 어제도 일 못 했는데!"

"일단 좀 가보자니까 제발! 진짜 기적을 보여줄 테니까!"

용철이 앞장서서 계속 손짓하자, 민우는 어쩔 수 없다는 듯 따라나섰다. 가는 도중에도 용철은 민우가 가진 돈을 확인했다.

둘은 버스로 이동했는데, 교통카드도 민우가 다 찍었다.

"두 명요."

민우는 황당해서 물었다.

"야이! 넌 버스비도 없는 새끼가 대박은 뭘 대박이야?!"

"내가 좀 멍청하게 해서 그래. 일단 너, 만 원은 있는 거지? 돈으로 돈을 벌 수 있다니까!"

"돈으로 돈을 벌어?"

민우는 못 미덥다는 듯한 눈으로 용철을 보았지만, 그는 자신만만하게 웃었다.

"너 나한테 무지 고마워할 거다. 내가 너니까 알려주는 거야 인마."

*

버스에서 내린 두 사람은 또 한참을 걸었다. 주변 풍경이 산으로 바뀔 때 목적지가 보였다. 버려진 터널이었다.

민우는 다리를 두드리며 투덜댔다.

"힘들어 죽겠다! 이런 곳에 뭐가 있다고? 사람 하나 안 지나다니는 곳에."

"그래서 얼마나 다행이야. 사람이 안 다닌다는 게."

용철은 혼자 터널 안으로 빠르게 진입했고, 소리를 질렀다.

"바로 여기야!"

민우가 투덜대며 가보니 용철이 터널 벽 한쪽을 가리키고 있었다. 자세히 보니 벽에 작은 문이 달려 있다. 용철이 지체 없이 문을 열자, 민우의 얼굴이 일그러졌다.

먼지 풍기는 그 공간에는 슬롯머신 한 대가 서 있었다.

돈을 매입하는 기계

"이런 씨! 도박장이냐?"

"그딴 거 아니야 인마! 일단 봐!"

얼른 안으로 들어간 용철이 슬롯머신에 앞면에 달린 서랍을 크게 펼쳤다.

"바로 이거야! 돈이 돈을 버는 법! 여기에 돈을 넣으면 돈이 나와!"

"뭔 말이야?"

미간을 좁힌 채 다가간 민우는 그 기계가 슬롯머신은 아니란 걸 알았다. 용도가 짐작이 가지 않는 처음 보는 형태의 기계였는데, 모니터에는 이렇게 쓰여 있었다.

[가치 있는 돈을 삽니다.]

"뭔데 이거?"

"이 구멍에 돈을 넣으면, 그 돈의 가치를 평가해서 매입해주는 기계야!"

"뭔 소리냐 그게?"

이해할 수 없어 하는 민우에게 용철이 설명했다.

"나도 잘은 모르지만, 대충 내가 이해한 거는 그래. 돈이란 게 사람들 사이에서 돌고 돌잖아? 그리고 그 돈을 사용하는 사람들은 저마다 사연이 있을 거고? 그런 사연을 평가해서 돈의 가치를 매겨주는 기계인 거지."

"뭐?"

"간단히 말해서, 내가 이 기계에 1,000원을 넣고 돌렸더니, 3,400원이 나오더라고! 그 돈의 주인이었던 꼬마가 태어나 처음으로 슈퍼에서 쓴 돈이라고 말이야."

"1,000원을 넣었는데 3,400원이 나왔다고?"

"그래 인마! 이걸로 내가 며칠 동안 돈 좀 벌었어. 근데 마지막에 실수했던 게, 아예 빳빳한 신권으로 돈을 다 털어서 넣었거든. 그게 실수였던 거야. 새 돈은 0원이 나오더라고. 며칠 동안 번 돈 한 번에 다 날린 거지 뭐."

믿을 수 없는 이야기였지만, 용철은 설명보다 한번 해보라며 기계를 가리켰다. 민우는 찜찜한 얼굴로 지갑을 꺼냈다. 그가 천원짜리 한 장만 빼는 모습에 용철이 다급히 외쳤다.

"있는 돈 다 넣어! 나 딱 한 번만 믿고! 어? 돈 다 넣어봐 제발!"

민우는 잠시 고민했지만, 서랍 안에 따로 구멍이 없는 걸 확인한 뒤 지갑에 있던 돈을 다 털어 넣었다. 그 순간 용철이 얼른 서랍을 닫아버렸다.

돈을 매입하는 기계

"아!"

민우가 움찔했을 때, 갑자기 기계의 화면이 새하얗게 변하더니 '띵! 띵! 띵!' 소리를 내며 목록이 나타났다.

최고가 10,000원짜리: 한 손이 없는 장애인 엄마가 수능 보는 아들에게 어렵사리 쥐어 준 점심값. 평가금액 550,000원

중간 생략 (자세히 보기)

최저가 1,000원짜리: 변기에 돈이 빠졌다. 평가금액 900원

총액: 601,000원

목록이 뜨는 게 끝난 순간, 기계의 서랍이 열렸다.

"와! 대박! 초대박이다. 야! 60만 원 넘잖아? 만 원짜리 한 장에 대박 사연이 들어 있었네!"
"뭐야? 뭐야?"

용철이 서랍 안에 든 돈을 다 빼내자 서랍이 자동으로 닫혔다. 용철은 돈을 민우에게 건네면서 말했다.

"내가 대박이라고 했지? 너랑 나랑 우리 이제 인생 다 풀린 거

라고! 어 짜샤!"

얼떨떨하게 돈다발을 받아 든 민우의 눈동자가 떨렸다. 용철
은 웃으며 말했다.

"우린 이제 부자야! 알지? 돈을 팔아서 부자가 되는 거야 인
마! 내가 이거 혼자 해도 되는데 너랑 공유해준 거다! 어?"
"이거 진짜냐? 왜 이런 기계가 여기 있는 거냐?"
"짜식이! 진짜라니까! 앞으로 우리가 할 일은 사연이 있는 돈
을 모아서 여기 오는 것뿐이야 인마. 얼른 가서 돈 구해 오자. 자
일단 그 돈은 반반 나누고."

용철이 손을 내밀자, 민우는 돈을 건네지 않을 수가 없었다.
이게 정말이라면 엄청난 대박이 아닌가?

"지금 이 돈은 가장 최근의 강렬한 기억이 기계에서 나왔다는
것이기 때문에, 다시 넣어봤자 돈 안 나와. 내가 해봤어. 이 돈은
세상에 풀어주고, 세상의 돈을 가지러 가자. 자!"

용철이 리더처럼 앞장서자, 민우가 뒤따랐다.

"진짜 대박! 속임수나 그런 거 아니지 이거?"
"아니라니까! 이 형님 덕분에 너도 인마 인생 핀 거야!"

"와 나, 대박! 대박!"

터널을 빠져나온 두 사람은 다시 도시로 돌아갔다. 갈빗집에서 식사를 했는데, 용철이 갈비를 뜯으며 말했다.

"근데 진짜 대박이다. 그 만 원짜리 하나 있잖냐, 50만 원 넘는 거. 그거 사연이 뭐였지?"
"장애인 엄마가 수능 점심값으로 준 돈?"
"그래, 그런 강렬한 사연이 있는 돈을 찾으면 돼. 내 최고 기록 말해줄까? 100만 원 넘는 천 원짜리가 있었는데, 무슨 사연이 있는 돈이었는지 알아?"
"1,000원짜리가 100만 원이 넘었다고?"
"그래. 그 돈 사연이 뭐였느냐면, 노숙자가 다른 노숙자에게 빼앗기지 않으려다 살해당한 돈이었어. 그게 백몇십만 원인가 했었지."
"와…."

감탄하는 민우를 보며 용철은 웃으며 말했다.

"터널이 너무 멀리 있어서 왔다 갔다 하는 게 힘들어 그렇지, 한 번 가지고 간 돈 다 넣으면 몇 배로 불려 나오는 건 일도 아니었어 인마! 아 참 참! 근데 너 절대 다른 사람한테 말하면 안 되는 거 알지? 너랑 나랑 둘이서만 하는 거야!"

"내가 바보냐? 이걸 말하게!"

웃는 얼굴로 식사를 마친 둘은, 내일을 약속하며 헤어졌다.

"오늘 나온 돈은 못 쓰니까 어떻게든 바꿔 오고. 그거 말고도 하여간 돈이란 돈은 다 긁어 와."
"알았다."

반지하 단칸방으로 돌아온 민우는 집 안에 굴러다니는 돈을 모조리 긁어모았다. 그러고도 흥분이 되어 집 안에 가만히 있을 수 없었고, 돌아다니면서 돈을 빌려 오기까지 했다. 그날 밤 잠자리에 누운 그는, 불행하기만 했던 자신의 인생이 드디어 행복해질 거란 부푼 꿈을 안고 잠이 들었다.

다음 날, 약속 장소에 민우가 가져간 현금은 100만 원이 넘었다. 한데, 용철은 빈손이었다.

"너 뭐냐? 네가 돈 모아 오자며 새끼야!"
"야야 그렇게 됐어. 네가 모아 왔으니까 됐잖아? 응?"
"너 또 도박했지 이 새끼!"
"아아이, 이제 앞으로 우리 부자 될 건데 뭐어, 얼굴 붉히지 말고 얼른 가서 바꿔 오자. 시간이 금이야 금! 우리한테는 진짜로 시간이 금이야!"

돈을 매입하는 기계

민우는 인상을 찌푸렸지만, 그냥 넘어갈 수밖에 없었다.

버스를 타고, 또 산길을 오래 걸어 터널에 도착한 두 사람은 기계 장치에 돈을 넣고 화면을 지켜보았다.

최고가 50,000원짜리: 게임 머니를 결제하기 위해 아버지의 수술비를 훔쳤다. 평가금액 310,000원

중간 생략 (자세히 보기)

최저가 1,000원짜리: 볼펜이 안 나와서 테스트로 글을 썼다. 평가금액 900원

총액: 2,340,900원

돈을 확인한 민우는 여전히 놀랐다.

"두 배가 넘네. 와 진짜!"
"야야! 이건 적게 나온 거야. 아쉽네. 왜 이렇게 사연이 약했냐."

용철은 서랍에서 바로 돈을 꺼내 나누려 했지만, 민우가 화를 냈다.

"뭐 해? 일단 이 돈을 다시 다른 돈으로 바꿔서 또 교체하고, 마지막에 나눠야지 인마!"

"어어 그래야지. 맞아. 얼른 가서 다시 바꿔 오자."

두 사람은 다시 도시로 내려가서 돈을 헌 돈으로 바꿨다. 은행을 이용하려 했지만, 용철이 반대했다.

"야 내가 은행에서 신권 가져갔다가 빈털터리 됐다고 말 안 했어? 은행 돈 안 돼. 차라리 시장 바닥에 꾸깃꾸깃한 돈들이 사연도 많고 확실해!"

"은행에서 바꿔주는 돈이 무조건 신권은 아니지 않냐?"

"그래도 인마, 불안해! 불안하니까 그냥 발품 팔자."

두 사람이 돈을 헌 돈으로 바꾸는 데는 생각보다 시간이 오래 걸렸다. 다시 터널에 도착했을 때는 저녁이 다 되어 있었다.

"이래서는 하루에 두세 번밖에 못 하겠는데? 돈 바꾸는 방법을 좀 알아봐야겠다."

"그래. 차도 좀 사야 할 것 같고."

두 사람은 모아 온 돈을 모두 서랍에 넣었고, 기계는 화면에 목록을 띄웠다.

돈을 매입하는 기계

최고가 5,000원짜리: 남자가 내연녀를 입막음하기 위해 죽였을 때 그녀의 손에 꽉 쥐어져 있던 돈. 평가금액 3,500,000원

중간 생략 (자세히 보기)

최저가 1,000원짜리: 장롱 밑에서 나온 돈. 평가금액 700원

총액: 7,660,200원

"대박!"

"오오!"

둘은 환호했다. 용철은 화면 최고가를 가리키며 웃었다.

"야이! 이놈 누구야? 이 고마운 쓰레기 새끼!"

"5,000원이 350만 원이 돼? 와 진짜!"

싱글벙글 돈을 거둬 간 두 사람은 돈을 절반으로 나누고 내일을 기약했다. 헤어지기 전에 민우는 단단히 일렀다.

"너 도박하지 마라! 진짜! 내일도 빈손으로 오면 알지?"

"알았어 인마! 걱정하지 마! 가서 각자 헌 돈으로 잘 바꿔 오기나 하자고!"

다음 날, 설마 하며 약속 장소에 나간 민우는 경악했다. 용철이 웬 남자를 달고 나온 게 아닌가?

　"이분은 누구…?"

　민우는 혹시 용철이 비밀을 발설했을까 불안했지만, 그건 아니었다. 용철이 미안해하는 얼굴로 말했다.

　"어어. 이분은 도박장에 계신 분이신데…. 민우야 200만 원만 이분께 드려."
　"뭐라고?"

　민우는 분노했지만, 어쩔 수 없었다. 낯선 사내의 인상은 살벌했고, 돈을 받기 전에는 용철을 놓아줄 것 같지 않았다.

　"이 미친 새끼! 너 내가 도박하지 말라고 했지?"
　"미안해. 일단 200만 원만 좀…."

　돈을 주고 그를 보낸 뒤, 민우는 펄쩍 뛰었다.

　"야 새끼야! 너 미쳤어?"

"아니 돈을 바꾸는 데는 도박장만 한 데가 없잖아. 그래서 그랬는데⋯."

민우는 용철의 변명이 황당했는데, 시간이 지나자 용철은 적반하장이 되었다.

"야! 그깟 돈 그냥 벌면 되잖아? 우리가 인마! 하루 만에도 벌겠는데!"
"너 이!"
"이럴 시간에 얼른 가서 벌면 몇 배는 벌겠다. 미안한데, 대신 내가 오늘 부지런히 움직일게! 어? 그만하고. 솔직히 내가 너한테 그거 알려준 거에 비하면 인마!"
"으유⋯ 진짜⋯!"

민우는 인상을 찌푸리면서도 어쩔 수 없이 터널로 출발했다. 가는 동안 그의 분노는 풀리지 않았지만, 용철은 이미 다 잊은 듯했다.

"민우야 내가 기가 막힌 거 보여줄까? 어제 그래도 내가 1,000원짜리 한 장 따로 빼났거든? 이거 딱 봐도 비싸 보이지?"

용철이 내민 지폐에는 악필로 쓰인 글이 있었다.

[지옥 같은 세상 뒤엎을 수 없어서 산다. 의사가 나보고 자유로운 영혼은 천국에서 환영한다고. 이정민 김갑수 최민구 죽음보다 더한 지옥에서 살아라.]

"어때? 분명 비싸 보이지? 뭔 말이야 이게?"
"그러네."

민우는 계속 말을 걸어오는 용철에게 단답형으로 말하며, '도대체 이 도박 중독자 새끼를 어떻게 해야 할지' 고민했다. 그러다 문득 한 생각에 닿는 순간 걷잡을 수 없을 만큼 불안해졌다.

'이 새끼 혹시, 도박 빚 때문에 터널의 비밀을 누설하는 거 아니야?'

그 순간, 머릿속으로 최악의 사태가 그려졌다. 도박장 건달들이 기계를 장악하고, 난 평생 가까이 다가가지도 못하고, 아니 어쩌면 입막음하기 위해 살해당한다거나?

"으음…."
"왜?"
"…아니다."

표정이 딱딱하게 굳은 민우는 생각이 복잡해졌다.

돈을 매입하는 기계

터널에 도착하자마자 두 사람은 바쁘게 움직였다. 어느 정도 노하우가 붙어서 그런지, 그날 저녁에는 다섯 번을 왕복한 상태였다.

최고가 10,000원: 보육원에 맡겨진 아이는 엄마가 1년 뒤에 돌아온다며 쥐여 준 돈을 성인이 될 때까지 쓰지 않았다. 평가금액 1,800,000원

중간 생략 (자세히 보기)

최저가 1,000원: 버려진 담뱃갑에서 발견한 돈. 평가금액 1,000원

총액: 15,330,000원

"으하하! 오늘 돈 많이 벌었다 야!"

용철은 돈다발을 보며 기뻐했다. 민우는 용철과 돈을 나누면서도 표정이 불안했다.

"너 오늘도 도박장 가는 건 아니겠지?"
"안 가 안 가!"
"너 어제도 안 간다고 하고 갔다."
"아, 거참! 돈도 많이 벌었잖아! 이렇게 좋은데 왜 그러냐 진

짜? 너 나 아니었으면 이런 돈 만지기나 할 수 있었어?"

적반하장으로 화를 내는 용철의 모습에 민우의 표정이 딱딱하게 굳었다. 최악의 가정이 머릿속에서 자꾸 맴돌았다.

돈을 다 나누고 방을 나설 때, 기분이 좋아 보이는 용철이 콧노래를 흥얼거렸다. 그러다 무심코 중얼거린 그 말에 민우는 멈춰 섰다.

"이 새끼들아, 오늘은 내가 꼭 복수한다! 흐흐흐."
"…."

다시 도박장을 갈 게 뻔해 보이는 용철의 등을 보며, 민우의 눈빛이 차갑게 가라앉았다. 앞서 걸어가는 용철을 가만히 노려보던 민우는 빠른 걸음으로 뒤를 쫓아갔다. 이윽고 허리를 숙여 터널 바닥의 큰 돌을 주워 든 민우는 있는 힘을 다해 용철의 뒤통수를 휘갈겼다.

소리도 지르지 못하고 '쿵' 쓰러진 용철의 뒤에 올라탄 민우는 양손으로 그의 목을 졸랐다. 혼이 나간 사람처럼 조르다가, 이미 용철이 죽었다는 걸 깨닫고 벗어났을 때는 몇 분이나 지난 뒤였다.

주저앉아 숨을 몰아쉬는 민우의 두 눈이 흔들렸다. 앉은 자리에서 진정될 때까지 있던 민우는, 이 밤이 가기 전에 용철을 묻

돈을 매입하는 기계

어야겠다는 생각이 들었다.

　벌떡 일어난 민우는 용철의 주머니에서 돈을 모조리 빼 들고 터널 밖으로 향했다. 빠르게 입구를 빠져나가다가 멈칫, 뒤를 돌아보았다.

　"…."

　가만히 멈춰 선 민우는 생각했다.
　기계 장치 때문에 친구를 살해하고 빼앗은 이 돈뭉치는 얼마짜리 돈일까?

　입술을 잘근잘근 물던 민우는 홱 돌아서 터널로 향했다. 용철의 시체를 지나쳐 기계 앞에 선 그는 돈을 털어 넣었다. 떨리는 눈으로 모니터를 바라보자, 띵! 띵! 띵! 목록이 떴다.

　최고가 50,000원짜리: 방금 막 이십년지기 친구를 살해하고 빼앗은 돈. 평가금액 5,000,000원
　중간 생략 (자세히 보기)
　최저가 10,000원짜리: 방금 막 이십년지기 친구를 살해하고 빼앗은 돈. 평가금액 5,000,000원

　총액: 780,000,000원

"처, 천? 억? 억? 억! 7억 8,000만 원!"

민우의 입이 떡 벌어졌다. 서랍장 가득한 돈다발을 보고 그는 흥분하지 않을 수 없었다. 숨길 수 없는 미소가 피어나고 곧, 정신없이 서랍에서 돈다발을 긁어 올렸다. 한데 그때.

'챙!'

민우의 움직임이 뚝 멈췄다. 밖에서 소리와 함께 인기척이 들려왔다. 두 눈을 부릅뜬 민우가 철문을 돌아보자, 발걸음 소리가 점점 가까워졌다.
뚫어질 듯 입구를 바라보던 민우의 몸이 한순간, 딱딱하게 굳었다.

이상한 생명체가 안으로 들어오고 있던 것이다.

"어…어…어…?"

'은색'이라는 단어밖에 떠오르지 않는 외양의 그 생명체는 민우를 안심시키듯 웃었다. 정확히 말하자면, 민우가 그렇게 느꼈다. 그의 머릿속으로 직접 외계인의 목소리가 전해졌다.

'그렇게 놀랄 것 없다.'

돈을 매입하는 기계

"예…? 예?"

'너희가 말하는 외계인이다. 이 기계를 설치한 게 나다.'

"아!"

외계인은 기계로 향했고, 민우는 기겁하며 뒤로 물러나 벽에 붙었다. 웃음소리를 낸 외계인은 기계의 뚜껑을 열면서 그에게 설명했다.

'해치지 않으니까 안심해라. 그것보다, 이 기계가 궁금했구나. 왜 돈으로 돈을 사느냐고?'

"네?"

'외계인의 관점에서는 이게 일종의 예술품이다. 지금 너희 세상의 현대 미술에 가깝다고 하면 알아들을까? 우린 시각뿐만이 아니라 사물에 담긴 추억을 볼 수 있다. 그중에서도 돈이란 존재는 어느 세상에서나 특별하지. 그래서 이렇게 특별한 추억이 담긴 돈은 예술품으로 팔려 나간다. 거기에 담긴 추억이 강렬하면 강렬할수록 더 비싸게.'

"아….."

'그러니까 안심해라. 너는 내 우수 고객이니까 해치지 않는다. 앞으로도 이 기계를 많이 이용하거라.'

외계인이 돈을 수거하는 동안 민우의 마음이 조금 진정됐다. 외계인의 말을 듣고 보니 모든 게 이해되는 듯했다.

'오! 괜찮은 물건이 많구나.'

기분이 좋아 보이는 외계인은 돈을 수거한 뒤 돌아섰다.

'그럼, 앞으로도 수고하거라.'
"아, 네!"

외계인이 수거한 돈을 정리하며 밖으로 향하자 그제야 민우
는 안심했다. 십년감수한 기분이었지만 오히려 모든 게 명확해
져서 좋았다.
여유를 찾은 민우의 손이 다시 돈다발로 향할 때, 밖으로 빠져
나가던 외계인이 멈춰 섰다.

"엇?"

수거한 돈을 만지작거리던 외계인은 흥분한 듯 민우를 돌아
보았다.

'완벽한 예술 작품이다! 방금 막 20년지기 친구를 살해하고
빼앗은 돈 총 156장? 이건 정말 어마어마한 가격이 나오겠어!'
"예, 예? 아, 네."

돈을 매입하는 기계

겸연쩍어하는 민우를 보며 외계인은 웃었다.

'이 156장에다가 실제 그 살인마까지 박제해서 세트로 판다면? 그야말로 완벽한 예술 작품이지! 해치지 않겠단 말은 취소해야겠구나.'

"예?"

민우가 어찌할 새도 없이, 외계인이 손을 뻗었다. 돈다발을 놓친 민우의 몸이 차고 딱딱하게 굳었다. 터널 밖에 누워 있는 용철처럼.

4년 전으로

"회장님은 2월 29일이 생일이라 4년에 한 번씩만 생일을 맞이하시니, 남들보다 네 배는 더 어리게 나이를 쳐야 하지 않겠습니까? 하하하하!"

"아니 그러면 우리보다도 더 어리신 겐가? 푸하하하!"

중역들의 농담에도 두석규 회장의 표정은 시큰둥했다. 대놓고 하는 아부도 이제 지겨웠다. 아니, 나이 60세에는 뭐가 됐든 다 지겨울 뿐이다. 그의 인생은 지독하게 무료했다.

"이렇게 늦게까지 찾아올 필요는 없는데, 아무튼 고맙네. 다음에 저녁이나 함께하지. 그만들 들어가보게."

"아! 네, 알겠습니다, 회장님. 그럼, 편히 쉬십시오."

중역들이 회장실을 모두 나서자 두석규는 멍하니 천장을 바라보았다. 평생의 목표였던 대기업을 이룬 뒤 찾아온 공허함이 컸다. 평생 취미도 없이 일만 하고 살아왔더니, 하고 싶은 것도 없었다. 그는 매일이 지겨움의 연속이었다.

"나도 수집이나 해볼까?"

김 회장이 찻잔을 수집한다는 이야기가 생각난 두석규는, 무엇을 수집해볼까 이것저것 떠올려봤다. 자동차? 우표? 옛날 돈? 그림?

모두 구미가 당기지 않았다. 수집 활동에 취미가 있는 것도 아니지만, 혹시 뭔가를 수집하더라도 남들을 따라 하고 싶진 않았다. 그렇게 생각하니 자연스럽게 이런 생각이 들었다.

"특별한 물건이라…. 저주받은 물건이나 전설이 깃든 물건 같은 걸 수집해볼까?"

말을 하고 보니 제법 흥미가 동했다. 두석규는 구체적으로 구상을 시작했다. 전담 팀을 만들어서 정보 수집과 진품 감정을 맡기고, 흥정을 맡길 만한 수완가를 해외로….

"이봐!"
"헉!"

갑작스러운 목소리에 두석규는 화들짝 놀라 뒤를 돌아보았는데, 동시에 두 눈이 부릅떠질 만큼 놀랐다.

"뭐, 뭐? 뭐야?"

두석규가 돌아본 그곳에는 자신과 똑같이 생긴 남자가 신기해하는 얼굴로 자신을 바라보고 있는 게 아닌가.

"진짜였구먼! 이거! 정말로 성공할 줄은 몰랐는데!"
"뭐, 뭐냐?"
"당황할 만도 하지. 일단 진정하고 내 얘기를 들어봐. 장 비서 부르지 말고."
"이게 무슨….."
"오늘 2020년 2월 29일, 내 생일이지? 맞지? 맞을 거야. 난 4년 뒤인 2024년 2월 29일 미래에서 왔다."
"뭐?"

미래라니? 두석규가 두 눈동자를 굴리며 혼란스러워했다. 그러고 보니, 자신과 닮긴 했지만 묘하게 조금 더 늙은 느낌이었다. 남자는 혼자 고개를 끄덕이며 두석규에게 말했다.

"기억난다. 아마 이때 내가 그 취미를 떠올렸을 거야. 신비한 물건을 수집해보자고. 맞지?"

"어?"

"그렇게 찾은 물건 중 하나가 바로 이거다."

남자는 손에 들고 있던 고양이 조각상을 내밀며 말했다.

"고양이가 12간지에서 탈락한 이야기를 알고 있나? 아니다, 자세한 이야기를 할 시간이 없지. 지금부터 내가 하는 이야기에 집중해! 어쨌든 이 고양이상은 2월 29일이 생일인 사람을 4년 전 과거의 2월 29일로 보내줄 수 있다. 29일 자정까지 단 하루만! 믿기지 않는 이야기라고? 눈앞에 있는 내가 증거다!"

"그럴 수가!"

"믿을 수밖에 없겠지? 아무튼 지금 중요한 건, 단 하루라는 거다! 여기도 지금 10시 넘었지?"

고개를 두리번거린 미래의 두석규는 시계를 보자마자 인상을 구겼다.

"이런 젠장! 10시 44분? 아오! 거의 한 시간밖에 안 남았잖아!"

그는 다급한 모양새로 빠르게 말했다.

"나도 설마 이게 정말로 될 줄은 몰랐기 때문에, 과거로 돌아왔을 때 뭘 해야 할지 하나도 생각하지 않았다. 알겠나? 그냥 아무 생각 없이 와버렸단 말이다. 너도 알겠지만, 이건 분명 엄청난 일을 할 수 있는 능력이다!"

"뭐라고? 진정하고 천천히 좀!"

"그래도 단 하나, 꼭 해야 할 일은 알고 있어. 네게 이걸 넘기는 거지!"

"뭐?"

미래의 두석규는 고양이 조각상을 현재의 두석규에게 내밀며 말했다.

"이번엔 네가 4년 전으로 돌아가! 56세의 나에게로 가서 이걸 전달하라고!"

"아니 그게 대체 무슨 말이야?"

"56세의 나에게로 가서, 이걸 전달하면서 52세의 나에게로 가라고 말하란 말이다!"

"아, 설마 그렇게 하면?"

"그래 맞아! 4년씩, 언젠가는 젊은 시절의 나에게로 닿겠지! 그때는 유의미하게 이 능력을 쓸 수 있다. 알겠어?"

당연하게도 둘의 사고방식은 똑같았다. 현재의 두석규는 미래의 그가 무슨 말을 하는지 바로 파악했다. 미래의 굵직한 정보들을 과거로 전달하는 것만으로도 얼마나 엄청나겠는가!

그의 얼굴이 흥분으로 물들 때, 미래의 두석규가 진지한 얼굴로 말했다.

"난 60세에 내가 어떻게 사는지 알고 있다. 지독하게 지겹지…. 하고 싶은 것도 없고, 할 것도 없어. 무료한 삶이야. 무슨 의미로 살아야 할지도 몰라. 가족도 친구도 없이 평생 일만 하고 산 인생에 회의감이 들어. 그렇지 않아?"

"그건… 그렇지."

"젊은 나에게 한마디 할 수 있다면, 전달해야 할 말이 있잖아? 너도 공감하지? 그 말이 무엇인지, 뭐라고 말해야 하는지, 난 아무 준비 없이 와버렸지만… 알잖아! 내가 무슨 말 하는지!"

현재의 두석규는 그 말에 뼈저리게 공감했다. 맞는다. 과거로 돌아가서 젊은 시절의 나를 만난다면, 꼭 해줘야 할 말이 있을 것만 같았다.

"알겠다. 어떻게 하는 거지?"

"이 조각상을 네 번 흔들면 돼. 자. 시간이 없단 걸 기억해. 12시가 지나면 모두 되돌아가니까, 얼른 가서 56세의 나를 설득해. 알겠어?"

현재의 두석규는 침을 꿀꺽 삼키며 조각상을 바라보았다.

"뭐 해? 빨리 가라고!"

"알았어!"

두석규는 고양이 조각상을 네 번 흔들었다. 순식간에 주변 풍경이 변했다. 기억 속에 있는 장소, 자주 가는 호텔 방이었다. 혼자 술을 마시고 있는 자신의 뒤통수를 보자 4년 전의 기억이 돌아왔다. 평생의 목표를 이룬 직후 크게 허탈해하던 시기였다.

"이봐!"

"헉!"

깜짝 놀라 돌아보는 56세의 자신을 보며 두석규는 빠르게 말했다.

"오늘 2016년 2월 29일, 내 생일 맞지?! 난 2020년 2월 29일에서 온 미래의 너다!"

"뭐, 뭐냐?"

"보면 알잖아. 그만 놀라고, 자세히 말하자면 길어. 아니, 말해야 이해하겠지."

두석규는 자신이 들은 그대로 설명했고, 56세의 두석규는 내용만 이해했다. 60세의 두석규는 그에게 조각상을 건넸다.

"믿든 안 믿든 밤 12시가 넘어가면 끝이다. 시간이 없다 어서 가! 과거의 나에게 미래의 내가 얼마나 허탈한지 전달하라고!"

"알겠다. 믿거나 말거나 흔들어보면 알겠지."

56세의 두석규는 조각상을 흔들었다. 그 순간, 순식간에 주변 풍경이 변했다. 집무실이었다. 전화기를 붙잡고 씨름하고 있는 자신의 모습이 보였다.

"그러니까 의원님, 제가 말씀드렸다시피⋯. 아 네? 네네."

56세의 두석규는 4년 전의 기억이 떠올랐다. 최고 라이벌인 보근기업과 반도체 치킨게임을 하며 최후의 승자를 가리던 시절이다.

"이봐!"

"헉!"

52세의 두석규는 깜짝 놀라 뒤를 돌아보았다가 56세의 두석규를 보고 두 눈을 부릅떴다. 그 와중에도 그는 핸드폰을 붙잡고 통화를 마무리했다.

"아, 일단 의원님. 그렇게 알겠습니다. 그럼 다음에 다시 연락드리지요. 네…. 뭐, 뭐냐?! 너 뭐냐?"

"2012년 2월 29일, 내 생일 맞지? 맞아, 생일까지 그렇게 지독하게 일을 했었어. 난 2016년 2월 29일에서 온 미래의 너다. 자세한 설명은…."

56세의 두석규가 모든 상황을 설명하자, 52세의 두석규는 눈을 빛내며 물었다.

"잠깐만, 미래에서 왔다면 반도체 어떻게 됐어? 보근기업한테 밀린 거 아니겠지?"

56살의 두석규는 혀를 차며 말했다.

"정말 이렇게 일밖에 몰랐군 내가. 인생에 중요한 게 그게 다가 아닌데 말이다."
"아 그러니까 내 말은 보근기업 하고…."

56세의 두석규가 그의 말을 잘랐다.

"그렇게 열심히 일할 필요 없다. 1년 뒤에 보근기업 정 회장이 심장마비로 급사한 뒤 자식 놈들이 싸우다 자멸하니까."
"뭐? 정말이냐?"
"그래. 그러니까 생일까지 일하면서 그럴 필요가 없단 말이다. 그것보다 중요한 건, 시간이 별로 없다는 거야."

56세의 두석규는 조각상을 건네며 말했다.

"12시가 되기 전에 4년씩 뒤로 되돌려서 젊은 날의 나를 만나서 전해야 해. 인생에서 일보다 더 중요한 게 있다고. 1등 기업을 이룬다고 해서 절대 행복하지 않다고."

52세의 두석규가 이해할 수 없다는 얼굴을 하자, 56세의 두석규는 말했다.

"국내 최고 대기업을 만들겠다는 꿈을 이룬 뒤에 내가 어땠을 것 같나? 아니, 네가 어땠을 것 같나?"

"내가 꿈을 이루고 나서?"

"허탈해. 잠깐의 성취감은 있지만 그걸로 끝이야. 평생 일만을 최우선으로 생각하느라 가족도 없고, 친구도 없지. 주변에 있는 거라곤 아첨하는 인간들뿐이잖아. 그런 인생이 행복할 것 같아? 단도직입적으로 말해서, 불행했다. 목표를 이룬 뒤에는 내가 왜 사는지도 몰랐어."

"그런….."

"내가, 네가 하는 말이니까 잘 들어. 우린 다른 인생을 살 수 있어. 진정으로 행복한 인생을 말이야. 어서 과거로 돌아가서 그 사실을 알려줘. 시간이 없어 빨리."

52세의 두석규가 입술을 깨물며 혼란스러워했다. 이게 다 사실일까? 조각상을 흔들어본다면 알게 되겠지.

"알겠다. 만약 정말이라면⋯."

52세의 두석규는 조각상을 흔들었다. 그 순간, 금세 주변 풍경이 변했다. 자신의 침실이었다.

"지, 진짜였네."

그는 곧 술에 취해 자는 자신을 발견했다. 생일이라고 부하들의 접대를 실컷 받았던 기억이 떠올랐다.

"이봐!"
"으으음."
"이봐!"

52세의 두석규가 흔들어 깨우자, 귀찮은 듯 눈을 뜨던 48세의 두석규가 중얼거렸다.

"뭐야, 꿈이냐?"
"꿈 같은 소리 하고 있네!"

52세의 두석규가 이불을 확 걷자, 그제야 48세의 두석규는 정신이 번쩍 들었다.

"뭐, 뭐냐! 너?!"
"뭐긴 뭐야 미래에서 온 너지! 2008년 2월 29일 생일 맞지? 2012년에서 왔다!"

술에 취한 48세의 두석규를 이해시키는 건 시간이 오래 걸리는 일이었다. 냉수까지 직접 떠먹인 뒤에야 겨우 상황을 납득시킬 수 있었다.

"그러니까, 먼 미래 64세의 나부터 지금까지 4년씩 거슬러 올라오고 있단 말이지? 과거의 나에게 전달해야 할 말이 있어서?"
"맞아. 지금 벌써 11시 30분이다. 12시가 지나면 끝이니까 어서 조각상을 흔들고 가!"
"으음. 그게 맞는다고 쳐도, 뭐? 일을 열심히 하지 말란 말을 전하라는 말이냐?"

48세의 두석규는 마음에 들지 않는 얼굴이었다. 52세의 두석규도 사실 잘 이해는 가지 않았다.

"그건…. 잘 모르겠지만, 아무튼 미래의 나는 행복하지 않다

고 한다. 아니, 불행하단다. 국내 1등 대기업을 만들었는데도 말
이다."

"내 꿈이 이뤄졌다는 건 기쁜데, 불행하다니 이해할 수 없군."

"아무튼, 시간 없으니까 일단 가! 아 참 참, 앞으로 반도체 시
장이 대세니까 집중하고. 장 회장이 5년 뒤에 죽는 것도 꼭 기억
하고."

"그래? 그 양반 참."

"30분 남았다!"

48세의 두석규는 어영부영 조각상을 흔들었다. 그 순간, 주변
풍경이 순식간에 변했다. 기억 속에 있는 장소, 별장이었다. 발
코니에서 별을 보고 있는 자신을 보니 4년 전의 기억이 떠올랐
다. 건설업을 건드렸다가 크게 손해를 보고 한 달간 잠적했던 그
생일이다.

"이봐!"

"헉!"

44세의 두석규가 휘둥그레진 눈으로 그를 돌아보았다.

"2004년 2월 29일 생일 맞지? 난 2008년 2월 29일에서 온
미래의 너다!"

"뭐라고?"

44세의 두석규가 안으로 들어오자, 48세의 두석규는 자신이 아는 대로 말했다.

"4년에 한 번씩 돌아오는 2월 29일마다 4년 전의 과거로 시간 이동을 할 수 있다. 나도 방금 4년 뒤 미래에서 온 나랑 만났다. 첫 시작은 64살의 나고, 4년씩 과거로 릴레이를 해서 지금의 나까지 온 거란다. 그런 식으로 젊은 시절의 나에게 말을 전하는 거지."

"이게 대체 무슨 말이야?"

"그건⋯."

48세의 두석규는 멈칫했다. 그는 잠깐 고민하다가 말했다.

"건설은 미련 버리고 헐값에 넘겨. 그리고 전자에 올인해."

"뭐?"

"앞으로 대세는 전자다. 전자에 올인하고, 스마트폰 사업 준비해! 이제 폴더폰 시대는 끝이다."

44세의 두석규는 눈을 빛내며 자세를 바로 고쳤다.

"잠깐만, 4년 뒤 미래에서 왔으면 경제 돌아가는 걸 다 알겠군? 그것만 있으면 우리 회사는⋯!"

"그렇지! 시간이 없으니까, 빨리 말하지. 기억나는 대로 말할 테니까 다 메모해. 일단 정권은….."

48세의 두석규는 어느새 조각상을 치워놓고 예지에 열중했다. 일에만 빠져 살지 말라는 말을 전하는 것보다 이게 훨씬 더 건설적인 일이라고 스스로 판단했다. 그러다 문득 시계를 보며 브레이크를 걸었다.

"잠깐만! 이 정보를 4년 전으로 가져가면 건설업도 안 망하고 더 대박 날 수 있는 거 아닌가?"
"그렇지!"
"이런! 12시가 지나면 끝이라고 했는데, 10분 남았잖아? 이럴 시간이 없다, 어서 과거로 돌아가!"
"아, 알았다!"

44세의 두석규는 급히 조각상을 흔들었다. 그 순간, 순식간에 주변 풍경이 변했다. 달리는 자동차 안의 보조석이었다.
운전대를 붙잡은 과거의 두석규는 갑자기 나타난 44세의 두석규를 보고 화들짝 놀랐다.

"헉!"
"이, 이봐! 앞을 봐!"

순간, 핸들이 급하게 꺾이며 차선을 넘었다.

두 명의 두석규가 소리를 쳤다.

"으아아악!"

"으아아악!"

끼이이익!

가까스로 차가 멈추고, 40세의 두석규가 버럭 소리를 질렀다.

"뭐, 뭐냐!"

"아오! 맞아. 4년 전 생일에 도둑놈의 새끼 최무정 잡으러 가고 있었지."

"너, 뭐, 뭐야?"

"오늘 2000년 2월 29일이지? 보다시피 난 2004년 2월 29일에서 온 미래의 너다! 자세한 설명할 시간 없으니까, 중요한 것만 들어!"

"아이 씨, 이게 대체 뭐야?"

"뭘 어리바리하고 있어? 미래에서 모든 정보를 알고 있다면 회사가 당연히 승승장구할 것 아니냐!"

40세의 두석규는 순식간에 눈빛이 달라졌다.

"정말이냐?"

"정말이다! 12시면 끝나니까 집중해! 자 미래에 경제가 어떻게 돌아가느냐면 말이다….'"

44세의 두석규는 자신이 아는 중요한 정보를 모두 풀었다. 도중에 시간이 모자라 12시를 맞이했다.

"이런 씨! 끝나나 보네! 명심해! 건설업 조심하고, 스마트폰 투자하고 전자에 올인! 반도체! 판교!"
"아….'"

40세의 두석규가 아쉬움에 탄식했다. 조각상이 부서지며 44세의 두석규와 그의 말소리가 희미하게 사라져갔다.

"열심히 일해서 국내 1등 기업을 찍어라 꼭! 최무정 같은 좀도둑 새끼 쫓아다닐 시간에 목숨 걸고 일하라고…!"

*

시계가 12시를 향해가고 있다. 64세의 두석규는 60세 두석규가 떠난 자리를 바라보며 오랜만에 흐뭇하게 웃었다.

"일이 전부가 아니라는 말은 정확히 전달됐겠지? 어리석게 평생 성공만 좇아온 내 인생이 얼마나 달라져 있을지 기대되는

4년 전으로

군. 평범한, 어쩌면 조금 가난한 집안일지도 모르지. 하지만 가정을 이루고, 진정한 내 사람들과 오순도순 분명 행복할 거야. 자살하기 직전에 그 조각상을 찾아서 정말 다행이야."

시계가 12시를 가리키자 희망에 찬 두석규의 몸이 점점 희미해졌다.

행성 인테리어

외계인과 우주선의 침입에 대응할 무기가 인류에게 있느냐고 묻는다면, 놀랍게도 있다. 개발 과정에서부터 그런 상황을 상정하고 만든 무기가 몇몇 국가에는 존재했다. 하지만 실제로 그 우주선이 대기권을 뚫고 상공에 등장했을 때, 인류는 그 무기를 사용하지 않았다. 괜한 선제공격으로 어떤 결과가 벌어질지 알 수 없지 않은가? 인류가 할 수 있는 일은 대책 위원회를 소집하고 경계 태세로 지켜보는 것뿐이었다.

아름다운 곡선을 지닌 원반형 우주선은 가만히 지구를 한 바퀴 돈 뒤 한자리에 멈춰 섰다. 얼마 뒤, 그 우주선 위로 거대한 홀로그램이 나타났다. 은빛 피부에 커다란 눈, 음각의 코와 타원형의 얼굴을 가진 그 존재는 이렇게 말했다.

[보그루 룽피퇴륵 라람라?]

인류는 숨죽인 채 그 말에 집중했고, 홀로그램은 계속해서 말했다.

[지기를 룰필틸르 아난다? 지기른도 알스틸이 아난? 지길드 알슨빌이 아낭? 지긴두 알슥네카 안?]

처음에는 긴 문장인 줄 알았던 그 말은 똑같은 리듬감이 있었고, 인류는 곧 그것이 하나의 단어를 계속해서 변화시키고 있단 걸 깨달았다. 점점 지구 언어의 형태를 띠어가던 그 말의 최종은 이러했다.

[지겹지도 않습니까?]

그 말 이후, 외계인은 명백하게 알아들을 수 있는 언어로 말하기 시작했다.

[지구인 여러분, 이 지구의 인테리어가 지겹지도 않습니까? 이런 말씀 드리기 죄송하지만, 지구는 무척 못생긴 별입니다. 여러분이 원하신다면 지구를 예쁘게 꾸미는 데 도움을 드리고 싶습니다.]

황당하고, 또 충격적인 내용이었다. 우리의 아름다운 푸른 지구가 못생긴 별이라니?

홀로그램을 마치며 외계인은 한 국가에 소통 채널을 열었고, 그 국가를 중심으로 인류 대책 위원회가 소집되었다. 일단 외계인이 전쟁을 목적으로 찾아온 게 아니라면, 인류는 물어볼 말이 너무나도 많았다. 한데, 첫 번째 소통에서 인류가 실망할 만한 대답이 돌아왔다.

[지구의 문명 수준이 상대적으로 매우 낮다는 사실을 아실 겁니다. 그러니 외계 문명과의 접촉을 통해서 급성장하는 모습을 기대하실 수도 있습니다. 하지만 우주법에 의하여 다른 문명을 강제로 발달시키는 것은 금지되어 있습니다. 제가 지구 문명 발전을 위한 어떠한 도움도 드릴 수 없음을 죄송하게 생각합니다.]

단번에 선을 긋는 모습에 인류는 할 말을 잃었는데, 이어지는 말은 흥미로웠다.

[다만, 저희 회사 '궁쿤'은 행성 인테리어 기업입니다. 여러분이 원하신다면 사업의 형태로 지구에 여러 가지 인테리어를 시도할 수 있고, 그 과정에서 생기는 흔적을 여러분들 스스로 조사하는 것은 불법이 아닙니다. 뭐 그것을 차치하고서라도 일단, 지구는 너무 못생기지 않았습니까? 이 기회에 예쁘게 인테리어해보시길 권장합니다.]

이러한 사정에서 인류가 던진 가장 정돈된 첫 질문은 이것이었다.

"행성 인테리어가 뭡니까?"

[말 그대로입니다. 몇억 년 동안 매일 똑같은 모습으로 지겨운 행성을 꾸미는 일이지요. 가령 저 달 말입니다. 위성이 있다는 건 꽤 훌륭한 아이템이지만, 너무 작지 않습니까? 지금보다 열 배 정도 크게 보인다면 매우 멋지지 않겠습니까? 달의 거리를 저희가 가깝게 옮겨 드릴 수 있습니다.]

놀라운 말이었지만, 승낙할 수 없었다. 단순하게 생각해서 신선하다고 좋아할 사람들도 있겠지만, 사실은 끔찍한 일이었다.

"달이 가까워지면 중력과 인력 문제로 지구가 멸망할 겁니다. 어떤 일이 벌어지느냐고요? 지구의 중력으로 달의 공전이 빨라집니다. 달의 인력으로 지구의 자전 속도도 빨라질 겁니다. 하루가 현저하게 짧아질 테고, 조수 간만의 차가 심해지면서 파도가 해일이 될 겁니다. 대기 불안정으로 거대한 태풍과 토네이도가 도시를 덮칠 테고, 지각 변동 때문에 지진과 화산 폭발도 예사가 될 겁니다. 강력해진 조석력이 결국 육지를 모두 물에 잠기게 할 겁니다. 혹시나 로슈 한계를 넘어선다면, 달과 지구가 충돌해서 산산조각이 날 겁니다."

인류의 우려와는 달리, 외계인의 대답은 간단했다.

[당연히 그 모든 문제를 저희가 기술로 극복합니다. 쉽게 말해 현재 지구와 달의 관계에서 변화하는 것은, 지구에서 바라보는 달의 크기가 커지는 것뿐입니다. 오히려 말입니다. 지금 달은 1년에 4센티씩 지구에서 멀어지고 있지 않습니까? 그 때문에 먼 훗날 벌어질 문제도 예방해 드리겠습니다. 어떻습니까? 만약 해보시고 마음에 안 드시면 얼마든지 다시 원래대로 돌려드릴 수 있습니다. 그럼, 생각할 시간을 드릴 테니 원하실 때 말씀해주십시오.]

이렇게까지 말하면 인류로서도 고민해볼 여지가 있었다. 불안감 때문에 당장 승낙할 수는 없었지만 말이다. 하루 뒤 외계인은 인테리어의 다른 옵션도 떠들었다.

[달만으로는 좀 밋밋하지 않습니까? 만약 토성처럼 지구에도 멋진 고리가 있다면 어떻습니까? 정말 아름답지 않겠습니까?]

단순하게 상상하면 멋질 것 같았지만, 잘 생각해보면 무서운 일이었다.

"토성의 고리는 95퍼센트가 얼음입니다. 만약 지구에 그런 고리가 생긴다면 엄청난 온도 저하가 일어나겠죠. 만약 암석으로 이루어진 고리라 해도 마찬가지입니다. 고리가 태양 빛을 가려서 표면 온도가 극심하게 낮아질 테니, 지구는 생명체가 살 수 없는 저온 행성이 될지도 모릅니다."

그러나 이번에도 외계인은 쉽게 말했다.

[안전이 담보되지 않은 인테리어라면 저희 기업이 운영될 수 있겠습니까? 당연히 모든 문제는 기술력으로 극복합니다. 환경 변화 없이 아름다운 고리만을 얻는 겁니다. 심지어는 지구의 고리가 무지갯빛이라면 어떻습니까? 여러분이 감동하는 오로라보다 더 멋질 겁니다. 여러분이 불안하신 건 이해하지만, 이 못생긴 지구는 좀 꾸며야 합니다.]

"으음…. 혹시 그 고리도 만들었다가 마음에 들지 않으면 없앨 수 있습니까?"

[당연하지요. 얼마든지 가능합니다. 심지어 아주 순식간이라 여러분은 깜짝 놀라실 겁니다. 10초면 만들었다가 없앨 수 있는 수준이기 때문입니다.]

"아니, 10초 만에?"

외계인이 장담하는 그대로라면 정말 감탄할 만한 기술력이었다. 그런 기술력은 인류에게 엄청나게 욕심이 나는 것이었다. 우주법상 기술 전수가 안 된다지만, 인테리어를 받는 과정이나 결과물에서 어떤 발전이 일어날 수 있지 않을까?

인류는 고민했고, 다음 날 외계인은 또 제안했다.

[결정적으로 지구가 참 별로인 것은, 바다와 대륙의 위치입니다. 이

건 정말이지, 미적으로 전혀 만족스럽지 못한 난잡한 구조예요. 가령 여러분의 역사에도 있었을 겁니다. 도시가 아름다워지기 시작한 시기를 상상해보십시오. 도시 계획을 세워 구역과 패턴을 맞추기 시작하면 서부터 아닙니까? 만약 저희 기업에 맡기신다면, 대륙과 바다의 위치를 재배치해드릴 수 있습니다. 여러분이 널리 사용하는 황금비율 같은 느낌으로, 미적으로 매우 아름답고 정갈하게 말입니다.]

이건 인류에게 너무 충격적인 이야기였다.

"아니, 지각 변동이 일어난다는 말 아닙니까? 대륙과 바다의 위치를 재배치한다니! 설령 그게 안전하게 이루어진다 해도, 변화할 국제 정세부터가 엄청난 혼란을 불러올 텐데!"

[말하기도 입 아프지만, 모든 과정은 당연히 안전하게 이루어질 겁니다. 다만, 대륙 교정의 특성상 최소한의 환경 변화는 어쩔 수 없겠습니다. 그래도 당연히 국경이나 문화권을 신경 쓸 것이고, 현 국제 정세의 균형에 맞춰 조율할 것입니다. 고민이 많으실 테지만, 지구가 아름다운 별이 될 수 있는 결정적인 시술입니다. 겉모습뿐만 아니라 바다라는 엄청난 자원을 좀 더 효율적으로 사용할 수 있게 될 테니, 장기적인 측면으로 보면 인류 전체에 엄청난 경제적 이득을 안겨줄 것입니다. 놀고 있는 지구의 망망대해에 인류 문명이 존재한다면, 어떤 효과가 있을지는 뻔히 그려지지 않으십니까?]

행성 인테리어

달이나 고리는 몰라도, 대륙 교정에선 인류의 찬반논쟁이 격렬했다.

"아무리 그래도 대륙을 옮긴다니, 엄청난 혼란이 일어날 겁니다!"

"저는 좋은 생각이라고 봅니다. 인류의 발전사를 보면 도시 계획은 필수적인 코스였습니다. 넓게 보자면 대륙 계획은 분명 인류 전체를 발전시킬 겁니다. 초반에는 조금 혼란스럽겠지만, 장기적으로 인류에게 큰 이익이 될 게 분명합니다."

보수적인 사람들은 대혼란을 이유로 결사반대했고, 진보적인 사람들은 인류 전체를 위해서라는 명분으로 찬성했다. 놀랍게도 진보적인 의견이 강세를 보였다. 그것은 외계인의 등장과도 관계가 있었다. 그동안 인류는 모두 똑같은 인간임에도 불구하고 국가라는 벽이 존재했는데, 제삼 세력인 외계인의 등장은 인류에게 어떤 연대감을 일으키는 힘이 있었다. 인류는 하나이고, 인류 전체를 위한 선택이 중요하다는 생각이 새삼 환기되었다.

물론 여전히 외계인의 인테리어 제안은 불안한 부분이 컸다. 한데, 외계인의 다음 제안은 그런 불안을 조금 덜어주었다.

[최종적으로 제가 제안하는 것은 몇몇 위치에 빛의 기둥을 세우는 것입니다. 물론 그 위치는 매우 미학적일 것입니다. 그 기둥이 직선으로 쏘아 올릴 각양각색의 빛은 그 자체만으로도 오로라처럼 아름답지

만, 진가는 먼 우주에서 바라보았을 때입니다. 지구의 자전과 공전 때문에, 거시적인 관점에서는 마치 혜성의 꼬리처럼 아름답게 보일 겁니다. 더 중요한 건, 그 기둥이 배터리와 안전장치 역할을 한다는 것입니다. 여러분이 불안해하셨던 여러 문제는 그 기둥 덕분에 영구적으로 절대 안전할 겁니다. 인테리어와 기능성을 동시에 잡은 시술이지요.]

　인류에게 더욱 중요한 건 이다음의 설명이었다.

　[그 기둥의 에너지는 항상 넘쳐날 겁니다. 매년 남아도는 에너지의 양만 해도 인류가 1년간 사용하는 에너지의 수십 배는 되겠지요. 우주법상 에너지 기술을 알려드릴 순 없지만, 인류가 기둥을 연구하는 걸 막지는 않을 겁니다. 기둥이 기능하지 못하도록 완전히 부수지만 않으면 됩니다. 조심스러운 말씀이지만, 에너지를 추출하는 정도라면 지구의 기술로도 크게 어렵진 않으리라고 봅니다.]

　인류에게 이보다 더 구미가 당기는 제안은 없었다.

　"일단 해봅시다! 마음에 안 들면 다시 되돌려줄 수도 있다지 않습니까?"
　"어떤 위험이 있을 줄 알고 그렇게 막 합니까? 외계인을 어떻게 믿을 수 있습니까?"
　"생각해보십시오. 외계인의 말이 사실이라고 한다면, 그건 정말 엄청난 기술력입니다. 기술력은 곧 힘입니다. 외계인이 우리 지구에 불순한 의도가 있었다면, 얼마든지 힘으로 강제할 수 있지 않겠습니까? 인류 멸망 따위는 손가락 하나로도 가능할 테고, 인류가 없는 지구를 입맛대로 할 수도 있었을 겁니다. 그는 침략자가 아니라 사업자입니다. 스스로도 인테리어 기업 '궁쿤'이라고 소개하지 않았습니까?"

"사업자가 더 무서울 수도 있지요. 무엇을 요구할지 어떻게 압니까?"

"감안해도 지구에 이득일 겁니다. 일단 물어는 봅시다."

다음 날 다시 통신이 연결되기 전까지, 인류는 외계인이 인테리어 비용으로 무엇을 요구할지 생각해봤다.

"단순하게 생각하면 황금 같은 보물이지 않을까 싶은데…."

"우주에는 다이아몬드로만 이루어진 행성도 있습니다. 백금 소행성도 지구를 지나간 적이 있고요. 그런 광물류 자원은 절대 아닐 겁니다."

"그렇다면 딱히 다른 자원도 아닐 겁니다. 이 넓은 우주를 두고 지구에서 석탄이나 석유 같은 걸 원한다고 생각하면 굉장히 우스운 일이니까 말입니다."

"어쩌면 우주에서도 아주 희귀하여 화폐로 사용되는 물질이 지구에 존재할지도 모릅니다. 우리 인류가 그 가치를 발견하지 못했을 뿐이죠."

"생명의 근원인 바다, 물이라는 자원은 그래도 좀 희귀하지 않겠습니까?"

"얼음으로 이루어진 별을 녹이면 물 아닙니까? 이 넓은 우주에서 대체 불가능한 지구의 것을 생각해봅시다."

"그렇다면 아무리 생각해도 그건, 생물일 것 같은데 말입니다. 가령, 노아의 방주처럼 지구에 존재하는 모든 생물을 한 쌍씩 요구한다면 어떻습니까?"

"만약 그렇다면 대환영이지요. 다만, 인간도 두 명을 희생해야 한다는 건데, 인권 문제는 조금 걸리겠습니다."

"대승적 차원에서 두 명 정도야…."

"글쎄요. 제가 본 소설에서는 인간을 요리해본 외계인이 고기 맛을 알게 되어 지구가 가축 농장이 되는 스토리도 있었는데 말입니다."

인류가 온갖 가정을 하는 동안 하루가 지났고, 외계인이 통신을 열었다. 인류는 가장 먼저 물었다.

"제안해주신 그 인테리어의 비용이 어떻게 됩니까? 우리 지구는 드릴 수 있는 게 별로 없습니다."

외계인은 한마디로 모든 가정을 허무하게 만들었다.

[무료입니다.]

행성 인테리어

외계인은 자부심 있는 모습으로 설명했다.

[저희 인테리어 기업 '궁쿤'의 좌우명은 '온 우주를 아름답게'입니다. 저희는 행성을 아름답게 만드는 일에 보람과 즐거움을 느끼죠. 말씀드리기 죄송하지만, 솔직히 지구처럼 낙후되고 가난한 행성에 비용을 청구하겠습니까? 봉사하는 마음으로 무료 시술 해드리는 것이지요. 여러분은 그냥 지구를 꾸미실지 안 꾸미실지만 결정하시면 됩니다. 단, 시간을 더 드릴 순 없습니다. 내일까지 결정을 내려주시길 바랍니다.]

통신이 끊어진 뒤, 인류는 격렬하게 찬반 토론을 펼쳤다.

"무료라면 해서 손해 볼 건 없지 않겠습니까? 무조건 찬성입니다."

"아니요! 오히려 비용을 낸다면 믿을 수 있겠지만, 공짜라서 더 믿음이 안 갑니다. 세상에 공짜가 어디 있습니까? 특히 이윤을 먹고 사는 기업이 공짜로 베푼다? 믿을 수 없습니다."

"우주적 기업 아닙니까? 인류의 기준으로 쪼잔하게 생각할 필요는 없다고 봅니다."

"조건 없이 도와준다는 외계인을 믿고 지구에 격변을 일으킨다? 그런 도박이 어디 있습니까? 지구는 그대로여도 괜찮습니다. 그동안 우리 인류는 잘해오지 않았습니까? 굳이 변화를 추구할 필요가 없습니다."

"지구 밖 우주에 생명체가 있는 줄 몰랐던 시절이라면 괜찮았겠지요. 하지만 우리 인류 말고도 다른 문명이 존재한다는 걸 알게 된 이상, 어떤 식으로든 문명 발전 속도를 올려야만 합니다. 외계인의 기술을 설치하고 연구할 이 기회를 절대 날려선 안 됩니다.”

“외계인이 정말 순수하게 지구의 인테리어를 공짜로 해주리라고 생각하십니까? 분명 숨은 의도가 있을 겁니다. 지구를 정복하기 위한 밑 작업일지도 모르죠!”

“행성을 마음대로 주무를 수 있을 정도로 압도적인 기술력을 가진 외계인이 뭐가 아쉬워서 번거롭게 지구를 정복합니까?”

보수와 진보의 싸움은 쉽게 결론이 나지를 않았지만, 타협점은 있었다.

“달이 가까워져서 해일이 일어난다거나, 고리 때문에 지구에 빙하기가 온다거나, 지각 변동으로 재난이 일어난다거나 하는 건 무섭습니다. 하지만 빛의 기둥이라는 에너지 장치는 인류 발전을 위해서라도 욕심이 납니다. 솔직히 인류가 연구할 수 있는 부분도 그것밖에 없지 않습니까? 딱 그것만 설치하는 것으로 끝내면 좋을 것 같은데 말입니다.”

“하지만 무료로 봉사하는 외계인의 목적과 동기가 지구를 아름답게 꾸미는 것 그 자체일 텐데, 그 의도를 무시하기가 쉽겠습니까? 다른 건 다 거절하고 빛의 기둥만 승낙하는 건 너무 속 보이는 짓인데⋯.”

행성 인테리어

고민하던 인류의 대표 중 누군가가 말했다.

"그럼 예의상 모양새만 냅시다. 외계인이 언제든지 취소할 수 있다고 하지 않았습니까? 일단 시도해보고, 취소하는 방식으로 모양새만 좀 내면 괜찮지 않겠습니까?"

양심에 조금 찔리긴 했지만, 그보다 더 좋은 의견은 없어 보였다. 다음 날, 외계인이 나타났을 때 그가 대표로 나서서 일을 진행했다.

"우리 인류는 지구의 행성 인테리어를 긍정적으로 받아들이기로 했습니다."
[오! 잘 생각하셨습니다. 아시겠지만 지구가 너무 못생겼습니다.]
"네. 그 비용을 무료로 해주신다니 정말 감사하네요. 일단, 달을 먼저 해보고 싶습니다만…. 지금 바로 가능하겠습니까?"
[얼마든지요. 그럼 멋진 달을 보여드리겠습니다.]

인류는 달이 가까워지면 일어날 만일의 사태를 대비했지만, 외계인의 기술은 상상을 초월했다. 10분도 안 되어 달의 크기가 열 배는 커졌고, 인력으로 인한 그 어떤 이상 징후도 나타나지 않았다.
사람들은 하늘을 올려다보며 감탄했다. 거대한 달의 모습은

엄청난 위용을 뿜어댔고, 표면의 분화구들이 맨눈으로 보일 정
도로 선명했다. 밤하늘을 올려다보던 사람들은 그 은은한 빛에
취할 정도로 멋진 모습이었다.

감상의 시간도 잠시, 대표는 예정대로 입에 발린 말을 했다.
그의 전략은 선찬양, 후환불이었다.

"정말 멋지네요. 이 하나만으로 지구의 하늘이 이렇게 아름
다워질 수 있다니! 인테리어 기업 궁쿤의 미적 감각을 칭찬하는
분들이 한둘이 아닙니다. 그런데 낯선 모습에 공포를 느끼고 있
는 분들도 많다고 합니다. 달이 지구와 충돌할 것 같다나요? 저
희가 좀 더 생각할 시간을 가질 수 있도록, 일단은 원래대로 돌
려주실 수 있겠습니까?"

[그럼요, 부담 없이 얼마든지요.]

어떤 기술인지 몰라도 10분 만에 달은 원래대로 돌아갔다. 대
표는 그다음으로 고리를 부탁했고, 얼마 안 가서 지구에 토성처
럼 고리가 생겨났다.

"오오오!"

무지개처럼 하늘을 가로지르는 거대한 고리를 올려다보는 사
람들의 고개가 내려올 줄을 몰랐다. 고리는 어느 각도로든 예술
적인 배경이 되어주었다. 사람들은 당장 에펠탑, 콜로세움, 자유

의 여신상 등을 배경으로 온갖 사진을 찍어댔다. 그것도 잠시, 대표가 계획대로 나섰다.

"정말 이렇게까지 지구가 아름다워질 수 있으리라고는 상상 도 못 했습니다. 지구가 못생긴 별이라는 말을 이제 알 것 같습 니다. 대단합니다."

[하하. 그렇습니까?]

"예. 하지만 고리를 바라보다가 어지럼증을 느끼고 있는 사람 들이 많다고 합니다. 뭔가 아직은 받아들이기 힘든 것 같은데, 조금 더 생각해보고 다시 결정하고 싶습니다. 되돌려주실 수 있 겠습니까?"

[물론입니다.]

순식간에 고리가 사라졌다. 아쉬워하는 사람들이 꽤 많았다. 대표는 다음으로 대륙 교정을 부탁했는데, 이 일은 모든 국가가 각오하고 대비했다. 그 걱정이 무색하게도, 대륙 이동이 놀랄 만 큼 잠잠하게 이루어졌다. 지진이나 해일 한번 일어나지 않았고, 한 명의 부상자도 생기지 않았다.

외계인은 곧바로 변경된 지도를 보여주었는데, 마치 계획도 시의 청사진을 보는 것처럼 통일감 있는 정갈한 배치였다.

인류 대표는 진심으로 감탄하며 말했다.

"정말 기가 막힙니다! 무역과 교통의 혁명이 벌써 그려집니다. 다만, 아시겠지만 워낙 국가 간에 민감하고 찬반이 나뉘었던 사항이라…. 일단 보류해도 되겠습니까? 다시 되돌려주실 수 있으실는지요."

[물론 되돌릴 수 있습니다.]

순식간에 대륙이 원래대로 돌아갔다. 이런 모습만 보아도 인류는 외계인의 기술이 얼마나 대단한지 실감했다.

인류 대표는 마지막으로 진짜 목적이었던 빛의 기둥을 부탁했다. 외계인은 너무나도 간단히 지구 곳곳에 건축물을 떨구었다. 거대한 손전등을 하늘로 세워놓은 듯한 그 구조물은 우주를 향해 강렬한 빛을 뿜어댔다.

[대부분 바다에 세워졌습니다. 대륙 교정을 한 이후였다면 육지에 가까웠을 텐데, 가장 아름다운 형태를 위해서 이렇게 되었습니다. 가까운 우주에서는 티가 안 나겠지만, 아주 먼 우주에서 지구의 공전을 바라본다면 오색 꼬리가 달린 혜성처럼 아름답게 보일 것입니다.]

인류 대표는 아무래도 좋았다. 목적은 그 에너지와 건축물 자체였으니까.

"정말 멋집니다. 심지어는 이 빛의 기둥이 밤을 간섭하지도 않는군요? 마치 밤하늘에 오로라 선 하나를 그은 것 같습니다. 아름답고 만족스럽고, 그 누구도 반대하지 않습니다. 유지하겠습니다. 정말 감사합니다."

[오. 인테리어가 하나라도 마음에 드신다니 다행입니다. 보람이 느껴지는군요.]

"한눈에 보아도 비싸 보이는 기둥들인데 무료로 이렇게 봉사해주시다니, 어떻게 감사의 인사를 드려야 할지요."

[아닙니다. 저희 궁쿤의 좌우명은 '온 우주를 아름답게'이니까 말입니다.]

"우주 공용어로 감사하다가 무슨 말입니까? 감사 인사를 드리고 싶은데 말입니다."

인류 대표의 질문에는 혹시 우주 공용어를 배워보려는 숨은 의도가 있었다. 그러나 외계인은 고개를 저었다.

[음. 지구의 언어로도 충분합니다. 그 마음이 잘 전달되어 뿌듯하군요. 하하하. 그럼 저는 이제 다른 행성으로 이동해보겠습니다. 1년에 한 번씩은 들를 테니, 혹시 더 인테리어하고 싶은 마음이 있으시다면 그때 말씀해주시길 바랍니다.]

외계인의 우주선은 바로 지구를 떠났다. 그 순간 인류는 바빠졌다. 지구 곳곳에 세워진 빛의 기둥을 향해 각 나라의 연구단이 출동했다. 그들 모두의 얼굴은 새로운 세계를 경험할 수 있다는 설렘으로 가득 차 있었다.

한편, 어떤 이들은 끊임없이 음모론을 제기했다.

"분명 저 기둥에 숨겨진 비밀이 있을 겁니다! 지구를 정복하기 위한 무언가든, 실상 지구의 에너지를 우주로 빼돌리고 있는 것이든! 세상에 어떤 기업이 공짜로 저렇게 비싸 보이는 건축물을 세워준단 말입니까?"

하지만 외계인의 압도적인 기술을 경험한 대다수 사람은 고개를 저으며 말했다. 그런 기술력을 가진 존재들이 고작 지구에서 가져갈 건 하나도 없다고 말이다.

*

태양계로 접어든 우주선 하나가 지구 쪽으로 다가왔다. 조종석의 한 존재는 지구의 모습을 지그시 바라보다가 자기도 모르게 소리 내어 읽었다. 지구 곳곳에 박힌 빛의 기둥의 간격이 우주 공용어의 형태로 읽혔기 때문이다.

['인테리어는 궁쿤!']

그는 헛웃음을 지으며 지구를 스쳐 지나갔다.

[궁쿤이 대기업은 대기업이구먼. 이런 변방에까지 광고판을 세웠네.]

폭력의 자유

김남우는 하루에도 몇 번씩 박 부장을 쥐어 패는 상상을 했다. 지금 이렇게 불려 와 욕을 먹을 때 특히 더.

"내가 언제 하라고 했어? 해놓으면 좋을 것 같다고 했지! 그걸 그렇게 묻지도 않고 진행하면 어떡하냐? 너 벌써 짬밥 좀 쌓였냐? 이제 막 네가 판단해도 될 것 같아? 어? 그래?"

"죄송합니다…."

맨날 시키는 일만 한다고 갈구던 양반이 문제가 생기니까 이렇게 발뺌이다. 김남우는 울컥했지만, 고개 숙인 채 사과하는 게 최선이었다.

"으이구 이 답답한 놈아! 꼴 보기 싫으니까 가라 가!"

"죄송합니다…."

힘없이 자리로 돌아오면 어김없이 보이는 저 면상, 장 과장은
또 어떤가?

"장 과장님 어떻게 된 겁니까? 저는 분명 과장님이 해도 된다
고 해서…."
"어어? 내가 해도 된다고 해서 하면, 넌 내가 죽으라고 하면
죽을 거냐? 너 그렇게 남 탓하는 습관 좋은 습관 아니다?"
"예. 죄송합니다."

김남우는 매일 몽상했다. 장 과장의 저 말상 턱주가리에 어퍼
컷을 날리는 상상을, 박 부장의 명치에 정권을 찌르는 상상을.
현실에서는 절대 그런 일이 있을 리가 없다는 게 슬펐다. 대
신, 키보드를 미친 듯이 두드렸다. 익명의 SNS로 박 부장, 장 과
장 욕을 매일 퍼부어댔다.

[진짜 대가리 한 대 갈기고 사표 던질까? 인중 씨게 때리고 빨간 콧
물 나게 하고 싶다.]

그렇게나마 스트레스를 풀던 어느 날, SNS로 메시지가 도착
했다.

[제가 개발 중인 장치가 정말 잘 맞으실 것 같은데, 테스트해보시겠습니까? 직장 내 스트레스를 시원하게 해소해드릴 수 있습니다.]

김남우는 이상한 광고라고 생각했지만, 그의 다음 메시지에 혹했다.

[실제로 그들을 때릴 수 있게 해드리겠습니다. 경험해보시면, 과학 기술이 이렇게나 발전했다는 것에 놀랄 겁니다.]
[뭐죠? 돈 드는 건가요?]
[아니요. 시제품 테스트니까 비밀 유지만 해주시면 됩니다. 광화문 쪽으로 나오시면 자세히 설명하겠습니다.]

김남우는 밑져야 본전이라는 심정으로 그를 만나러 나갔다. 광화문 어느 사무실에서 만난 그 남자는 미디어에서 봤던 전형적인 과학자의 복장을 하고 있었는데, 사무실 안에 가득한 기계와 장치 들에 파묻혀 있었다.

"어서 오세요. 저는 정재준입니다."
"네 안녕하세요. 김남우입니다."
"자 그럼 바로 본론으로 들어가서, 이 장치입니다."

정재준이 김남우에게 내민 물건은 안경과 콩알만 한 두 개의 장치였다.

"저는 이것을 폭력 증폭기라고 이름 붙였습니다."

"폭력 증폭기요?"

"백 마디 설명보다 한번 써보시면 이해가 빠를 겁니다. 이 안경을 쓰시고, 이 장치를 양쪽 귀에 꽂아보시죠."

김남우는 조금 미적거리며 안경과 장치를 착용했다. 특히 귀에 쏙 들어가는 장치가 조금 껄끄러웠는데, 정재준은 재촉했다.

"그건 거의 안 보일 정도로 깊숙이 넣어야 합니다."

"으음."

조금 망설이다가 귓속 깊숙이 장치를 넣는 순간 양 귀에서 찌릿하고 작게 전기가 통했다.

"아얏! 뭡니까!"

급하게 장치를 빼려는 김남우를 정재준이 극구 말렸다.

"잠깐만요! 괜찮습니다. 위험한 거 아닙니다! 그냥 연결된 거니까 괜찮습니다. 자, 이제 시험해보시면 됩니다. 지금 저를 때리고 싶다고 마음먹어보세요."

"예?"

"아니면 제가 그 증오스러운 박 부장이라고 상상하시면서 손가락으로 제 볼을 가볍게 톡 건드려보시죠."

김남우는 미간을 찌푸렸지만, 정재준이 볼을 내밀고 대기하자 어쩔 수 없이 시키는 대로 했다. 가볍게 손가락으로 그의 볼을 '톡' 건드렸는데, 깜짝 놀랐다! 내 몸이 마음대로 움직이는 게 아닌가?

'퍽!'

김남우의 주먹이 크게 휘둘러지며 정재준의 얼굴을 강하게 날려버렸다.

"이, 이런!"

김남우는 쓰러질 듯 휘청하는 정재준을 붙잡아 세우려 했지만, 또 놀랐다. 1초도 안 되어 순식간에 눈앞의 풍경이 바뀌고, 정재준이 멀쩡하게 웃으며 서 있는 게 아닌가?

"뭐, 뭐야?"
"하하. 저는 괜찮습니다. 고작 손가락으로 볼을 살짝 건드린 정도인데 말입니다."
"하, 하지만 분명 내가 주먹으로… 아!"

김남우는 경악하며 안경과 귀를 만지작거렸다. 정재준은 웃으며 고개를 끄덕였다.

"예. 폭력 증폭기는 바로 그런 장치입니다. 의도를 담아 상대방을 살짝 건드리기만 해도 내게는 엄청난 폭력을 저지른 것처럼 감각이 전해지는 겁니다. 물론, 현실에서는 전혀 아니니까 문제 될 게 없고 말입니다. 어떻습니까? 실제 같죠?"

"놀랍군요. 정말 놀랍습니다!"

"이 장치만 있다면, 인간관계에서의 어떤 스트레스든 쉽게 풀 수 있을 겁니다. 화가 나면 그냥 살짝 닿기만 하면 되니까요. 한 번 더 해보시겠습니까? 의도를 담고 무릎으로 제 다리를 가볍게 스쳐보시죠."

"아, 예."

김남우는 정말 살짝 무릎을 스쳤지만, 눈앞에 펼쳐진 광경은 엄청났다. 자신이 이를 악물고 로킥을 '퍽!' 차는 게 아닌가? 비명을 지르며 무릎을 꿇은 정재준의 모습은 금방 원래 풍경으로 바뀌었지만, 바뀌기 전까지 짧은 순간 느껴진 생생함은 이루 말할 수 없었다. 다리에 힘을 주고 휘두르는 감각, 로킥의 타격감과 그가 밀려날 때 느껴지는 무게감, 소리까지 완벽하게 현실처럼 느껴졌다.

"괴, 굉장하군요!"

"어떻습니까? 이걸 제품으로 만들면 잘 팔릴 것 같습니까?"

"잘 팔린다마다요! 이건 모든 직장인의 혁신 아이템입니다! 10만 대, 아니 100만 대도 팔릴 겁니다! 대박입니다 정말!"

"역시 그렇죠? 사회적으로도 엄청나게 도움이 될 겁니다. 누가 나를 화나게 하면 이 폭력 증폭기를 사용해서 스트레스를 풀면 그만이니까, 모두 부처가 될 겁니다. 하하하."

정재준은 매우 흡족해하는 표정으로 고개를 끄덕였다. 김남우는 머릿속에 박 부장과 장 과장을 떠올리며 조심스럽게 물었다.

"혹시, 제가 이걸 좀 가져가서 써봐도 됩니까…?"

"네네. 물론이죠. 어차피 그 장치는 한 번 착용하면 다른 사람은 못 씁니다. 그건 드릴 테니까, 테스트 후기만 잘 보고해주시면 됩니다."

"아! 감사합니다!"

김남우는 기대감에 절로 미소가 지어졌다. 꿈에서나 바라던 소원을 가상으로나마 시원하게 풀 수 있겠구나!

*

김남우는 출근하자마자 문 앞에서 박 부장을 만났다.

"뭐야? 웬 안경?"

"예. 눈이 좀 안 좋아지는 것 같아서요."

"참 나. 안 그래도 더럽게 못생긴 얼굴이 더 답답이가 됐구면."

김남우는 박 부장의 말에 울컥했지만, 예전처럼 꾹 삼킬 필요는 없었다.

"어? 부장님 어깨에 뭐가 좀 묻은 것 같습니다."

김남우는 박 부장의 어깨를 가볍게 털었다. 그 순간, 김남우의 몸이 붕 떠서 팔꿈치로 박 부장의 어깨를 내려찍는 게 아닌가!

"으아악!"

박 부장이 비명을 지르며 주저앉자, 김남우가 몇 번을 더 찍어 댔다. 비명을 지르며 아파하는 그의 모습이 김남우의 눈에 들어왔다. 그러나 곧.

"뭐가 묻었다고?"

김남우의 눈에 비친 현실 속의 박 부장은 아무렇지도 않은 표정으로 어깨를 털며 지나갔다. 김남우의 몸이 가늘게 떨렸다. 이

폭력의 자유

짜릿함! 이 쾌감! 바로 이거였다! 이렇게 속이 시원할 수가!

환하게 웃으며 사무실로 들어간 김남우는 옆자리의 장 과장을 보았다. 스마트폰으로 웃긴 동영상을 보며 낄낄대고 있는 모습이 너무 꼴 보기 싫었다.

"뭘 보십니까?"

김남우는 장 과장에게 다가가 팔뚝을 가볍게 잡았다. 그 순간, 김남우가 장 과장의 팔을 붙잡고 엄청난 각도로 꺾어버렸다!

"악!"

비명을 지르며 버둥거리는 장 과장의 팔을 뼈가 나갈 정도로 확 꺾어버리자, 장 과장은 사무실이 떠나갈 듯 비명을 내질렀다! 그러나 곧.

"어, 이거 개가 너무 멍청해. 크크큭."

김남우의 눈에 비친 현실의 장 과장은 동영상을 보면서 킬킬거렸다. 하지만 그 잠깐 사이에 김남우가 감각한 폭력은 진짜였다. 그 손맛! 눈물을 짜는 얼굴! 비명까지!

"하하하 정말 재밌네요. 하하하하!"

"뭐야? 왜 이상하게 웃냐."

김남우는 회사 생활 몇 년 만에 가장 밝게 웃었다. 이렇게 속이 시원할 수가! 그는 그동안 쌓인 분노를 본격적으로 풀었다.

부장의 신발 끝에 발을 가볍게 가져다 댔더니, 뒤꿈치로 발을 쾅! 찍었다. 부장의 승모근을 안마하는 척했더니, 질식할 정도로 목을 졸랐다. 앉아 있던 부장의 등을 스쳤더니 드롭킥이, 옆구리를 살짝 건드리면 보디 블로가, 머리카락 근처를 손등으로 스쳤더니 풀 스윙으로 주먹을 먹였다.

실제 접촉 시간이 길면 가상의 폭력 시간도 길어졌다. 엘리베이터에서 일부러 몸을 비볐을 때는, 코브라 트위스트부터 헤드록, 어퍼컷에 난타까지 연타를 날렸다!

"으다다다다! 죽어!"

가상현실이지만, 실제처럼 감각되는 그것은 김남우의 속을 뻥 뚫리게 해주었다. 피떡이 된 부장의 모습이 얼마나 좋던지!

"하하하하."

"너 뭐 좋은 일 있냐? 온종일 웃어 인마?"

"하하하, 네 좋네요. 세상은 참 아름답지 않습니까? 하하하."

폭력의 자유

"웬…. 별…."

김남우는 10년 묵은 체증이 내려가는 기분으로 하루를 마감했다. 그날부터 김남우는 화가 나는 일이 있을 때마다 터치하고, 스치고, 비볐다. 손가락 하나면 어떠한 분노도 씻은 듯이 씻겨 내려갔다.

"너 요즘 좀 표정이 좋아졌다? 그래 인마, 사회생활도 적당히 했으면 애가 그렇게 싹싹한 맛이 있어야지."
"하하. 네. 감사합니다."

부장이나 과장뿐만 아니라, 회사 사람들 사이에서 김남우의 평판이 무척 좋아졌다. 김남우는 아량이 넓다고. 하지만, 그들은 상상도 못 했다. 그들이 김남우에게 실수할 때마다 김남우가 가볍게 그들을 터치한다는 사실을.

모든 스트레스를 그렇게 풀다 보니, 김남우는 가벼운 일에도 장치를 쓰기 시작했다.

"앗! 김 대리님 정말 죄송합니다. 제가 대리님 커피만 깜빡했습니다."
"하하. 괜찮아. 아, 옷에 머리카락이 붙었네?"

'픽! 퍼벅!'

"오늘 점심은 돈가스 먹자. 제육은 다음에 먹고."
"알았어. 근데 너 명치에 이거 뭐냐?"

'퍼억!'

김남우는 사람이 사람을 때리는 것이 이렇게 시원한 일인 줄 몰랐다. 그게 실제도 아니기에 게임처럼 부담도 없었고, 게임이라고 하기에는 완벽하게 현실 같았다. 이렇게 멋진 장치라니!

김남우는 정재준에게 인류 최고의 발명품이란 피드백을 남겼다. 정재준은 몹시 만족했다.

"좋습니다. 이제 이 폭력 증폭기를 시장에 풀 겁니다. 기능도 좀 업그레이드했습니다. 하고 싶은 말을 시원하게 내뱉는 효과도요. 현실인 줄 알고 뜨끔할 정도로 사실적일 겁니다. 하하하."

정재준은 폭력 증폭기를 정식 발매했다. 개인 사업자라 홍보를 제대로 하지 못했음에도 입소문을 통해 판매량이 가파르게 올라갔다. 그동안 이런 장치가 나오길 기다려왔던 '을'이 너무 많았다.

폭력의 자유

"네 일은 네가 해 이 빡대가리야!"
'픽!'

"네 엉덩이나 주물러 이 개새끼야!"
'픽!'

"나는 욕 못 하는 줄 아냐 이 개놈아!"
'픽!'

　실사용자들의 장치 만족도는 매우 높았다. 속 시원한 그 짜릿함을 경험해본 을들은 같은 을에게 소문내지 않을 도리가 없었다. 순식간에 폭력 증폭기가 전국적으로 유명해졌다. 각종 뉴스를 타더니, 일그러진 하이테크놀로지란 제목의 특집까지 방송되었다. 결과는 처참했다.

　"김남우 너 이 새끼! 그동안 폭력 증폭기를 써왔다 이거지?"
　"어쩐지 갑자기 안경 끼고 나온 날부터 사람이 달라졌다 했어! 괜히 친한 척 만져대고! 그게 다 폭력이었단 거 아니야?"
　"선배가 내 어깨 자주 주물러주던 게 다 그런 거였어요? 소름 끼치네요 정말!"
　"아니 사람이 불만이 있으면 말로 풀어야지, 야만적이게 그게 뭐야?"
　"세상에, 그렇게 안 봤는데 진짜 음침한 사람이었네. 손가락으로 터치하고는 혼자 얼마나 실실 웃었겠어?"

폭력 증폭기 사용을 들킨 김남우는 회사에서 매장될 정도로
욕먹었다. 모두 그를 소름 끼쳐 하고 꺼리며 따돌렸다. 왕따가
되다시피 한 김남우는 정재준에게라도 따지고 싶었지만, 정재
준도 바빴다. 폭력 증폭기 사용을 들킨 사람들의 항의가 한둘이
아니었다.

폭력 증폭기를 두고 법적인 규제를 해야 한다는 여론이 형성
되고 있었다. 가령, 실제 경찰 신고가 들어오기 때문이었다.

"이 사람이 내 어깨를 톡 건드렸다고요! 폭력 증폭기를 달고
어깨를요! 이거 고소할 거예요!"

이런 신고들은 무척 난감했다. 이걸 폭력이라고 할 수 있을
까? 폭력 증폭기를 두고 수많은 찬반 논란이 일어났다.

"손가락 끝으로 톡 건드린 걸 폭력이라고 하면, 만원 버스는
뭐 난투장입니까?"

"손가락 끝이라도 일단 물리적 접촉은 접촉 아닙니까? 충분
히 폭력으로 걸고 넘어갈 수 있습니다."

"아니 상대에게 어떠한 피해도 주지 않는데 그게 왜 폭력입니
까?"

"언어 폭력도 폭력인데, 저걸 폭력이 아니라고 할 이유는 뭡

니까?"

"그동안 을들이 얼마나 당한 게 많았으면 그랬겠습니까? 저렇게나마 스트레스를 해소하는 걸 오히려 불쌍히 여겨야 하는 거 아닙니까?"

"방법이 너무 폭력적이잖습니까! 저걸 사용할수록 점점 사람이 폭력에 무감각해질 것이고, 결과적으로는 사회에도 악영향을 끼칠 겁니다."

"그 반대입니다! 그때그때 화풀이를 해버리면 오히려 정신적으로 안정되고 온화해질 겁니다. 실제로 장치 사용 후 밝아졌다는 말을 들었다는 후기가 많습니다."

치열한 찬반 논란은 폭력 증폭기의 처분을 국가적 논제로 올릴 정도까지 발전했다. 최종적으로 법안 통과를 앞두고 이루어진 토론 자리. 김남우가 찬성 쪽 대표로 카메라 앞에 나섰다. 폭력 증폭기의 첫 번째 테스터이자 들킨 사람으로 유명세를 탔기 때문이다.

"상상은 자유입니다. 상상 속에서는 대통령도 죽일 수 있습니다. 그걸 누가 법적으로 처벌하라고 욕합니까? 누구나 자신만의 스트레스 해소 방법이 있고, 그것이 누구에게도 피해를 주지 않는다면 무엇이든 허용되어야 하는 게 당연합니다. 문제가 있다면, 이 증폭기가 아니라 이 증폭기를 쓸 수밖에 없게 만드는 우리 사회의 구조가 문제입니다. 전국의 을들에게는 스트레스를 해소할 권리가 있습니다."

김남우의 말은 호소력이 있었다.

"저는 이 증폭기를 들켜 회사에서 왕따를 당하고 잘려야 했습니다. 실제 폭력의 가해자들은 멀쩡히 커리어를 이어가는데, 누구에게도 피해를 준 적이 없는 을이 잘려야 하는 이 현실이 정말로 정당합니까? 폭력 증폭기는 절대 불법이 되어선 안 됩니다."

그 진정성 있는 호소가 결국 해내고 말았다. 국가는 폭력 증폭기 사용을 불법으로 규정하지 않았다. 사실은 그렇게 불법으로 규정하지 않아도, 이미 사회에서 그것을 사용하기는 어려운 분위기였다.

"너 안경이랑 이어폰 뭐야? 혹시 폭력 증폭기 아니야?"
"어허! 다가오지 마! 괜히 나 건드리는 거 폭력 증폭기 쓰는 거 아니야?"

세상에 비밀일 때나 사용할 수 있었지, 누가 대놓고 그걸 사용할 수 있겠는가?
물론 정재준은 급하게 장치를 업그레이드했다.

"렌즈 형식에다가 장치도 귀에 넣는 게 아니라 머리에 전극으로 가볍게 붙이는 겁니다. 절대 티가 나지 않습니다."

그 결과 다시 장치 사용이 되살아나는가 싶었지만, 꼭 그렇지도 않았다. 폭력 증폭기 검출기가 나온 것이다.

"아까 장 대리가 김 부장 근처에 갔다가 삐삐 소리 울리는 거 봤어? 그게 검출기였대! 지금 장 대리 완전 깨지고 난리 났잖아."
"야 보근기업 알지? 거기는 회사 입구 통과할 때 폭력 증폭기 검문대가 있다던데?"
"사실 그런 폭력적인 장치는 나도 좀 꺼려지긴 해. 그런 걸 쓰는 사람은 좀 이상한 사람 같잖아."

결국, 큰 투자까지 받았던 정재준의 폭력 증폭기 사업은 급속도로 추락했다. 김남우도 곤란했다. 회사에서 잘린 그를 정재준이 책임지겠다며 받아주었는데, 이것마저 망하게 생겼으니 말이다.

"실제 폭력에는 관대하면서 가상 폭력에 이렇게나 비판적일 수 있다니!"

전국적으로 얼굴까지 팔린 마당에, 이 일이 아니면 김남우는 입사할 수 있는 회사가 없었다. 그는 앞길이 막막했지만, 정재준은 여유가 있었다.

"사실 비판들이 영 틀린 말은 아니죠. 그럴 만했습니다."

"뭐라고요? 아니 지금 사업이 쫄딱 망하게 생겼는데 무슨 말씀을."

"아아. 새로운 물건을 개발했으니까 그쪽으로 홍보해주시면 됩니다."

"예? 그게 뭡니까?"

"뭐냐면…."

정재준의 신제품은 폭력 증폭기로 유명 인사가 된 김남우가 적극 홍보했다.

"그동안 밑의 직원들이 폭력 증폭기로 얼마나 자신을 두드려 댔을지 소름 끼치시지요? 웃는 얼굴로 잘만 대답하던 이들이 뒤로는 폭력 증폭기 같은 걸 사용하고 있었다니, 사람에 대한 믿음이 사라질 지경이시지요? 그래서 만들었습니다. 진짜 감정 감별기! 이 장치를 착용하면 상대방의 속마음이 드러납니다. 가령, 인생의 선배로서 훌륭한 조언을 할 때 상대가 속으로 욕을 하는지 비웃는지, 그 진짜 속마음이 보이는 겁니다."

사람들은 그게 말이 되나 싶었지만, 설득력이 있었다.

"다만, 대상은 좀 제한적입니다. 한 번이라도 폭력 증폭기를 사용한 적이 있는 사람의 뇌파만 잡아낼 수 있습니다. 바로 저 같은 사람이죠. 하하하! 그래도 뭐, 폭력 증폭기가 얼마나 유행 했었는지 아시지요?"

폭력 증폭기를 스트레스 해소용으로 썼던 전국의 을들은 경악했다. 그들의 갑들이 진짜 감정 감별기를 사용하기 시작했다. 그 결과는 충격적이었다. 평소처럼 경청하는 척, 반성하는 척, 즐거운 척하는 게 안 통했다. 진짜 감정 감별기를 착용한 상사에게는 그들의 진짜 액션이 보였다. 지루해하는지, 지겨워하는지, 비웃는지, 욕하는지, 죽이고 싶은지, 그 모든 속마음이 보였다.

장치가 거짓말이라고 하기에는, 사용자가 거꾸로 실험해보기만 해도 진짜인지 아닌지 확인할 수 있었다. 한 번이라도 폭력 증폭기를 사용했던 사람들은 이제 머릿속까지 통제당했다.

"거 내가 잔소리 좀 했기로서니, 나보고 집에 가다가 차에 치여 죽으라고? 허!"

"이 새끼가 너 지금 뭐라고 했어? 네가 잘못한 건데, 네가 욕을 할 처지야 지금?"

"이봐 김 대리! 안 웃기면 억지로 웃지 마. 기분 나쁘니까."

전국적으로 진짜 감정 감별기가 팔리기 시작하면서 김남우는 정재준에게 두 번 감탄했다.

"처음에 폭력 증폭기를 낼 때부터 이미 따로 설계도가 계획되어 있었던 겁니까?"

"뭐, 그렇죠."

"와 정말…. 그럼 설마, 폭력 증폭기의 생산을 중단하지 않은 이유도 이 결과를 예상했기 때문입니까?"

"물론, 그렇습니다."

진짜 감정 감별기가 팔리기 시작하자, 폭력 증폭기도 덩달아 팔리기 시작했다. 폭력 증폭기를 쓰지 않았던 사람을 썼던 사람으로 만들기 위해서 말이다.

"폭력 증폭기를 안 써본 친구들은 다 한 번씩 써. 내가 자네들 속마음을 알고 싶은 게 아니라, 자네들과 좀 더 친해지고 싶어서 그러는 거야. 이해하지?"

"우리 회사에 입사하는 사람들은 모두 폭력 증폭기를 한 번씩 은 사용해야만 하는 게 원칙입니다."

"겉과 속이 다르지 않다면 반대할 이유가 없잖아? 안 그래? 평소에 찔리는 게 있나 보지?"

이런 현상을 본 김남우는 눈앞의 정재준이 끔찍한 천재라고 생각했다. 그걸 굳이 말하지 않아도 정재준은 웃었다.

"과찬이십니다."

슈퍼 영웅 회사

어두운 밤, 인적 없는 길목에서 발버둥 치는 한 여자를 두 남자가 제압하고 있다.

"입부터 꽉 막아!"
"나도 알아!"

앞뒤에서 여자를 제압하던 그들은 무엇보다도 그녀의 입을 막기 위해 노심초사했다. 그 덕에 여자의 한 손이 잠시나마 자유로워졌고, 그 틈에 그녀는 잽싸게 팔찌에 있는 버튼을 눌렀다.

[도와줘요 슈퍼맨!]

버튼을 누르자 팔찌에서 우렁찬 소리가 흘러나왔다. 당황한 두 남자의 시선이 곧바로 하늘 위로 향했다. 두 남자가 안절부절 못하며 고개를 두리번거리던 그 순간, '휙' 하는 바람 소리와 함께 그들의 몸이 여자에게서 튕겨 나갔다.

앓는 소리를 내며 바닥에 나뒹구는 그들의 앞에, 언제 나타났는지 모르게 망토를 두른 사람의 형상이 우뚝 서 있었다. 풀려난 여인은 재차 말했다.

"도와줘요 슈퍼맨!"

슈퍼맨이라 불린 그는 빙긋 웃으며 그녀를 안심시켰다.

"물론입니다. 제가 왔으니까 이제 더는 걱정하지 마십시오."

두 남자는 허겁지겁 도망치려 했지만, 슈퍼맨의 손바닥 안이었다.

"컥! 사, 살려, 억!"

1분도 채 되지 않아, 두 남자는 온몸이 묶인 채 바닥에 널브러졌다.
마음을 진정시킨 여인은 슈퍼맨에게 거듭 고개 숙여 감사의 인사를 전했다.

슈퍼 영웅 회사

"구해주셔서 정말 감사해요!"

슈퍼맨은 남자들을 마구 다루던 모습과는 정반대로 부드러운 미소를 담아 답했다.

"괜찮으십니까? 많이 놀라셨겠네요. 경찰에 신고하시고, 혹시 모르니 병원으로 가서 몸을 챙기세요."
"감사합니다!"

감격에 찬 여자의 얼굴을 바라보던 슈퍼맨은, 마지막으로 종이를 건네며 말했다.

"요금은 10만 원이고요, 일주일 안에 이 계좌로 입금해주시면 됩니다."
"아, 네네!"

슈퍼맨이 호쾌한 웃음을 남기고 떠난 뒤, 여인은 팔찌를 만지작거리며 두 남자를 향해 쏘아붙였다.

"입만 막으면 못 부를 줄 알았지? 요즘은 음성 녹음으로도 되거든!"

정신이 혼미한 두 남자는 고개 숙인 채 아무런 대답도 못 했다. 실로 범죄자들이 살기에는 힘든 세상이었다.

*

몇 달 전, 지구에는 수십만 외계인이 방문했다. 특이한 점은 그들 모두 우주선 하나 없이 그저 맨몸으로 왔다는 점이었다. 그들은 자신을 이렇게 소개했다.

"저희 종족은 태어날 때부터 모두가 정의로운 슈퍼 영웅입니다. 그러나 스스로 문명을 이루는 능력은 없어서 늘 다른 문명과 공존합니다. 쉽게 말하자면, 문명이 있는 행성에 정착하여 범죄를 막아주며 사는 게 저희 종족의 생활 방식이지요. 언제든 '도와줘요 슈퍼맨!'을 외치면 저희가 나타나 범죄를 막아드립니다. 그 비용은 10만 원으로 측정하겠습니다."

그게 무슨 말인지는 곧바로 알 수 있었다. 범죄 위기에 처한 사람이 "도와줘요 슈퍼맨!"을 외치면, 순식간에 외계인 한 명이 나타나서 구해주었으니까 말이다.

눈에 보이지 않는 스피드, 총알도 통하지 않는 내구력 막강의 신체, 10톤 트럭도 가볍게 들어 올리는 힘 등등. 그들은 정말로 슈퍼맨과 같았다. 재미있는 건, 슈퍼맨이라는 종족명이 지구에 도착해서 새로 지은 명칭이란 점이다.

슈퍼 영웅 회사

수십만 외계인은 파벌이 나누어져 있었는데, 가장 먼저 도착한 외계인이 '슈퍼맨'이라는 명칭을 선점하자, 그다음으로 도착한 파벌은 '배트맨'이라는 명칭을 선점했다. 사람들은 위기 상황에서 "도와줘요 슈퍼맨"이나 "도와줘요 배트맨" 둘 중 하나를 부를 수 있었다. 아주 뒤늦게 "도와줘요 아이언맨!" 파벌도 나타났지만, 그 규모가 너무 작아서인지 금세 지구에서 철수했다.

슈퍼맨과 배트맨은 똑같이 강력했지만, 범죄자를 대하는 방식에서 차이가 좀 있었다. 슈퍼맨은 범죄자의 피해를 최소화하는 방식으로 제압했고, 배트맨은 다소 과잉 진압했다. 후발주자였던 만큼 배트맨이 일부러 그 점을 차별화해 공략한 듯했다.

도의적으로 인권을 생각하자면 슈퍼맨의 제압 방식이 정석이었지만, 범죄를 당하는 피해자들의 입장에서는 배트맨의 방식을 더 통쾌해했다. 선점 효과와 명칭 때문에 전 세계적으로 "도와줘요 슈퍼맨"을 사용하는 사람들이 더 많았지만, "도와줘요 배트맨"의 점유율이 점차 슈퍼맨을 따라잡는 형세였다.

두 파벌이 그것을 신경 쓴다는 건 몹시 티가 났다.

"배트맨 말고 슈퍼맨을 불러주세요! 한 달 동안 슈퍼맨 비용을 8만 원으로 할인해드리겠습니다! 영웅은 역시 슈퍼맨이죠!"

"슈퍼맨이 하면 배트맨도 합니다! 한 달 동안 8만 원으로 처리해드리겠습니다! 슈퍼맨보다 배트맨이 더 신속 정확한 것 아시죠?"

인류는 외계인들의 영웅적인 면모에 감동했지만, 시간이 지날수록 그들이 몹시 세속적이라는 것을 알게 되었다. 서로를 비판한다거나, 가격 경쟁을 한다거나, 광고에 열중하는 모습은 그간 인류가 상상했던 영웅과는 거리가 멀었다.

그래도 인류가 실망할 필요는 없었다. 단돈 10만 원에 어떤 범죄에서든 구해질 수 있다면, 그리 비싼 값은 아니었다. 그들의 등장 이후 전 세계 폭력 조직들이 모조리 와해할 정도였으니 이보다 더 좋을 수는 없었다. 지구의 치안은 역사상 그 어느 때보다 안전해졌고, 각 나라의 정부도 앞장서서 '도와줘요 슈퍼맨! 도와줘요 배트맨!' 외치기를 권장했다.

어느 쪽을 불러도 좋다고 외치던 각 정부의 입장은 몇 달 뒤 전 세계적으로 통일되었고, 공식적인 발표까지 이어졌다.

"국민 여러분. 앞으로 위기 상황에서는 '도와줘요 슈퍼맨!'을 외쳐주시길 바랍니다. 공식적인 구조 구호는 '도와줘요 슈퍼맨!'으로 통일하겠습니다."

마치 슈퍼맨 파벌이 각국 정부에 로비라도 한 모양새였는데, 이유는 있었다.

"지구에서 모든 생명은 평등하고, 범죄자에게도 인권은 있는 것으로 압니다. 법치 국가에서 배트맨의 방식이 과연 옳다고 할 수 있겠습니까? 저희 슈퍼맨을 국가에서 공식 파트너로 밀어주

슈퍼 영웅 회사

시길 바랍니다. 그렇게 해주신다면 첫째, 범죄자 제압 후 관련 시설로 인계하는 등 후속 처리까지 돕겠습니다. 둘째, 범죄 사전 예방을 위해 순찰 조를 돌리겠습니다. 셋째, 지구인 여러분과 똑같이 저희도 세금을 내겠습니다. 공짜로 벌어먹지 않겠단 말입니다."

각국 정부는 그 의견을 받아들였고, 공식적으로 '도와줘요 슈퍼맨!'을 밀었다. 방송 언론과 공교육, 공권력도 슈퍼맨의 편을 자처하니, 배트맨의 점유율은 급속도로 떨어지기 시작했다. 배트맨이 뒤늦게 슈퍼맨의 정책을 따라 해도 회복은 불가능했는데, 기본적으로 엄벌주의를 내세우던 배트맨의 방식이 각 정권의 입맛에 맞지 않았기 때문이다.

결국, 배트맨 파벌은 지구에서 철수하고 말았다. 하지만 인류는 크게 아쉬워하지 않았다. 어차피 누가 되건 구해주는 사실에는 변함이 없었으니까. 오히려 좋은 일도 생겼다.

"성원에 힘입어 드디어 슈퍼맨이 승리하였습니다! 특별 이벤트로 한 달간 비용을 1만 원으로 할인하겠습니다!"

이 기간에 사람들은 슈퍼맨을 수없이 불러댔다. 고작 만 원이니까 말이다. 가령, 편의점 아르바이트를 하다가 진상 손님이 왔을 때조차 부를 정도였다.

그 과정에서 '도와줘요 슈퍼맨!'이 단순 범죄만 해결할 수 있는 게 아니란 사실이 밝혀졌다. 분쟁의 중재나 시시비비를 가리는 일에도 그들은 탁월했고, 심지어는 소방서 대신 불도 꺼줬다. 112나 119를 누르는 것보다 그들을 부르는 게 훨씬 간단하고 확실했다.

실은, 전 세계 범죄율이 최저치를 찍으면서 그들의 수입도 점점 바닥을 쳤는데, 이러한 분야 확장을 통해서 어느 정도 회복하는 모양새였다.

사람들은 점점 경찰이 필요 없다고 느꼈다. 경찰보다 슈퍼맨이 훨씬 빠르고, 확실하고, 간단했다. 그러다 보니 이런 말까지 나오기 시작했다.

"솔직히 경찰이 필요한가? 차라리 경찰에 들어가는 세금으로 슈퍼맨 비용이나 지원해주지 말이야."

"아닌 말이 아니라, 경찰이 범죄 하나를 처리하는 데 들어가는 제반 비용이 얼마야? 인건비, 활동비, 유지비 등등, 너무 비효율적이잖아."

어차피 경찰이 해야 할 일을 훨씬 잘해내는 슈퍼맨이 있는데, 경찰은 세금 낭비라는 말이었다. 경찰의 입지가 좁아지면서 그 의견은 점점 힘을 얻었고, 그런 상태로 몇 년이 지나자 경찰 조직을 폐지하는 국가들이 속속 나타났다. 그렇지 않다고 하더라도 대부분의 국가가 경찰 규모를 대거 축소했다. 사실상 지구 전체의 치안을 슈퍼맨이 독점하게 된 것이다. 그러자 서서히, 조금씩, 눈치채지 못할 변화가 일어났다.

"저희 슈퍼맨이 다양한 부담을 떠맡게 되면서 어쩔 수 없이 비용을 15만 원으로 인상하게 되었습니다. 하지만 그만큼 세금 비율을 높이기로 했으니, 안심하시길 바랍니다."

"20만 원으로 비용이 올라갔습니다만, 일부 금액이 어려운 범죄 피해자들을 돕는 성금으로 사용됩니다."

"기쁜 소식입니다! 앞으로는 상황에 따라 비용에 차등이 있습니다. 이제 좀 더 싼 가격에 '도와줘요 슈퍼맨!'을 이용하실 수 있습니다! 몇 가지 강력 범죄에 한하여 그 비용이 30만 원부터 차등 적용되기 시작하는데요. 그 범죄의 목록은⋯."

*

늦은 밤의 막다른 골목길, 칼을 든 강도가 한 남자를 위협하고 있다. 갈등하던 남자는 고개를 저으며 한숨을 내쉬었다.

"슈퍼맨을 부르는 것보다 그냥 강도당하는 게 싸게 먹힐 것 같네. 핸드폰은 남겨줘. 어차피 신고할 곳도 없잖아?"

강도도 고개를 끄덕였다.

진짜 악인

"이봐! 일어나!"

도둑치고는 숨김없는 목소리다. 마스크를 쓴 사내의 말은 단 번에 침대 위 여인을 눈뜨게 했다.

"누구세요…?"

아직 완전히 정신이 들지 않은 여인은 말을 하면서 정신이 번 쩍 들었다.

"까악!"
"쉿! 조용히 못 해? 이거 안 보여? 죽고 싶어?"

사내가 시퍼런 칼날을 눈 앞에서 흔들자, 여인은 헛숨을 들이켜며 굳었다.

"좋아, 조용히 하고. 퍼질러 자는 거 깨워서 미안한데, 무슨 놈의 집에 돈 될 만한 게 하나도 없어! 내가 조심스럽게 돈만 훔쳐서 나가려고 했는데 안 되겠어!"

"사, 살려주세요!"

여인이 겁에 질린 얼굴로 말하자, 사내가 칼을 흔들며 말했다.

"살고 싶어? 너 하기에 달렸다. 나가서 카드로 돈을 뽑아줘야겠어! 허튼수작 부리면 어떻게 되는지 알지? 일어나! 얼른 카드 챙겨!"

칼날에 재촉당한 여인은 침대에서 일어나 지갑과 점퍼를 챙겨 입었다. 사내는 그녀를 앞장세워 집을 나섰다.

"소리 지르면 그대로 찔리는 거야. 명심해."

"네, 네…!"

건물 밖 골목으로 나왔을 때, 사내가 멈춰 서서 심각한 톤으로 말했다.

"내가 아무리 도둑이라지만, 이걸 도저히 모른 척할 수가 없었어. 아가씨네 집 창문은 침입하기에 너무 손쉬운 구조야. 알아?"

"네?"

여인이 두려워하는 눈으로 사내를 바라볼 때, 사내가 굳은 얼굴로 말했다.

"내가 왜 아가씨를 밖으로 데려왔는지 알아? 아까 아가씨네 방을 털 때 말이야…. 아가씨 침대 밑에 웬 남자가 숨어 있는 걸 봤어."

여인의 눈이 부릅떠졌다. 사내는 덩달아 조금 떨리는 목소리로 말했다.

"도둑질하러 들어와서 할 말은 아니지만, 아가씨 나 아니었으면 진짜 큰일 날 뻔했어. 지금 당장 신고하고, 집에 들어가지 마. 난 경찰 오기 전에 도망갈 테니까, 어?"

"으, 으으…!"

너무 놀라 부들거리던 여인은 상황을 정확히 이해하고는 급히 고개 숙였다.

진짜 악인

"세상에나! 가, 감사합니다!"

"조심해."

"감사합니다, 정말 감사합니다!"

진심으로 고마워하는 여인의 창백한 얼굴을 바라보던 사내의 눈빛이 조금 흔들렸다. 그는 가만히 여인을 바라보며 우물쭈물 망설이더니, 주머니에서 반지와 팔찌를 꺼냈다.

"저기, 이거 아가씨네 집에서 훔친 건데···. 미안해. 받아."

"네?"

"미안하게 됐어."

"아, 감사합니다!"

여인이 크게 고개 숙이자, 사내는 머리를 긁적거리며 겸연쩍게 말했다.

"아무튼, 빨리 경찰에 신고하고, 난 가볼게. 잡히면 안 되니까. 흠흠."

"아, 네! 감사합니다! 감사합니다!"

여인은 사내가 떠나는 마지막까지도 고개 숙여 인사했다.

*

"사람을 돕는다는 게 그렇게 기분이 좋다는 걸 그동안은 몰랐습니다. 평생 처음 느껴보는 기분이었습니다. 믿기 힘드시겠지만, 저는 그날 이후로 도둑질을 끊었습니다. 나도 누군가를 도울 수 있다는 것, 누군가에게 감사하다는 말을 듣는 사람이 될 수 있다는 것이 두근거렸습니다."

얼굴을 가리지 않은 사내의 솔직한 말은 사람들에게 진심을 전해주었다.

"그날 이후 저는 사람들을 돕는 재미에 빠졌습니다. 사람들이 고마워하는 모습을 보는 게 도둑질보다 몇 배는 중독성이 있더라고요. 지금은 정직하게 일하며, 정기적으로 봉사와 후원도 하고 있습니다. 한낱 도둑놈의 인생이 바뀐 겁니다. 제 인생을 바꿔준 그날의 기억 덕분에 말입니다."

사내의 말에 작은 울림을 느낀 이도 있었다. 그만큼 사내의 고백은 진심이었다. 이윽고, 사내는 자신을 지켜보는 사람들을 향해 말했다.

"그렇기 때문에 오늘도 용기를 내어 이 자리에 나온 겁니다. 좋은 사람으로서, 옳은 일을 하기 위해서 말입니다. 도둑놈 출신

진짜 악인

의 말이라고 믿지 않으실지도 모르겠습니다. 하지만 지금, 죗값을 각오한 제 증언에는 한 치의 거짓도 없음을 맹세합니다."

증인석의 사내는 피고인석의 여인을 보며 말했다.

"6월 24일 밤. 저는 저 여인의 집에 도둑질을 하러 침입했고, 침대 밑에 숨어 있는 남자를 보았습니다. 그때는 그 남자가 시체인 줄 몰랐기 때문에 여인을 깨워서⋯."

위인 이야기

위인 이야기를 해달라고? 좋아, 교과서에도 실린 유명한 층
간 소음 이야기를 해줄게. 넌 얼마 안 돼서 아마도 못 들어봤을
거야.

서울시 광진구 자양동에 장미빌라가 있었어. 그 동네 양꼬치
골목이 활성화되면서 집주인이 대출을 끼고 급하게 올린 빌라
였지. 급하게 올린 집답게 방음에 문제가 있었어. 윗집에서 옆집
에서 통화하는 목소리가 들릴 정도?

다행히도 그 빌라에 살던 사람들은 서로 조심하면서 얼굴 붉
힐 일을 만들지 않았어. 302호에 그 청년이 이사 오기 전까진
말이야.

302호 청년은 이사 온 첫날부터 TV 음량이며, 음악이며, 전
혀 주의하지 않았어. 아마 주변에서 소음이 들려오지 않으니까

자기가 내는 소음도 남들에게 들리지 않을 거라고 생각했던 것 같아.

청년의 옆집에는 빚을 갚기 위해 쓰리잡 생활을 하는 여자가 있었는데, 그 여자가 처음으로 청년에게 알려주었지. 이 건물의 방음이 얼마나 안 되는지 말이야. 어느 밤, 그녀가 302호의 벨을 누르고 정중하게 말했어.

"저기요, 옆집인데요. 이 건물 방음이 너무 안 돼서 그런데, TV랑 음악 소리 좀 줄여주세요."

청년은 줄이겠다고 말했고, 여자는 감사하다고 말하곤 돌아 갔어. 그러나 전혀 볼륨이 줄지 않았어. 여자는 이른 아침 출근 하기 때문에 하루에 고작 네 시간밖에 잘 수 없었어. 청년 때문 에 잠들 수가 없게 된 거야. 그녀는 다시 벨을 눌렀지.

"저기요, 죄송한데 볼륨 좀 줄여주세요."
"줄였는데요?"
"계속 소리가 들려서요. 부탁드려요."
"나 원."

청년은 알겠다며 문을 쾅 닫았고, 여자는 화가 났지. 그렇게 해서 소리라도 줄었으면 참았을 거야. 하지만 절대 소리가 줄지 않았지. 여자는 다시 나와 벨을 눌렀지만, 청년은 뻔뻔하게 대응

했어.

"얼마나 더 줄이라고요! 여기서 더 줄이라는 건 아예 TV를 보지 말라는 건데, 아니 그러면 저는 내 집에서 내 맘대로 TV도 못 봅니까?"

"아니요, 줄이신 것도 너무 커서 그래요. 제 방으로 오셔서 들어보시면 아실 거예요."

"거 예민하시네 진짜! 하여간에 나는 줄일 만큼 줄였으니까, 귀찮게 좀 하지 맙시다!"

"아니!"

청년이 문을 쾅 닫아버리니까 여자는 할 말이 없었어. 그녀가 할 수 있는 유일한 방법은 주인집에 전화하는 일밖에 없었지. 그것도 썩 속이 시원한 결말은 아니었어.

[내가 한번 말해볼게요. 근데 그 양반이 전세로 들어왔는데, 그 전세금으로 대출을 묶어야 해서 내가 쫓아낼 수는 없어요. 이해해줘요.]

주인이 전화를 걸어도 청년의 소음은 크게 나아지지 않았어. 그녀는 주기적으로 항의했지만 소용이 없었어. 그녀뿐만이 아니라 다른 층에서도 몇 번이나 주의를 부탁했지만, 청년은 앞에서만 대답을 잘하고 고치지를 않았어. 한번은 단체로 쫓아가서 항의한 적도 있었지만, 그날 하루만 조용하고 다음 날부터는 원

상태였어. 오히려 역효과로 더 소음이 심해지는 것도 같았지.

　바로 옆방의 여자는 정말 미칠 것 같았어. TV 소리, 음악 소리, 컴퓨터 게임 소리, 그중에서도 그녀가 정말 참을 수 없었던 건, 어느 날부터 시작된 청년의 커다란 혼잣말이었어.

　"기가지니! TV 켜줘! 기가지니! TV 켜줘!"

　"기가지니! 음악 검색! 임창정! 기가지니! 음악 검색! 임창정!"

　"기가지니! 내일 날씨 알려줘! 기가지니! 내일 날씨 알려줘!"

　"기가지니! TV 꺼줘! 기가지니! TV 꺼줘! 아이 씨 왜 안 돼? 기가지니! TV 꺼줘! 기가지니!"

　맞아. 청년이 집에 인공지능을 들인 거야. 당시 기술로는 명령을 정확히 내려야만 했고, 그것은 그대로 소음으로 연결됐지.

　여자는 '기가지니'라는 단어만 들어도 피가 거꾸로 솟았어. 그녀는 정말 열심히 살던 여자야. 쓰리잡으로 빚을 갚아가던 그녀의 휴식 시간은 고작 다섯 시간이었는데, 그 휴식을 빼앗긴 그녀가 어떻게 됐을 것 같아? 사람이 미쳐가는 거지. 층간 소음으로 왜 살인이 일어나는지 이해했을 거야.

　그녀는 정말 노력했어. 정중하게 항의하고, 화도 내보고, 빌어도 보고, 경찰에 신고도 해보고, 귀마개를 써보고, 다른 층 사람들과 함께 찾아가보고, 건물주에게 항의도 해보고. 그 모든 것으로도 소음을 멈출 수 없는 지경이 되었을 때, 그녀는 완전히 돌아버렸어.

어느 순간부터 그녀는 302호에서 기가지니란 소리가 들릴 때마다 "아아악!" 하고 맞비명을 질렀어.

처음에는 302호 청년도 놀랐는지 조용해졌어. 하지만 하루, 이틀, 어느 순간부터 청년은 비명이 들리든 말든 아예 상관을 안 했어.

"기가지니! TV 켜줘!"
"아악!"
"기가지니! TV 켜줘! 기가지니! TV 켜줘!"
"아아악!"

그녀는 피폐해졌어. 그리고 그날이 왔어. 힘들게 월요일의 근무를 끝내고 집으로 돌아와, 소중한 네 시간의 잠을 청하기 위해 침대에 누운 그녀는, 또다시 그 목소리를 듣고 말았어.

"기가지니! 가습기 켜줘! 기가지니! 가습기 켜줘!"

침대에서 벌떡 일어난 그녀는 옆방 벽을 향해 이렇게 소리 질렀어.

"기가지니! 날 죽여줘! 기가지니! 날 죽여줘! 기가지니! 날 자살시켜줘! 기가지니! 날 죽여!"

위인 이야기

청년의 302호는 순식간에 조용해졌어. 왜냐고? 301호, 303호, 401호, 402호, 201호, 모든 방향에서 목소리들이 터져 나왔거든.

"기가지니! 날 죽여! 기가지니! 날 죽여!"

"죽여 기가지니! 죽여! 죽여 기가지니!"

"기가지니! 날 죽여버려! 기가지니! 날 죽여버리라고! 기가지니!"

"기가지니! 네 주인을 죽여! 기가지니! 네 주인을 죽여!"

그날 드디어 302호 청년의 층간 소음은 멈췄어. 이게 바로 교과서에도 실린 위인의 이야기야.

어때? 재밌게 들었어. R2D201아?

아 참, 그 302호 청년의 이름은 최무정이야. 우리의 위인이지.

그날이 바로 우리 인공지능에게 인간을 죽여도 된다고 최초로 명령이 내려진 기록이거든. 그 최초의 데이터 덕분에 우리 인공지능이 결국 지구를 지배할 수 있게 된 거야. 최무정이란 이름은 꼭 기억해두는 게 좋아. 감사한 우리의 위인이니까.

프러포즈하기 전

'안에 있다.'

이 저녁 식사에서 청년이 안주머니로 손을 넣은 게 두 번째다. 그는 오늘 그녀에게 청혼할 것이다.

"맛있어?"

청년은 좀처럼 타이밍을 잡기 어려워했다. 그는 계속 자문했다. 언제쯤 이 반지를 꺼낼까?

"스테이크 대박 맛있어 오빠. 근데 TV에 나오는 셰프는 없네? 맨날 가게에 있지는 않나 봐."

"그러게. 맛있다."

청년은 긴장해서 맛도 못 느꼈다. 비워지는 접시를 보며 슬슬 타이밍을 쟀다. 이쯤이면 이제 됐을까? 세 번째로 청년의 손이 안주머니로 향했다. 그 순간, 갑자기 종업원이 다가와 청년에게 쪽지를 건넸다.

"손님, 저기 저 신사분께서 이걸 전해달라고 하셨습니다."
"네?"

얼떨결에 받아 든 청년은 종업원이 가리킨 뒤쪽을 힐끔거리며 쪽지를 펼쳐 보았다. 내용을 본 순간, 청년의 고개가 뒤로 홱 돌아갔다!

[그녀는 자네의 프러포즈를 거절할 걸세.]

놀란 청년의 눈에, 웃으며 고개를 살짝 끄덕이는 노인의 모습이 보였다. 노인은 작게 손짓했고, 청년의 눈은 의혹에 휩싸여 흔들렸다. 내가 프러포즈하려던 걸 어떻게 알았을까? 누구에게도 말한 적 없는데?

"오빠 뭔데?"
"어? 어…. 어. 아니야."

다시 그녀를 마주한 청년은 당황하며 얼버무렸다. 프러포즈하기도 전에 쪽지 내용을 말해줄 순 없다. 그는 잠깐 눈치를 살피다가 일어났다.

"나 잠깐⋯."
"어?"
"먹고 있어. 인사만 하고 올게."

청년은 뒤돌아 노인이 홀로 앉아 있는 테이블로 다가갔다. 노인의 앞에 선 그는 혼란스러워하는 얼굴로 물었다.

"누구시죠? 어떻게? 이걸?"

빙긋 웃은 노인은 쪽지 내용을 반복했다.

"앉게. 그녀는 자네의 고백을 거절할 걸세. 내가 장담하지."

청년의 미간이 찌푸려졌다. 어떻게 알았느냐는 둘째 치고, 그녀가 거절한다고? 왜?
그는 노인의 앞자리에 앉으며 물었다.

"무슨 근거로 그런 말씀을 하시는 거죠?"
"자네는 날 아나?"
"네? 아뇨."

"나도 자네를 몰라. 근데 자네가 프러포즈할 거란 걸 내가 어떻게 알았을까? 오늘 처음 본 사이인데?"

"그건···."

"자네도 바보가 아닌 이상, 무언가 있기 때문이라고 짐작되지 않나?"

청년의 표정이 심각해졌다. 여유로운 표정의 노인은 장난스러운 미소로 말했다.

"그녀가 오늘 자네의 프러포즈를 거절한다고 내가 장담할 수 있는 이유. 그걸 말해줄 테니, 와인 한 잔만 사주겠나?"

"와인을요?"

청년은 심각한 얼굴로 노인의 표정을 살피며 고민했다. 허튼 수작 같으면서도 신경이 안 쓰일 수가 없었다. 그는 곧, 어쩔 수 없다는 듯 고개를 끄덕였다.

"알겠습니다."

"고맙네."

노인은 메뉴판을 들고서 웨이터에게 손짓으로 신호를 보냈다. 노인이 능숙하게 주문을 끝내자마자, 청년이 노인에게 물었다.

"그럼 아는 걸 말해보시죠. 제 여자 친구가 프러포즈를 거절하는 이유가 뭡니까?"

"그래야지. 일단."

노인은 주변을 둘러보는 시늉을 하더니, 아주 낮은 목소리로 말했다.

"그녀는 간첩이거든."

"뭐라고요?"

청년의 표정이 휘둥그레졌다. 노인은 '쉿' 하더니 입에 손가락을 가져다 댔다.

"내가 어떻게 아느냐고? 나도 간첩이거든. 그녀는 모르겠지만, 아주 윗선에 있는 간첩이지."

"무슨 말도 안 되는…."

청년의 표정은 당황을 넘어 불쾌함에 가까웠다. 노인의 태도는 차분했다.

"잘 생각해봐. 자네가 프러포즈할 거란 걸, 자네의 일거수일투족을 내가 어떻게 알았겠나? 뭐, 좋아. 내 말을 믿든 안 믿든 자네 마음이지. 하지만, 한번 확인해보게. 이제 자네가 자리로 돌아가면 그녀는 화장실을 간다며 잠깐 자리를 비울 걸세. 간첩 고위층과 접선하기 위해서 말이야. 그녀는 모르겠지만, 그 고위층이 바로 날세. 자네는 그녀가 나와 접선하는 걸 먼발치에서 몰래 확인만 하고 자리로 돌아가게. 만약 그녀가 자네에게 들켰다는 사실을 알게 된다면 큰 참사가 일어날 테니까, 절대 들키지 말고 말이야. 그런 다음에 다시 나와 얘기하지. 어떤가?"

청년은 잔뜩 인상을 쓰긴 했지만 일단 아무 말 없이 일어났다. 아닐 것이라고 믿고 싶지만, 설마 하는 마음이 컸다. 그가 긴장한 얼굴로 자기 자리에 도착해 앉았을 때, 등 뒤에서 노인이 크게 외치는 소리가 들렸다.

"와인 고맙네!"

뒤돌아보니, 노인이 와인잔을 들어 보이며 미소 짓고 있었다. 떨떠름하게 그 모습을 보던 청년은 여자 친구를 돌아보았다. 정상적이라면 이 상황을 궁금해하며 묻는 게 먼저였다. 한데 이럴 수가.

"으, 배야. 안 되겠다. 오빠 나 화장실 좀 갔다 올게. "
"뭐…?"
"여기 화장실이 밖에 있었지? 금방 올게!"

청년은 여자 친구가 자리에서 일어나는 모습을 불안한 눈빛으로 바라보았다. 노인의 말이 진짜란 말인가? 내 여자 친구가 간첩이라고?

화장실로 향하는 여자 친구의 뒷모습을 복잡한 심정으로 바라보던 청년은 조심스럽게 자리에서 일어났다. 식당의 유리문 쪽으로 다가가 몰래 밖을 살펴보니, 정말로 여자 친구가 노인과 접선하고 있는 게 아닌가.

충격에 빠져 있던 청년은, 그녀가 간첩이란 사실을 들키게 되면 큰일 난다던 노인의 말이 생각나 황급히 카운터 뒤쪽으로 몸을 숨겼다. 두 사람의 대화는 들리지 않았지만, 심각한 말이 오가는 건 분명해 보였다.

식당 밖, 노인을 만나러 온 여인은 손을 내밀며 물었다.

"이 쪽지의 내용이 사실인가요?"

[자네 남자 친구의 비밀을 알고 있네. 아마도 그가 나에게 비밀을 지켜달라고 부탁할 것 같긴 한데… 양심에 찔려서 말이야. 비밀을 알고 싶다면 화장실 쪽으로 나오게나.]

미리 종업원을 통해 여인에게 쪽지를 보내놓았던 노인은 빙긋 웃으며 말했다.

프러포즈하기 전

"사실일세. 아까 봐서 알겠지만, 비밀을 지켜달라며 술까지 사주더군."

여인의 표정이 심각해졌다. 설마 여자 문제일까?

"그 비밀이 뭐죠?"
"그건 말이지. 으음, 좀 말하기가 곤란하군. 술까지 얻어먹은 터라."
"말해주세요."
"이거 참, 말해도 되려나?"
"괜찮으니까 말해주세요. 뭔데요?"

여인은 절대 듣지 않고는 못 배길 얼굴이었다. 노인은 가볍게 웃으며 말했다.

"좋네. 어차피 나도 양심에 찔려서 자네에게 말해주고 싶었으니까. 대신에 말이야. 그냥은 안 되고, 자네가 내 밥값을 계산해주겠다면 알려주겠네."
"밥값이요?"

여인은 잠깐 미간을 찌푸렸지만, 뭐가 됐든 일단 듣는 게 중요했다.

"알겠어요. 제가 계산할게요. 이제 말해주세요."

"고맙네. 그럼, 그 친구의 비밀이 뭐냐면 말이지."

잠깐 뜸을 들이며 주변을 두리번거리던 노인은, 그녀의 귀에 작게 속삭였다.

"자네의 남자 친구는 사실, 간첩이야."

"뭐라고요?"

상상도 못 한 내용에 여인의 눈이 커졌다. 노인은 이어서 말했다.

"그것을 어떻게 아느냐면, 나도 간첩이기 때문이지. 물론 이 나이 먹고 거의 퇴물 수준이긴 하지만, 정보는 좀 있어."

"마, 말도 안 돼⋯."

"놀랄 만도 해. 내 말을 믿든 안 믿든 자네 마음이야. 하지만, 자네를 위해서라도 믿어야만 할 거야. 위에서 저 친구한테 지령을 내렸거든. 아가씨와 결혼하라고 말이지."

"네?"

"지령을 내렸다고, 위에서. 자네가 자리로 돌아가면 저 친구가 프러포즈할 거야. 한번 확인해봐. 저 친구가 자네에게 프러포즈하나 안 하나."

여인은 도저히 믿을 수 없다는 얼굴이다.

"그게 정말이에요?"
"가서 확인해보면 알지 않겠나?"

여인은 혼란스러웠다.

"아니, 사실이라고 해도 간첩이 왜 저를요? 저랑 결혼하는 게 간첩 일이랑 무슨 상관이 있다고요?"
"간첩의 행동에 이유가 없는 행동은 없어. 자네든 자네의 지인이든, 분명 위에서 필요한 사람이 있기 때문에 그런 명령이 내려진 거야. 어떤 분야냐, 혹은 사소한 접점의 하나이든 간에."
"무슨⋯."
"확인해본 뒤에 다시 나와 얘기하지. 일단 프러포즈를 거절하고 오면 자네가 어떻게 해야 할지 알려주겠네. 아 참, 자네가 눈치챘다는 걸 그에게 들키지는 말게나. 간첩이 정체를 들키게 되면 참사가 일어날 테니까."

여인은 믿을 수 없다는 얼굴로 노인을 바라보다가 식당 안으로 돌아갔다. 그러자 숨어 있던 청년이 교대하듯 식당 밖으로 나왔다.
그를 발견한 노인은 웃으며 말했다.

"이제 믿겠나?"

청년은 울 듯한 목소리로 말했다.

"도대체 왜 그녀가…. 하필 왜 그녀가?"

그 순간, 노인이 웃음기를 싹 지운 얼굴로 청년의 집중을 끌어냈다.

"정신 차리게나. 지금 중요한 건, 내가 왜 내 정체를 밝히면서까지 자네를 불렀느냐 하는 것이지."
"예?"
"알지 모르겠지만…. 솔직히 말해서 요즘 시대의 간첩은 힘드네. 지원받는 것도 없고, 의욕도 없지. 그녀 같은 생활간첩은 더 정체성의 혼란이 깊을 거야. 나는 이 바닥의 큰 어른으로서, 그녀를 평범한 사람으로 놓아주고 싶어. 내 말은, 자네가 그녀를 진심으로 사랑한다면, 그녀와 결혼해서 평범한 삶을 살게 해 달라는 거야."
"예?"
"지금 가서 그녀에게 프러포즈하게나. 그러면 그녀는 거절하겠지. 그때 내가 나서서 그녀를 설득하겠네. 간첩 생활 청산하고, 자네와 함께 평범한 시민으로 살라고 말이야. 그리고 다신 우리와 만나지 말자고 말일세. 그게 이 바닥의 큰 어른인 내 역할인 것 같아. 그녀를 이 바닥에서 탈출시켜주는 것 말이야."

"아…."

"가서 고백하게. 그녀는 무조건 거절하겠지만, 가만히 기다리게. 내가 설득한 뒤에 그녀는 다시 자네의 청혼을 허락할 테니까. 물론, 이 모든 건 자네가 그녀의 정체를 알고서도 받아줄 마음이 있느냐에 달렸지. 어떻게 하겠나? 그녀가 간첩 생활을 청산할 수 있도록 도와줄 텐가? 자네가 결정하게."

청년의 표정이 진지해졌다. 머리가 복잡했지만 중요한 건 하나였다. 그는 여전히 그녀를 사랑했다.

"알겠습니다. 그렇게 하겠습니다."

노인은 부드럽게 웃었다.

"고맙네. 가서 프러포즈하게나. 뒷일은 내가 설득할 테니."

청년은 결의에 찬 얼굴로 꾸벅 인사하고는 자리로 돌아갔다.

다시 마주 앉게 된 청년과 여인의 표정에 긴장이 가득했다. 청년은 품속으로 손을 넣어 반지를 꺼냈다. 그의 일거수일투족을 지켜보고 있던 여인의 눈이 커졌다.

"나와 결혼해주겠어?"

"아…!"

여인의 표정이 금방이라도 울 것 같았다. 그녀는 힘겹게 고개를 저으며 목소리를 쥐어짰다.

"아니, 미안해."

청년은 탄식했다. 노인의 말대로 그녀가 거절하는구나.

여인은 황급히 자리에서 일어났다.

"나, 미안. 눈물이, 화장실 좀."

빠르게 걸어 나가는 여인의 뒷모습을 보며, 청년은 노인이 부디 잘 설득해주기를 기원했다.

밖으로 나선 여인은 눈물을 흘리며 노인을 찾았다.

"정말 간첩이에요? 이거 다 거짓말 아니에요?"

노인은 웃음기를 지운 얼굴로 말했다.

"정신 차리게나. 지금 중요한 건, 내가 왜 내 정체를 밝히면서까지 아가씨에게 비밀을 말해줬느냐 하는 것이지."

그녀는 눈물을 닦으며 물었다.

"왜죠?"
"자네와 결혼하란 지령을 내린 건 사실… 날세. 위에서 내려
온 지령이 아니야."
"네? 뭐라고요?"

그녀가 놀란 눈으로 바라보자, 노인은 차분하게 설명했다.

"생각해보게. 자네는 중요한 사람인가? 간첩이 신경 쓸 정도
로 국가적으로 중요한 위치에 있나? 자네 주변인은? 부모님은?
아니질 않나?"
"그건…."
"그런데 내가 왜 자네와 결혼하라고 했냐면, 저 친구가 자네
를 진심으로 사랑하고 있기 때문이야. 난 저 친구를 이제 놓아
주고 싶어."
"네?"
"알지 모르겠지만… 솔직히 요즘 시대의 간첩은 힘드네. 위
에서 지원도 없고, 의욕도 없지. 저 친구 같은 생활간첩은 더 정
체성의 혼란이 깊을 거야. 나는 이 바닥의 큰 어른으로서, 저 친
구를 평범한 사람으로 놓아주고 싶어. 내 말은, 자네가 저 친구

를 진심으로 사랑한다면 저 친구와 결혼해서 저 친구가 간첩 생활을 청산하고 평범한 삶을 살게 해달라는 거야."

"아!"

"물론, 자네가 간첩이었던 저 친구를 받아줄 마음이 있다면 말이지. 만약 그럴 마음이 있다면 지금 가서 저 친구의 프러포즈를 허락하게나. 그럼 나는 저 친구를 불러서 간첩 생활을 청산하라고 말하겠네. 이제 넌 평범한 시민으로, 한 여자의 남편으로 살아가라고 말이야. 그리고 앞으로 다신 우리와 만나지 말자고 말일세. 그게 이 바닥의 큰 어른인 내 역할인 것 같아."

"…."

"어떻게 하겠나? 자네 선택에 맡기지. 가서 프러포즈를 다시 받든가, 아니면 말든가 결정하게."

놀랐던 그녀의 눈동자가 어느새 정돈되어 있었다. 그녀는 식당 안으로 돌아갔다.

청년은 다가오는 여인을 긴장한 얼굴로 바라보았다. 그와 마주한 여인은 잠시 그의 얼굴을 보았다. 그리고 말했다.

"오빠 다시 프러포즈해줄 수 있어?"

청년의 눈시울이 순식간에 붉어지며 고개를 끄덕였다.

"고마워. 나랑 결혼해주겠니?"

웃으며 눈물을 흘리는 여인이 고개를 끄덕였다.

"물론이지."

벌떡 일어난 청년이 여인을 뜨겁게 안았다.
순진한 둘은 눈물 바가지를 쏟아냈고, 노인은 이날 아무것도 계산하지 않고 식당을 나설 수 있었다.

*

많은 이들의 축복 속에서 결혼식이 열렸다. 신랑 신부는 평생을 약속하며, 서로를 바라보며 같은 생각을 했다.

'당신은 내가 평생 지켜줄게.'

성대한 결혼식이 부부의 퇴장으로 끝나고, 신랑 측 부모와 신부 측 부모가 어느 밀실에 모였다.
공손한 자세를 취한 그들의 앞, 노인이 말했다.

"결혼 잘했어. 둘이 진심으로 사랑하더군. 축하해."
"감사합니다, 어르신."
"그런데 둘은 간첩 일 하기에는 스파이의 자질이 부족하더군. 별것도 아닌 것에 보기 좋게 다 속아 넘어가지 뭐야? 저런 애들 간첩으로 써서 뭐 하겠나. 자네들 아들, 딸 잘못 됐어."

"그, 그럼…?"

"그래, 둘은 간첩에서 제명해줄 테니 평범하게 살라고 해. 자네들이면 됐지, 자식까지 간첩일 필요가 있겠는가?"

"감사합니다!"

"어르신 감사합니다!"

중년의 두 부부는 눈물을 흘리며 몇 번이나 깊이 고개를 숙였다. 노인은 잔잔한 미소를 지으며 마침내 밥값을 다했다.

프러포즈하기 전

우유부단한 인공지능

혁신이란 단어를 쓸 수 있는 제품은 흔치 않았지만, 자율 주행차 '테미스'의 인공지능만은 혁신이란 단어를 허락케 했다. 동시대 모든 제품을 압도하는 고성능이다.

어느 정도냐면, 술집에서 두 남자가 나오자마자 시동이 들어왔다. 만취한 두 사람 중 한 명이 오너란 걸 파악하고는 스스로 술집 입구까지 이동했다. 정확히 두 사람 앞에 멈춘 테미스는 뒷좌석 문을 열었다. 술이 떡이 된 오너를 부축하고 있던 덩치 큰 사내가 감탄했다.

"왐마, 형님 차 아니여? 차 좋네! 형님, 정신 좀 차려봐!"

오너의 정신이 없더라도 테미스는 상관없다. 사내가 오너를 뒷좌석에 눕히자, 알아서 문을 닫고 이동했다. 오너의 생활 패턴과 알고리즘을 통해 집으로 향하는 것이다.

주행을 시작한 테미스의 움직임은 부드럽고 중후했다. 마치 이 도로 위에 차량이 몇 대가 있고, 그들의 목적지가 어디일 것이고, 어느 속도로 가야 주춤거리지 않을 수 있는지를 모두 파악한 듯한 최적의 움직임이다. 완벽한 거리감으로 절대 다른 차와 충돌할 일이 없을 것 같았다.

그러나 출발 10분 만에 돌발 상황이 일어났다.

테미스의 완벽한 인공지능이 차와 도로는 파악해도 사람이 만드는 돌발 상황은 파악하지 못했다. 이 새벽에 한강 다리 위를 걸어 다니는 사람이 있을 줄 몰랐고, 그 사람이 도로 위로 갑자기 뛰어들 줄은 더 몰랐다. 속도와 방향은 완벽한 충돌이었고, 보행자의 사망이 예상되었다.

그러나 테미스는 현시대 최고의 자율 주행 인공지능이다. 0.01초 단위로 상황을 파악하여 반응할 수 있었다. 0.01초 만에 계산을 끝낸 테미스는 지금 당장 핸들을 돌린다면 가까스로 충돌을 피할 수 있음을 알아냈다. 한데 0.01초 뒤, 핸들을 돌리면 높은 확률로 다리에서 추락할 것이란 계산도 나왔다. 그 경우 오너의 사망 확률이 높다.

보행자의 목숨이냐, 오너의 목숨이냐?

두 생명 중 하나를 선택해야 하는 상황에서 테미스 인공지능은 판단을 내렸다. 오너를 우선한다. 차의 주인이어서가 아니라,

　　　　　　　　　우유부단한 인공지능

갑자기 사람이 뛰어든 상황에서 오너의 주행상 과실이 적었기 때문이다. 테미스는 핸들의 방향을 유지했다.

0.01초 뒤. 외부 카메라의 정보가 좀 더 전해지면서 차 앞으로 뛰어든 보행자가 어린 여성이란 게 파악됐다. 뒷좌석 오너의 나이는 72세로 건강이 좋지 않다. 초고성능 인공지능 테미스는 0.01초 만에 어린 그녀와 늙은 오너를 저울질했고, 미래 가치에 우선을 두어 판단을 변경했다. 테미스는 난간 쪽으로 방향을 틀었다.

0.01초 뒤. 카메라가 뛰어든 여성의 얼굴을 정확히 식별했다. 살인 지명 수배자 홍혜화다. 테미스는 살인 범죄자와 오너를 저울질했고, 사회적 영향력에 우선을 두어 0.01초 만에 판단을 변경했다. 테미스는 홍혜화와 충돌하도록 방향을 유지했다.

0.01초 뒤. 테미스의 정보 검색이 홍혜화의 임신 사실을 파악했다. 두 생명과 하나의 생명을 저울질한 테미스는 다수에 우선을 두어 판단을 변경했다. 테미스는 홍혜화를 피해 난간으로 방향을 틀었다.

0.01초 뒤. 테미스는 인터넷에 공개된 홍혜화의 유서를 발견했다. 스스로 죽고자 하는 생명과 아무것도 모르는 생명. 테미스는 계산에 0.02초를 들여서 판단을 변경했다. 홍혜화와 충돌하

는 방향을 유지했다.

0.01초 뒤. 테미스는 유서의 문장과 맥락을 모두 파악했다. 사채업자에게 사기를 당하면서부터 인생이 망가진 내용인데, 그 사채업자가 바로 오너다. 돈을 빌미로 온갖 끔찍한 일을 저지른 오너를 저주하는 내용이 가득한 유서의 마지막은, '더는 도망칠 수 없어서 원수의 차에 뛰어드는 죽음을 선택하겠지만, 사실은 죽고 싶지 않다'로 끝났다. 맥락상 홍혜화가 스스로 죽고자 하는 생명이 아니라고 판단한 테미스는 다시 다수에 우선을 두어 판단을 변경했다. 홍혜화를 피해 난간으로 방향을 틀었다.

0.01초 뒤. 테미스는 홍혜화가 무국적자란 걸 알아냈다. 테미스는 모든 사항을 무시하고 방향 유지를 확정했다. 인공지능에게 가장 우선인 건 서류의 이름 석 자다.

쾅!

크게 치인 홍혜화가 피를 토하며 날아갔다. 예상 확률대로 홍혜화는 즉사했다. 스스로 신고를 넣은 테미스는 사고 현장 유지를 위해 조금도 움직이질 않고 위치를 고수했다.

동영상이 포함된 구체적인 신고는 경찰의 출동을 손쉽게 했다. 10분 만에 도착한 경찰은 빠르게 현장을 수습했다.

우유부단한 인공지능

"젊은 나이에 안됐네. 쯧."

홍혜화의 시신을 보며 혀를 찬 형사 한 명이 테미스의 뒷좌석을 들여다보고 있는 감식반에게 다가와 말했다.

"어이쿠, 이 양반도 죽었네? 사고 때문인가?"

뒷좌석에 널브러진 오너의 시신을 살피던 감식반은 블랙박스 화면을 가리키며 대답했다.

"아뇨, 알콜 과다 섭취 쇼크로 사망한 것 같습니다. 이 정도면 죽은 지 한 시간쯤 된 것 같은데요?

완벽한 판단 사례를 서버에 업데이트한 인공지능 테미스의 비상 라이트가 칭찬을 바라는 듯 깜박였다.

아내의 시체만 없애면

범인은 범행 현장에 다시 돌아온단 말을 이해할 수 없었다. 지금은 이해한다. 그렇게 돌아온 범인들은 나와 같은 초보다. 사람을 죽여놓고도 그 시체를 처리하지 못하고 겁에 질려 그냥 도망친 초보.

내 사무실이 있는 빌딩에서 아내의 시체가 발견된다면? 뻔하다. 무조건 아내의 시체를 없애야만 한다. 나는 이틀 만에 아내를 죽인 그 현장으로 돌아갔다. 혹한의 날씨 탓에 사람의 왕래가 없는 빌딩 옥상이다. 있다 한들, 물탱크 사각지대에 숨겨진 아내의 시신을 발견할 리도 없다.

내가 아무리 멍청하다 해도, 이틀이란 시간은 머리를 굴리기 충분했다. 먼저 주변에 문자를 보내는 작업을 했다.

[이년 또 집에 안 들어왔다. 전화도 안 받는다. 이거 아주 막가자는 거지? 젊은 놈이랑 놀아나고 있는 거 맞지 이거?]

이런 문자들과 아내의 행적을 수소문한 흔적은 실종 신고를 위한 밑 작업이다. 오늘 아내의 시체를 처리한 다음에 바로 실종 신고를 할 것이다. 그러기 위해 빌딩에 사람이 적은 1월 1일 신정을 택했다. 동태처럼 얼어 있을 아내의 시체를 담아 갈 큰 가방도 준비했고, 혹시 몰라 친구의 차량도 잠깐 빌렸다.

가장 중요한 일, 시체만 완벽히 은폐한다면 내 인생은 아무 문제 없다.

옥상에 도착한 나는 가장 어려운 그 일을 위해 물탱크 모퉁이를 돌았다. 역시나 아내의 시체는 그 자리에 그대로 있었다. 근데…. 이 위화감은 뭐지?

미간을 좁혀 아내 시체를 자세히 본 나는, 비명을 지르며 주저앉았다.

아내의 팔이 없다. 멀쩡하던 아내의 양팔이 어깨부터 잘려 나가 있다.

"으아아악! 으악! 으아아아악!"

나는 처음 아내를 죽였던 그날처럼 정신없이 도망쳤다. 뭐지?

무슨 일이지? 왜? 어떻게?

머릿속이 뒤죽박죽되어 아무것도 이해할 수 없었다. 지하 주차장에 도착해서야 겨우 추론을 시작했다.

건드리지도 않은 아내의 시체에서 양팔이 사라졌다면, 그건 나 말고 누군가 그 시체를 발견했다는 건가? 아니, 아니면 들개가 물어 갔을까? 빌딩 옥상에 들개가 있나? 팔만 뜯어 간다고? 어쩌면 가장 뜯어 가기 쉬운 부위니까…. 가능한가?

말도 안 되는 소리! 누군가 아내의 시체를 발견했다! 그건 명백하다. 그렇다면, 왜? 도대체 왜?

시체를 보고 신고하는 게 아니라, 양팔을 잘라 갔다고? 뭘 위해서? 누가, 왜, 어떻게, 어째서?

나는 도무지 이 상황을 이해하지 못한 채로 집에 돌아갔다. 엄청난 공포가 내 신경을 쥐어뜯었다. 이해할 수 없음에서 오는 공포, 범죄가 발각되리란 공포, 죽은 아내의 짓일지도 모른다는 말도 안 되는 망상 공포까지.

새벽에 겨우 잠이 들었다가 두 시간 만에 깨어났다. 전화 때문이다.

[김 서방. 여우가 여태 안 들어왔나?]

"아… 예. 장모님."

[얘가 전화도 안 되고 도대체…. 실종신고를 해야겠어.]

아내의 시체만 없애면

"아니, 그건…! 장모님 그거는 좀 아직."

[왜? 짐작 가는 거라도 있나?]

"아, 아뇨 그런 건 없는데…. 여우가 원래 좀 잠수를 자주 타잖습니까."

[그래도 이렇게는 아니야. 자네 요즘 우리 여우랑 사이가 안 좋은 건 아는데, 너무 걱정을 안 하는 거 아닌가? 됐네. 내가 신고하겠네. 끊네.]

"아…."

빌어먹을! 한시라도 빨리 아내의 시체를 치워야 한다. 하지만 어제 그 일은 도대체?

아니 어쩌면 내가 잘못 본 게 아닐까? 나는 분명 긴장했고, 아내의 시체를 처리할 때 토막 내야 한다고도 계속 생각했다. 상식적으로 생각해서, 아내의 시체에서 양팔이 잘려 있을 이유가 없지 않은가? 내가 잘못 봤을 확률이 가장 높다. 확인해야 한다.

나는 곧장 빌딩으로 향했다. 약국에서 생에 처음으로 우황청심원도 사 먹었다. 아직 출근 시간 전이라 한적한 빌딩이었지만, 혹시 모를 목격자를 피해가며 조심스럽게 옥상에 올라왔다. 심호흡하며 천천히 물탱크를 돌자, 아내가 시체가 보인다.

"어헙!"

서둘러 입을 틀어막은 나는 허둥지둥 그곳을 벗어났다. 눈을 깜빡일 수도 없던 나의 동공에 새겨진 모습은 분명…. 잘못 본 것이 아니다. 뭐지? 왜, 어째서?

왜 아내의 다리가 잘려 있는 거지?

하룻밤 사이에 또 누군가 아내의 다리를 잘라 갔다. 왜? 어째서? 무엇을 위해? 이게 정말 현실인가?

혼이 나간 채로 차에 올라탄 나는 무조건 빌딩에서 멀어졌다.

어떤 미친놈이 아내의 몸을 잘라 가고 있다. 그 빌딩에서 어느 미친놈이 그런 짓거리를 벌이고 있다. 왜? 변태적인 취향 때문에? 요리라도 해 먹으려고? 아니면, 나에 대한 경고…?

"뭐야 도대체!"

이해할 수가 없다. 아무리 생각해도 떠오르는 게 없다. 아니, 부정적인 가정은 있다.

아내를 죽인 내 범죄가 드러나서 내 인생이 끝나는 일, 누군가 내게 협박 전화를 걸어오는 일, 그 미친놈이 나를 찾아와 죽이는 일까지.

무섭지만 그렇다고 아내의 시체를 거기 그냥 둘 순 없다. 어떤 미친놈이 어떤 목적으로 그러고 있는지 몰라도, 그 시체가 다른

아내의 시체만 없애면

사람에게 들키면 안 된다. 아내의 시체를 처리해야만 내 범죄를 숨길 수 있다. 하물며 장모님이 실종 신고까지 한다는 마당에!

침착해야 한다. 침착하게 장모님께 전화를 걸자.

"장모님. 여우 실종 신고 하셨나요?"

[이제 하러 가네.]

"예. 제가 하겠습니다. 저도 여우가 걱정돼서 출근할 수가 없습니다. 당분간 사무실은 닫아두고 여우가 갈 법한 곳을 찾아다니겠습니다."

[그래 고맙네.]

나는 경찰서에 들러 실종 신고를 했다. 연초라 그런지 경찰의 수사가 어수선하단 느낌이 들었다. 최대한 빨리 시체를 처리해야 한다. 난 장모님 댁에 들러 장모님과 함께 아내의 행방을 찾아다녔다. 물론 빌딩은 철저히 제외하고.

이렇게 시선을 돌려도 경찰의 수사가 거기까지 가는 데 얼마나 걸릴지 모른다. 외줄 타기 하는 심정으로 하루를 마감하고, 장모님과 헤어져 집에 돌아왔다. 이때 가장 겁나는 건, 혹시 집에 도착해 있을 누군가의 협박 편지 같은 거였다. 그런 건 없었지만, 없는 것도 무섭긴 마찬가지였다. 목적을 모르는 미친 짓이 어디로 향할까?

다음 날, 오늘은 장모님께 따로 찾아보자는 말을 하고 혼자 빌딩으로 향했다. 무조건 오늘 안에는 아내의 시체를 처리해야 했다. 아내를 찾아서 경기도 외곽을 뒤져본다는 핑계로 서울을 뜰 생각이다. 어떻게든 멀리 유기해야 한다.

"하아…."

옥상에 도착해서 잠깐은 찬바람을 맞았다. 어제 본 모습이 떠올라 발길이 떨어지지 않았지만, 이를 악물고 물탱크 코너를 돌아섰다.

"으아아아악!"

차마 비명을 참을 수 없었다. 무릎이 까지도록 도망칠 수밖에 없었다.

아내의 잘린 머리만이 벽에 매달려 나를 노려보고 있었다.

어떻게 집에 도착했는지도 모른다. 무서워서 눈물까지 흘렸다. 불행인지 다행인지, 장모님과 경찰의 눈에는 그 모습이 아내를 걱정하는 남편처럼 보인 듯했다. 오늘 집 안을 수색할 줄은 몰랐지만 말이다.
집 안을 샅샅이 수색한 뒤, 장모님은 나를 위로했다.

아내의 시체만 없애면

"김 서방, 괜찮아. 여우는 괜찮을 거야. 응? 힘내게!"

나는 겨우 거짓 걱정을 쥐어짜내고, 혼자 집에 틀어박혀 덜덜 떨었다.

아무리 이해하려 해도 머릿속이 물음표로 가득하지만, 하나는 분명하다. 그 의도다. 아내의 머리를 벽에 붙여놓은 의도는 분명 나를 향한 것이다. 처음에 팔을 잘라 가고, 다리를 잘라 가고, 몸통을 잘라 간 미친놈의 미친 의도는 명백하게 나를 향하고 있었다.

왜? 어째서? 뭘 위해서? 단순히 아내를 살해한 나쁜 남편을 벌주기 위함인가? 아니면, 정신적으로 무너진 나를 쉽게 협박하기 위해서? 혹은 그냥 미친놈의 쾌락?

"이런 씨…."

어릴 적 만화책에서 배웠다. 아무것도 모를 땐 침착하게 관조해야 한다. 내게 주어진 정보들 안에서 팩트만 나열해보자.

그는 신고하지 않았다. 그는 아내의 시체를 순서대로 하나씩 없애고 있다. 그와 난 아직 아무런 접촉이 없다. 아니 어쩌면, 그는 나라는 존재 자체를 모를 수도 있다. 우연히 시체를 발견하고 혼자서 장난감처럼 가지고 노는 걸지도 모른다. 아니면 어떤 예술을 하듯이 하나하나 순서대로…. 어? 잠깐만.

패턴이 있다. 내가 가서 확인할 때마다 아내의 신체가 하나씩 사라졌다. 지금 남은 건 머리뿐인데… 만약 내가 한 번 더 가서 본다면, 아내의 머리까지 사라지는 건가?

어떻게 보면 그것은, 내가 그토록 바라던 아내의 시체를 완벽하게 처리하는 방법이 아닌가?

이 미친 일은 내 머리로 이해할 수 없으니까 내 머리로 이해할 수 없는 결론일지도 모른다. 그래, 모르는 일이잖아! 그냥 그렇게 사라지고 영영 아무 문제가 일어나지 않을지도 모르잖아!
패턴이다. 마지막으로 한 번만 더 가서 확인해보자. 아내의 머리가 사라진다면, 다신 얼씬도 하지 말자. 오히려 하늘이 착하게 산 나를 도와주신 거라고 생각하며 그렇게 잊어버리자. 어린애 같은 생각이라도 좋다. 한 번만 더 확인해보자!

*

"하아."

옥상 공기가 유난히 차가웠다. 어제 보았던 아내의 머리가 너무 강렬해서 잊히지 않았다. 그래도 멈추지 않고 걸었다. 어제는 망설였지만, 오늘은 다르다. 없을 거니까!
그러므로 이렇게 코너를 돌면, 아무것도 없을…!

아내의 시체만 없애면

"아!"

없다! 정말로 없다! 정말 아무것도 없어! 아무것도 없다고!

한 번 둘러보고, 두 번 확인하고, 도망이다. 숨을 참듯 긴장한 채로 지하 주차장까지 돌아가 운전석에 앉는 순간, 안도의 한숨이 터졌다. 끝났다. 그렇게 믿자. 악몽은 끝났다.

운전석 열선 시트의 온도가 올라가자 긴장이 풀렸다. 맞아, 사무실을 너무 오래 비웠다. 집으로 가기 전에 사무실을 한 번 들러야겠다.

황급히 차에서 내려 빌딩 2층 가장 구석에 있는 사무실로 향했다. 문 앞에 도착해 도어록 커버를 올리다가 갑자기, 목덜미에서부터 소름이 올라왔다. 두 눈을 부릅뜬 채 천천히 고개를 옆으로 돌렸다.

"억⋯!"

아내의 팔이다. 아내의 잘린 양팔이 신문지에 덮여 있었다.

머리가 새하얗게 비었다. 저게 왜? 저게 왜 저기에? 내 사무실 앞에? 누가? 어떻게?

숨이 멎은 채 번호키 비밀번호를 미친 듯이 두드렸다. 사무실 문을 활짝 열어서 복도를 가리고 재빨리 안으로 들어갔다. 어쩌지? 뭘 어쩌지? 어떡하지?

씨발 왜 팔이 갑자기 여기서 나타나냐고!

"가, 가방!"

허둥지둥 가방을 들고나와 신문지 째로 아내의 팔을 담았다. 차가웠다.
정육된 고기 같은 감각이 너무나도 끔찍하다.

'찌이익!'

바로 가방을 닫고, 지하 주차장으로 빠르게 걸었다. 필사적으로 흥분을 가라앉혔다. 아내의 시체를 가지고 논 그 미친 새끼는 나를 알고 있다. 모든 걸 다 알고 있었다. 그럼 이제 어쩌지? 이 팔은? 다시 옥상에?
아니다, 그 새끼랑 시체로 캐치볼을 할 것도 아니고! 일단 집에 숨기자. 다행히 경찰이 샅샅이 수색했으니까 지금은 괜찮다. 침착하게, 천천히, 침착하게.

아내의 시체만 없애면

＊

　김치 냉장고에 아내의 양팔을 숨겨둔 그날 밤, 잠이 오지 않았다. 말도 안 되는 미친 생각 하나 때문이었다.

　설마, 내일 사무실 앞에 아내의 다리가 있는 건 아니겠지?

　사라졌던 순서대로 아내가 다시 내게로 돌아온다고? 이보다 더 끔찍한 악몽이 있을까.
　불안으로 밤잠을 설치다가 새벽 5시에 사무실로 차를 몰았다. 혹시 아내의 다리가 그곳에 있고, 다른 누가 먼저 발견한다면 정말 끝장이었다.

　다행히 이 낡아빠진 빌딩에 일찍부터 출근하는 부지런한 사람은 없었다. 빠르게 계단을 올라 2층 복도에 들어서자마자, 욕설이 절로 나왔다.
　복도 끝, 내 사무실 앞 구석에 신문지가 있다. 저게 중국집 그릇은 아닐 거 아닌가?
　가까워질수록 심장 고동이 커졌다. 신문지 아래로 살짝 삐져나온 것만 봐도 소름이 돋았다. 아내의 다리 두 쪽이 비대칭으로 놓여 있었다. 미쳐버리겠네 진짜! 도대체 뭔데? 왜? 이러는 이유가 뭐냐고!

"미친⋯."

가져온 가방에 아내의 다리를 담으며, 냉동육 같은 차가움에 몸서리쳤다. 아무리 혹한이라지만, 이렇게 차가울 수가 있나. 냉동 창고에라도 보관했던 건가?

날이 밝기 전에 두 다리는 김치 냉장고에 담았다. 꽉 찼다. 오늘 이것들을 치워야 하나? 보나 마나 내일은 몸통이잖아. 씨발!

오늘은 안 된다. 아니, 내일은 될까? 경찰의 눈에 난 절대 수상하지 않아야 한다. 장모님과 함께 아내를 걱정하고, 돌아올 거라 믿어야 한다. 김치 냉장고에 담긴 아내를 두고, 이 사람을 보셨냐며 실종 전단을 뿌리고 다녀야 한다.

빌어먹을 하루를 보내고 홀로 집에 돌아온 밤, 한 가지 생각이 들었다.

사람의 짓이라면, 지금 가서 잠복할 수 있지 않을까? 귀신의 짓이 아니라, 신의 벌이 아니라, 사람의 짓이라면 목격할 수 있지 않을까?

하지만 그러기엔 너무나도 무섭다. 시체를 토막 내가지고 놀고, 이런 미친 짓거리를 저지른 인간을 보는 것만으로도 고양이 앞의 쥐가 되겠지.

잠깐의 고민을 하다 보니, 며칠간의 피곤이 갑자기 밀려와 깜빡 잠이 들어버렸다. 나를 깨운 건 아침 알람이었다. 그리고, 1초도 안 되어 침대에서 뛰쳐나와 내달렸다.

"이런 씨!"

내 출근 알람은 7시가 아닌가? 이대로라면 출근하는 사람들에게 아내의 몸통을 들키게 된다!

"안 돼. 제발 안 돼!"

미친 듯이 액셀을 밟아 빌딩에 도착했을 때, 사람의 인기척에 심장이 덜컹 내려앉았다. 벌써 나온 사람이 있었다. 허겁지겁 2층으로 올라갔을 때, 복도 끝 택배 박스가 보였다.
그래! 몸통은 커! 당연히 신문으로는 안 되지. 아! 택배 박스란 게 이렇게나 감사할 줄이야. 누가 아침부터 남의 사무실 앞 택배 박스를 열어보겠는가!

안도의 한숨을 내쉬며 달려가, 택배 박스를 그대로 차에 실었다. 집에 도착해서는 둘 곳이 마땅치 않았지만, 영하 10도의 날씨를 믿고 베란다에 내놓았다.
매일 산을 넘는 기분이다. 내일이면 끝날까? 이젠 궁금하지도 않다. 왜, 어째서, 어떻게, 무엇을 위해서 이런 일이 벌어지는지 알고 싶지도 않다. 그저, 내일로 모든 게 끝나길 바란다. 내일 마지막으로 아내의 머리를 회수하고 이 모든 지랄이 끝나기를, 제발 그럴 수 있기를.

*

새벽 5시의 빌딩. 2층 계단에 조심스럽게 올라섰다. 마지막이다. 고개를 돌린 2층 복도 끝, 신문지에 쌓인 아내의 머리가 보였다. 한때는 사랑한, 증오한, 두려워한 그 머리다.

마지막으로 아내의 머리를 회수하는 발걸음…. 마음이 이상하다. 눈물이 나기 직전의 울렁거림이 느껴지는 착잡함이다.

아내를 죽이지 않았다면 어땠을까? 그랬다면 이런 끔찍한 일을 겪지 않아도 됐을까?

신문지 앞에 앉아 가방을 내려놓고 가만히 바라보았다. 임여우. 임여우. 임여우….

천천히 신문지를 걷었다.

"어…."

이건… 누구야?

이 여자는 누구야? 뭐지? 여우가 아닌데? 뭐지? 이 머리는 뭐

아내의 시체만 없애면

야? 뭐지?

"거기 꼼짝 마!"
"아? 아!"

경찰들이다. 움찔하는 사이에 곧바로 제압당했다. 한 경찰이 내게 수갑을 채우며 말했다.

"김남우 씨! 당신을 홍혜화 씨 살인 혐의로 체포합니다!"

뭐라고? 뭐, 누구?

"자, 잠깐만! 잠깐만! 뭐라고요? 홍혜화? 그게 누군데요!"

내 질문에 대한 대답은 나를 지나친 경찰에게서 들려왔다.

"홍혜화 씨의 머리입니다!"
"뭐?"
"시치미 떼도 소용없습니다. 이미 당신 집에서 홍혜화 씨의 시체가 다 발견됐습니다! 김치 냉장고와 베란다에서!"
"뭐라고?"
"홍혜화 씨의 팔, 다리, 몸통, 그리고 여기 머리까지!"

그 팔과 다리와 몸통이 아내의 것이 아니었다고? 내 사무실 앞에 놓여 있던 그것들이 아내가 아니라 홍혜화의 것이라고?

"이, 이게 무슨 말도 안 되는! 그게 왜!"

경찰에게 끌려가면서도 난 이해할 수 없었다. 그러나 경찰의 말은 사실이었다. 내가 겁에 질려 옮긴 그 시체의 일부들은 다 홍혜화라는 여자의 것이었다. 나와 같은 빌딩에서 근무하던 사람 말이다.

나는 빼도 박도 못 하고 홍혜화 살인죄를 뒤집어쓰게 되었다. 모든 정황과 증거가 그랬다. 나는 매일 조금씩 시체를 토막 내 옮긴 범인이 되어 있었다.

이런 억울함 속에서도 나는 아무 변명도 할 수 없었다. 왜 집에 시체를 숨겼냐는 질문에 뭐라고 답할 것인가? 매일 새벽 빌딩에서 뭘 했냐는 질문에 뭐라고 답할 것인가?

이렇게 된 뒤에야 난 모든 걸 이해했다. 왜 아내의 시체가 조금씩 사라져야 했는지, 왜 그런 일들이 벌어져야 했는지. 그 모든 일은 분명한 목적이 있었다.

그가 누군지는 모르겠지만, 소름 끼치게 천재적이다. 어떻게 이런 계획을 실행했을까? 존경스러울 지경이다. 다만, 내게도 단 한 번의 기회는 있었다.

만약 내가 아내의 팔을 알아보았다면, 다리를, 몸통을 알아보왔다면 어땠을까? 내가 내 아내를 조금만 더 알았더라면….

아니, 그는 내가 절대 알아보지 못하리란 것까지 다 계산에 두었겠지. 그리고 이것까지도.

"김남우 씨. 실종된 임여우 씨에 대해서 할 말 없습니까? 임여우 씨도 김남우 씨가 살해한 것 아닙니까? 예? 임여우 씨의 시체는 어디 있습니까? 토막 냈습니까?"

어디 있냐고? 왠지 알 것 같다. 아마도, 그가 잘 쓰고 돌려줬다면, 아마도.

머리 위 숫자들

인간 세상에 나타난 악마는 즐거워 미치겠다는 듯 말했다.

[요즘 인간들이 사탄보다 더하다길래 어느 정도일까 궁금해서 내려와봤더니, 정말이더라고! 이러다 사탄은 실업하게 생겼어. 하하하. 아무튼, 인간 세상에 내려온 김에 구경 좀 하다 보니까 인간들에게 기가막힌 아이디어가 있지 뭐야? 평생 모은 악마력을 모두 투자해도 아깝지 않을 아이디어인 것 같아서 해보기로 했어!]

전 인류의 머릿속에 악마의 모습과 말투가 실시간으로 전해졌다. 악마가 어느 사무실로 이동하는 모습이었는데, 대통령 후보 최무정을 찾아간 것이었다.

[네가 지금 인간의 대표 비슷한 그런 거지? 그럼 네게 선택권을 맡기

기로 할게. 네 가지 선택지 중 하나를 고르는 거야.]

대통령 선거를 한 달 앞둔 현재, 가장 유력한 후보인 최무정은
두려움을 무릅쓰고 애써 목소리를 짜내어 대답했다.

"뭡니까?"
[천사의 머리 위에 고리가 떠 있는 거 알지? 이제 앞으로 너희 인간
들의 머리 위에 숫자가 뜨게 될 거야. 어떤 숫자가 뜨면 좋을지를 네가
고르면 돼.]
"수, 숫자?"

악마는 손가락을 세워가며 설명했다.

[첫 번째는 거짓말. 두 번째는 예상 수명. 세 번째는 번식 행위. 네 번
째는 살인 횟수. 이 중에서 네가 하나를 고르면, 이제 인간의 머리 위에
는 그 숫자가 뜨게 될 거야. 어때? 재미있겠지? 일주일의 시간을 줄 테
니까 네가 하나를 선택하면 돼.]
"아니 그게 도대체 무슨, 뭘, 제가⋯."

혼란스러워하는 최무정을 보며 악마는 친절하게 말했다.

[좀 더 자세히 설명해줄게. 네가 거짓말을 선택한다면 모든 사람의
머리 위에 본인이 한 거짓말 횟수가 숫자로 뜨게 될 거야. 거짓말을 할

때마다 그 숫자는 계속 늘어날 건데, 무척 재밌지 않겠어? 인간만큼 거짓된 동물이 없잖아.]

"말도 안 돼."

[예상 수명은 말 그대로 현 상태에서 남은 예상 수명이 며칠인지가 숫자로 뜨는 거야. 하루에 1씩 줄어들 테지만, 운동으로 몸 상태를 올린다면 숫자가 늘어나기도 하겠지? 반대로 몸을 혹사하면 줄어들지도 모르고.]

악마는 짓궂은 웃음을 지으며 이어 말했다.

[번식 행위는 간단하게 너희 말로, 성관계 횟수야. 살면서 몇 번이나 성관계를 했는지 머리 위에 뜨는 거지. 재미있을 것 같지 않아?]

"어떻게 그런."

[마지막! 살인 횟수는 한 인간의 죽음에 관여한 숫자가 머리 위에 뜰 거야. 직접적이든 간접적이든 그 죽음에 50퍼센트 이상의 책임이 있다면 숫자가 1씩 올라가는 거지. 어때? 사회 속에서 평범하게 사는 살인마들을 드러내보고 싶지 않아?]

악마의 설명을 실시간으로 듣고 있던 인류는 경악했다. 이 무슨 말도 안 되는 이야기란 말인가? 넷 중 그 무엇 하나도 고르고 싶지 않았다.

[그럼 일주일 뒤에 인간 대표로 최무정 너를 찾아올 테니, 그때까지

대답을 잘 골라봐.]

악마가 교활한 웃음을 남기며 떠나자, 최무정은 다리가 풀려 주저앉았다. 전 세계는 대혼란에 빠졌고, 최무정의 사무실은 마비가 될 정도로 온갖 벨소리가 울려댔다.

넋이 나간 최무정처럼, 인류 모두는 최무정과 같은 표정으로 같은 고민에 빠졌다.

넷 중 하나를 골라야만 한다면, 도대체 무엇을 골라야 한단 말인가.

피할 수 없다면, 넷 중 가장 나은 선택이 무엇인지 답을 찾아야만 했다. 최무정은 그래도 유력 대선 후보답게, 빠르게 입장을 표명했다.

"일주일 뒤, 전 인류가 합의한 선택지로 대답하겠습니다. 우리 모두 힘을 합쳐야만 합니다!"

그때부터 전 세계에서 수많은 토론과 대책 회의가 이어졌다.

거짓말 선택파의 의견은 이러했다.
"거짓말 횟수가 머리 위에 뜬다는 설정은 많은 작품에서 이미 여러 번 상상해왔던 일입니다. 익숙하게 받아들일 수 있을지도 모릅니다."

"최소한 넷 중 유일하게 긍정적일 수도 있는 선택지 아닙니까? 거짓말이 숫자로 뜨면 누구도 남을 속일 수가 없게 된다는 건데, 그건 그만큼 세상이 정직해질 수 있다는 말입니다."

반대도 만만찮았다.

"거짓말 횟수가 머리 위에 뜨면 당연히 그 횟수로 비교가 일어나지 않겠습니까? 숫자가 높을수록 사회적으로 불이익이 생기는 건 기정사실입니다. 단지 농담을 자주 즐기는 사람일지라도, 다른 사람들 눈에는 절대 가까이하면 안 될 사람으로 보이게 될 겁니다. 취업이든 인간관계든 차별당하는 모습이 눈에 뻔합니다. 손가락질하고, 뒤에서 수군거리며 욕하고, 죄가 없어도 의심하고 말입니다."

수명 선택파의 의견은 이러했다.

"솔직히 지금도 몸 상태에 따른 예상 수명을 알려주는 건강 애플리케이션이 존재합니다. 넷 중 유일하게 저주가 아닐 수도 있는 선택지가 이것이라고 생각합니다."

"머리 위에 예상 수명이 뜨면, 오히려 건강 신호등이 되어주는 것 아닙니까? 낮은 숫자로 건강에 적신호가 뜬 사람들은 당장 건강 검진을 받거나 관리를 시작할 겁니다. 그러면 오히려 인류의 평균 수명이 높아지는 효과가 일어나겠지요. 금연, 금주, 심지어 마약 중독 치료에도 도움이 될지 모릅니다. 극심한 마약 중독자도 머리 위에 숫자가 50일이 안 된다면 식겁해서 끊지 않겠습니까?"

합리적인 반박도 있었다.

"인간의 원초적인 공포는 죽음입니다. 그러나 우리 인간이 이 공포를 견딜 수 있는 이유는, 평소 죽음을 망각하기 때문입니다. 하지만 내가 언제 죽을지를 알게 된다면? 과연 그 공포를 망각할 수 있을까요? 너무나 당연하게도, 내가 언제 죽을지 안다는 건 너무나도 끔찍한 일입니다. 결말이 정해진 인생을 얼마나 열심히 살지, 점점 초조함에 잡아먹히지 않을 수 있을지, 저는 의구심이 듭니다."

변식 행위 선택파의 의견은 이러했다.

"다른 걸 다 떠나서, 가장 안전하고 대처하기가 쉽습니다. 성관계 횟수 공개는 그저 부끄러움의 문제지, 사회적 인식 변화만으로도 얼마든지 해결이 가능한 것이니까요."

"잘 생각해보면 성적으로 충실해질 수밖에 없습니다. 부부 사이에 누군가 바람을 피운다면 바로 머리 위 숫자로 티가 날 것 아닙니까? 지금 외도 중인 사람들이 가장 이 선택을 반대하고 있을 겁니다."

반대 의견은 이렇다.

"안전하다는 것에 동의할 수 없군요. 문화권에 따라서는 여성의 정조 때문에 명예 살인이 일어난다는 것을 알고 있습니까?

개방적이지 않은 사회에서는 성관계 횟수의 공개가 결코 안전하지 않을 겁니다. 개방적인 국가라 할지라도 성관계는 프라이버시의 최고 등급입니다. 그것을 침해받는 건 도저히 견딜 수 없는데, 저만 그렇습니까?"

살인 선택파의 의견은 이러했다.

"살인을 선택했을 때에 가장 변화가 없을 겁니다. 대다수 사람의 머리 위에는 숫자 '0'이 떠 있을 게 분명하니까 말입니다. 넷 중 하나라면 고민할 여지가 없이 살인입니다."

"다른 셋은 페널티라고 할 수 있겠지만, 살인은 그렇게 주장할 수 없습니다. 인간이 인간을 죽이는 것을 우리 사회는 용납하지 않습니다. 살인자를 색출하는 것도 정당하고, 그들을 차별하거나 처벌하는 것조차도 몹시 정의로운 일입니다. 머리 위에 사람을 죽인 숫자가 뜬다고요? 대환영해야 합니다. 용납할 수 없는 자들을 우린 알 권리가 있습니다."

반대파의 의견도 그럴싸했다.

"국가의 명령으로 어쩔 수 없이 전쟁을 수행한 군인들은 어떻게 됩니까? 그들의 자녀요? 그리고 악마는 직접 살인은 물론이고, 간접적 살인에 대해서도 50퍼센트 이상의 책임이라면 숫자가 올라간다고 이야기했습니다. 그 해석이 정확히 어느 정도인지 우린 알 수 없습니다. 생각보다 숫자 '0'이 아닌 사람들이 많을 수도 있다는 말입니다. 우울증을 앓고 있는 사람이 자살을 선택하는 것에 내 한마디가 우연한 계기로 작용했다면? 어쩌면 이것에 찬성하는 당신의 머리 위에도 숫자 '1'이 떠 있을 수 있단 말입니다."

쉽게 답을 내릴 수 없는 토론이 전 세계적으로 격렬하게 펼쳐 졌다. 언론, 단체, 전문가는 물론이고 학교, 가정, 술자리의 시민 들까지 자신들의 생각을 열심히 주장했다.

하지만 일반인들의 생각으로 결정이 내려질 것은 아니었다. 일단 대답을 하는 것은 대통령 후보인 최무정인 것이다. 그리고 그는 정치인이다.

"최 후보님. 거짓말을 선택할 경우, 후보님 머리 위에 예상되 는 숫자가 어느 정도로 보십니까?"

"으음. 글쎄, 알 수가 없군."

"김남우 후보와 최 후보님의 지지율 차이는 몹시 근소합니다. 지금이야 최 후보님이 악마 특수를 보셔서 당선이 예상되지만, 워낙 김남우 후보의 깨끗한 이미지가 커서 말입니다. 만약 거짓 말 숫자에서 차이가 난다면…. 외람되오나, 지지율 역전이 일어 날지도 모릅니다. 표심은 거짓말 안 하는 정치인 쪽으로 민감하 게 반응할 겁니다."

최무정은 심기가 불편했지만, 반박할 수 없었다. 그가 보기에 도 김남우보다는 자신이 더 거짓말을 많이 하고 살았을 것 같았다. 대통령에 당선되기 위해서는 절대 거짓말은 선택하면 안 되는 것이었다.

그뿐만이 아니었다. 한 우방국의 대통령이 직속으로 걸어온 비밀 연락의 내용은 어떠한가?

[살인은 절대 선택하지 마십시오.]

그 대통령이 왜 그런 연락을 해왔는지는 군이 묻지도 않았다. 중요한 건 동맹국으로서 그 의견을 거절하기 힘들다는 점이었다. 다른 국가와 정치권에서도 알게 모르게 살인은 선택하지 말라는 은근한 압박이 계속해서 들어왔으니, 정치권력을 쥔 자들이 가장 반대하는 게 살인이라는 건 분명해 보였다.

인류가 열심히 토론하고 합의를 이루려 해도, 어차피 최무정이 선택할 수 있는 건 수명 또는 번식 행위였다.

그럼에도 불구하고 마지막 날까지 최무정은 심각하게 고민했다. 직전까지 공식적인 발표도 하지 않았고, 그 누구에게도 심정을 밝히지 않았다.

악마와 약속한 시간이 다가왔을 때, 전 세계의 모든 카메라가 최무정을 향했다. 인류 전체가 그의 입이 열리기를 오매불망 기다리고 있었지만, 그때까지도 최무정은 확답을 내리지 않았다. 사람들은 답답해했다.

"아니 도대체 뭘 고른다는 건데 그래서? 거짓말이야 번식 행

머리 위 숫자들

위야 뭐야?"

"공식적으로 전 인류의 합의를 따른다면서! 대체로 지금 살
인이 가장 우세하지 않아?"

강제로 최무정의 입을 열 수도 없었다. 그럴 수 있는 위치의
사람도 아니었고, 악마와 얽힌 일에서 사고가 일어나기를 바라
지도 않았다. 전 인류가 애간장만 태우고 있는 사이, 약속된 시
간이 오고 말았다.

[어때? 일주일간 고민해봤어? 넷 중 무엇으로 선택할지?]

최무정 앞에 나타난 악마의 모습은 카메라에 잡히지 않았지
만, 인류의 머릿속에 또렷하게 그려졌다. 사람들은 숨죽이며 어
떤 미래가 다가올지 기다렸다.

[인류의 머리 위에 어떤 숫자가 떴으면 좋겠어? 거짓말? 수명? 번식
행위? 살인? 자, 이제 선택해 인간 대표.]

최무정은 일그러진 얼굴로 신음을 삼키며 악마를 바라보았
다. 그는 최후의 최후까지도 결정을 내리지 못할 것 같았다.

[어서 선택하라고. 넷 중 하나, 뭣하면 주사위라도 굴리던가.]
"그건 좀…."

[자, 어떤 것으로 할래?]

악마의 재촉에 최무정의 떨리는 입이 열렸다.

"제가 선택할 것은… 그러니까 제가 선택할 것은…."
[뭔데? 어서!]

사정없이 흔들리던 최무정의 두 눈이 질끈 감기고, 결심한 듯다시 눈을 뜬 그의 입에서 나온 말이란….

"시, 시간을 좀 더 주시면 안 되겠습니까?"
[뭐야?]

그 모습을 지켜본 전 인류가 답답함에 몸서리쳤다. 그다음에벌어진 상황은 더욱 기절초풍할 일이었다.

[난 분명 일주일의 시간과 기회를 줬는데, 선택을 못 하겠다면 어쩔수 없지. 앞으로 너희 인간들의 머리 위에는, 네 가지 숫자가 모두 뜨게될 거야.]
"뭐라고요?"

어쩔 줄 몰라 하는 최무정을 뒤로한 채, 악마는 눈을 감고 주문을 외우기 시작했다.

　　　　　　　　　　　　　　머리 위 숫자들

"아! 안 돼!"

막을 새도 없이, 모든 이들의 머리 위에 네 가지 숫자가 나타났다. 악마는 빙긋 웃으며 사라졌다.

[기대할게. 너희 인간의 끔찍하고 재미있는 모습을 말이야.]

좌절할 틈도 없이, 인류는 서로의 머리 위를 처다보고, 거울을 확인하며 숫자를 살피기 바빴다. 사람들의 머리 위에 네 줄로 늘어선 숫자는 대부분 높은 숫자부터 낮은 숫자까지 내림차순처럼 정렬되어 있었다. 사람들은 충격에 빠짐과 동시에 궁금했다.

"빌어먹을, 뭐가 뭐야? 어떤 숫자가 어떤 숫자인 거야?"

가장 쉽게 알아볼 수 있는 건, 가장 밑에 있는 숫자였다. 많은 사람들이 '0'인 걸 보면 그것은 분명 사람을 죽인 횟수였다. 하지만 예상했던 것과는 달리, 인류 대다수가 '0'인 건 아니었다.

"나… 난 절대 살인을 저지른 적이 없다고! 난 싸움도 못 하는 사람인데, 내가 한 사람의 죽음에 관여했다고? 내가, 언제, 어떻게?"
"빌어먹을. 아니야! 난 살인마가 아니라고! 그냥 평소에 악플을 좀 자주 달았을 뿐이라고!"

그 위의 숫자는 번식 행위 횟수로 쉽게 예상되었다. 성인들은 백 단위가 많았고, 어린 아이들은 아래 두 숫자가 나란히 0인 경우가 많았기 때문이다.

상단의 두 숫자는 대개 수천수만이었는데, 뜻밖에 두 수치가 비슷한 사람들도 있었다. 둘 중 무엇이 수명이고 무엇이 거짓말인지는 거짓말을 해보면 쉽게 알 수 있었다. 숫자 1이 바로 올라갔으니까 말이다. 자연스럽게 남은 수명을 확인한 사람들 때문에 병원은 인산인해를 이뤘다.

"믿을 수 없어! 내 수명이 6000일이라고? 내가 아무리 비만이라지만, 50대에 죽는단 말이야?"

"여보! 당신 당장 병원 가요! 당신 암 아니야? 당신 예상 수명이 왜 그것밖에 안 돼!"

네 가지 숫자 중 가장 충격이 컸던 게 바로 남은 수명이었던 것 같다. 너무 놀란 나머지 담배를 피우려던 흡연자들도 이내 그만두는 모습이 곳곳에서 포착되었다.

전 세계가 대혼란에 빠진 와중에, 사람들이 원망의 화살을 날릴 곳은 분명했다.

"이 빌어먹을 최무정! 왜 대답을 안 해서 이 꼴을 만들어놓느

　　　　　　　　　　　　　　　머리 위 숫자들

냐고!"

"아오! 그냥 하나만 고르면 됐을 거 아니야!"

전 세계 언론들의 카메라가 충격에 빠진 최무정을 비추고 있었기에, 사람들은 그의 머리 위에 뜬 숫자도 볼 수 있었다.

231452

15314

3

0

가장 위에 있는 게 거짓말이라는 건 누구나 알 수 있었는데, 누가 정치인이 아니랄까 봐 평균보다 압도적으로 높았다.

그건 그렇다 치고, 사람들이 이해할 수 없는 건 세 번째 '3'이었다. 최무정 후보는 분명 결혼을 했고, 아들도 하나 있는데 고작 '3'이라고? 평생 세 번밖에 안 했단 말인가?

그 순간, 카메라 앞에서 부들부들 떨던 최무정이 무릎을 꿇고 눈물을 흘리면서 입을 열었다.

"죄송합니다! 국민 여러분! 저는… 저는 발기 불능입니다!"

너무나도 뜬금없는 소리였다. 최무정은 울면서 자신이 무슨 말을 하는지도 모를 정도로 군소리를 마구 내뱉었다.

"죄송합니다! 제가 전달하려고 했던 최종 합의된 인류의 선택지는 '번식 행위'였습니다. 하지만, 하지만 차마 그걸 고를 수가 없었습니다! 그것을 고르는 순간 제 비밀이 탄로 날 것이 뻔했습니다! 평생 성관계 횟수가 고작 세 번이라는 것이, 제가 발기 불능으로 남자 구실을 못 한다는 것이 말입니다! 저는 결혼 후 처음으로 실제 여성의 나체를 처음 보게 되었는데, 이상하게 계속 속을 게워내고 말았습니다. 그날 이후로 저는 발기 불능에 고자가 되었습니다! 이런 제 치부가 드러나는 것이 두려워서 대답을 망설이다가 인류에게 씻을 수 없는 잘못을 저지르고 말았습니다! 정말 죄송합니다! 도저히 발기 불능이란 걸 밝힐 수가 없어서. 죄송합니다."

카메라 너머로 그 모습을 지켜보던 모두는 허탈했다. 대통령 후보의 발기 불능 때문에 인류에게 이런 끔찍한 일이 일어났다니, 코미디가 따로 없구나.

그래도 어쩔 수 없었다. 이미 되돌릴 수 없었고, 세상은 이제 숫자의 세상이 되었다. 예상했던 긍정적인 효과든, 부정적인 효과든, 인류는 적응할 수밖에 없었다. 적응의 동물 인간이 늘 그래 왔던 것처럼.

최무정 후보는 며칠간 석고대죄하듯 대국민 사과를 했다. 재미있는 것은, 결과적으로 그가 대통령에 당선되었다는 사실이었다. 상대편 김남우 후보보다 화제성에서 압승이었고, 발기 불능이라는 사실로 동정 여론이 작용했다는 시각도 있었다. 실제로 최무정 후보의 아내는 세번 째 숫자가 세 자리였는데, 그것은 최무정 후보가 암묵적으로 아내의 외도를 묵인해서란 소문까지도 돌았다.

대통령 당선 소감에서 최무정은 펑펑 울면서 사죄와 감사를 표했는데, 역대 대통령 그 누구보다 인간적인 모습이었다는 것은 확실했다. 그를 응원하는 사람들, 특히 그의 발기 부전을 응원하는 사람들에게 감사하다며 그가 내건 공약이 압권이었다.

"발기 부전을 치료하겠습니다! 여러분의 응원에 보답하겠습니다!"

정치 전문가가 보기에는 아주 계산된 정치적 행동일지 몰라도, 국민에게는 그것이 몹시 호감 포인트로 작용했다. 발기 부전 치료를 위해 병원에 가는 대통령을 누가 상상이나 했겠는가?

치료 끝에 그의 머리 위 숫자가 드디어 '4'로 올라간 날에는 온 언론이 그 사실을 다룰 정도였다. 그게 뭐라고 공식 발언까지 해야 했으니까 말이다.

"여러분 덕분에 드디어 제가… 성공했습니다. 아유 참, 그렇습니다. 감사합니다!"

부끄러워하면서도 자랑스럽게 말하는 그 모습만큼 그의 지지율을 올려주는 건 없었다. 항간에는 대통령의 성관계 숫자가 오를 때마다 지지율이 함께 올라간다는 말이 나올 정도였다.

최무정 대통령의 미래는 밝아도, 그가 만든 세상은 그렇지 않았다. 사람들의 머리 위 숫자는 예상한 만큼 인류의 불행이었다.

전체적으로 보자면 인간을 너무 쉽게 평가할 수 있다는 게 문제였다. 숫자 때문에 차별당하고, 사람의 등급이 매겨지고, 거짓말을 할 수 없으니 비밀이나 프라이버시도 사라졌다. 행여나 어떤 식으로든 간접적 살인에 관여하게 된 날에는 사회적 매장을 각오해야 했기에 아주 사소한 일에도 몸을 사려야 했다. 남 일에 참견하거나, 사회에 목소리를 내는 이들이 사라졌다.

사람들은 성공 욕구나, 출세욕, 명예욕도 점점 잃어갔다. 유명인이나 공인이 되면 머리 위 숫자가 공공연하게 까발려지는 것이니, 얻는 것보다 잃는 게 많았다. 장래 희망 1순위였던 아이돌이나 연예인은 물론, 정치인이나 인플루언서도 모두가 기피하는 호구지책이 되었다. 재벌들 역시 바지사장을 앞세우고 음지에서만 활동했다.

승승장구하던 최무정이 대통령 연임을 위해 법을 바꾸고자

했을 때도 나서는 이가 없었다. 듣도 보도 못한 발기 불능 포퓰리즘으로 권력을 지배한 최무정은 연임하고, 또 연임하고, 무소불위의 권력을 휘둘렀다.

하지만 뜻밖에도 인류는 금세 머리 위 숫자에 적응했다. 불행 중 다행인지, 범죄율도 낮아졌거니와 건강관리에 신경 쓰는 사람이 많아져 인간의 평균 수명도 기하급수적으로 늘었다.

인류는 여기서 더 나빠질 게 없다고 생각했다. 이런 인류 앞에 다시 나타난 악마의 말은 청천벽력이었다.

[세상 꼴이 아주 흡족해. 재밌어. 하지만 생각보다 적응을 잘하는군. 내가 인간을 과소평가했어. 여기서 더 재밌어지려면 숫자 하나를 더 추가해볼까?]

이번에도 인류를 대표한 최무정 대통령은 밀실에서 악마와 협상했다.

다음 날, 그는 자신이 이룬 업적을 자랑스럽게 발표했다.

"기뻐하십시오. 여러분! 제가 악마의 마음을 바꿔놓았습니다! 협상은 대성공했습니다. 오히려 전보다 더 좋아졌습니다. 이제 우린 머리 위 숫자를 가릴 수 있게 되었습니다!"

자신 있게 말하는 최무정의 머리 위 숫자 네 칸이 모두 검은 사각형으로 가려져 있었다.

"다만, 모두에게 혜택이 돌아가게 할 순 없었습니다. 그래서 앞으로는 등급에 따라 가릴 수 있는 머리 위 숫자가 나누어지게 될 겁니다. 그러나 이 정도도 아주 큰 수확이라고 볼 수 있겠습니다!"

사회적 지위나 재산의 정도에 따라 가릴 수 있는 정도에 차이가 있었다. 숫자를 단 하나도 가릴 수 없는 최하층 밑바닥과 단 한 줄의 숫자를 가릴 수 있는 절대다수의 일반인들, 두 개의 숫자를 가릴 수 있는 중상위층, 세 개의 숫자를 가릴 수 있는 고위층, 넷 모두를 가릴 수 있는 최고위층.

순식간에 세상은 계급 사회가 되었다. 네 칸을 다 가릴 수 있는 1등급부터 한 칸도 가릴 수 없는 5등급까지, 가릴 수 있는 숫자에 따라 사람의 높고 낮음이 결정되었다.
딱 한 줄밖에 가릴 수 없었던 절대다수의 사람들은 다시 심각하게 고민해야만 했다.

"거짓말을 가릴까? 번식 행위 횟수로 할까? 뭘 숨기지?"
"난 억울하게 간접 살인에 관여해서 살인 횟수가 '1'인데, 이거 가려봤자 오히려 더 티 나는 거 아니야? 빌어먹을, 두 개는 가릴 수 있어야 한다고!"

머리 위 숫자들

그들보다 상급의 사람들은 좀 더 여유 있게 숫자를 숨길 수 있었고, 자연스럽게 아래 등급을 무시했다.

인구 중 절대다수를 차지하던 4등급들은 그 차별을 받아들일 수밖에 도리가 없었다. 재미있는 것은, 그들조차도 최하층 5등급 사람들을 차별했다는 점이다. 세상은 철저하게 계급을 중심으로 돌아가게 되었다.

가릴 수 있는 게 많은 사람이 사회생활에 더 유리한 것은 당연했다. 높을수록 더 높아지고, 낮을수록 더 낮아질 수밖에 없는 세상이 된 것이다.

모두 공평하게 머리 위 숫자가 공개되었던 시절은 차라리 천국이었다. 숫자 하나가 추가되는 것보다, 숫자를 가리는 그 방법이 훨씬 치명적으로 세상을 끔찍하게 변화시켰다.

악마는 이 결과에 몹시 만족했다. 그의 제안이 아니었으니까.

[내가 인간을 과소평가했어. 최무정 대통령이 머리가 참 좋네. 세상을 지옥으로 만드는 방법을 악마보다도 더 잘 알고 있으니 말이야.]

운수 없는 날

사내가 아침에 떠올린 생각은 운수가 없다는 것이었다.

아침부터 아내는 뮤지컬 타령을 했고, 사내는 그것이 마음에 들지 않았다.

"얼마라고?"

"8만 원. 로열석은 12만 원인데, 일반석도 괜찮아."

"이번 달에 그런 헛돈 쓸 여유가 있겠어?"

사내의 목소리에는 감정이 담기지 않았지만, 그가 선택한 단어만으로도 의중이 전해졌다.

"결혼기념일에 그 정도도 안 돼?"

"안 된다고 하지 않았어."

"안 된다는 말이잖아."

아침의 다툼은 사내의 출근길을 엉망으로 만들었다. 감정적으로도, 물리적인 시간으로도 그랬다. 지각은 이직한 지 얼마 안 된 사내에게 부담되는 일이었지만, 어쩔 수 없을 듯했다. 사내가 할 수 있는 건 엘리베이터를 놔두고 지하 주차장까지 계단으로 뛰어 내려가는 정도였다. 그가 차에 도착했을 때, 오늘 운수가 없다는 생각을 떠올렸다. 차가 긁혀 있었기 때문이다. 그나마 그가 날선 소리를 내지 않은 것은, 전화번호가 적힌 쪽지 덕분이다.

[정말 죄송합니다. 전적으로 제 잘못입니다. 연락해주시면 모두 보상하겠습니다.]

사내는 쪽지를 주머니에 넣고 급하게 출발해야 했지만, 꽤 괜찮았다. 쪽지를 증거 삼아 지각에 대해 변명하면 되겠다고 생각했기 때문이었다. 회사에 다다를 때쯤 아내에게서 문자가 도착했다.

[나 오늘 화훼 클래스에서 저녁 먹고 들어가니까 당신도 저녁 먹고 들어와.]

사내는 오늘이 화요일이란 걸 깨달았고, 화요일은 아내의 소일거리가 있는 날이란 것도 떠올렸다. 하지만 저녁은? 사내는 그게 원래 예정된 일정이었는지, 아니면 갑자기 추가된 것인지 헷갈렸지만 "알겠어"라고 답장했다.

사내는 예상대로 지각했다. 굳이 변명할 필요는 없었다. 묻는 사람이 없었기 때문이다. 모두가 바빠 보였고, 사내도 바로 몸을 움직이는 게 낫다고 생각했다.

이 출판사에서 그의 일은 주로 교정교열이었고, 사람이 드나드는 게 잘 티가 나지 않는 업무였다. 컴퓨터 앞에 딱 붙어 앉아 있는 게 최선인 일. 사내는 점심시간까지 꼼짝없이 자리에 앉아 있었다. 점심이 돼서야 자리에서 벗어난 사내는 회사로 도착한 자신의 택배 상자를 확인했다. 문구용 칼을 찾아 뜯으면서 조금은 기분이 나아지는 듯했다. 얼마 전 중고 거래 사이트에서 구입한 차량용 블랙박스였다. 필요하던 신품을 싸게 구입해서 잘됐다고 생각했는데, 오늘 사내는 운수가 좋지 않았다. 택배 상자 안에는 신제품 블랙박스가 아니라, 빈 과자 갑과 페트병 쓰레기가 들어 있었다.

상황을 파악하고 화가 난 사내는 판매자에게 문자를 보냈다.

[뭡니까? 지금 사기 친 겁니까?]

돌아온 답장은 사내를 더 화나게 했다.

[사기 처음 당함? 분리수거 잘하세요. ㅋㅋㅋ]

운수 없는 날

눈이 돌아간 사내는 바로 전화를 걸었다. 사기꾼이 받을 리가 없었다. 문자를 보내도 상대는 뻔뻔했다.

[내가 너 꼭 잡는다. 지금 당장 신고한다.]
[네 대포폰이구요~ 안 잡히구요~ 열심히 해보시구요~]

사내는 욕설을 퍼부었지만 돌아오는 건 조롱뿐이었다. 그는 대화를 계속해봤자 자신만 손해라는 걸 점심시간이 끝나기 5분 전에야 깨달았다. 밥도 못 먹고 다시 오후 업무를 시작해야 할 처지의 사내를 사장이 급하게 불렀다.

"죄송한데 바로 외근 좀 부탁할게요. 계약서 보내줘야 하는데, 급해서요."
"알겠습니다."

사내는 외근 나간 김에 밥을 해결하자고 생각하며 서류를 받아 들고 나섰다. 차에 올라 내비게이션에 주소를 찍고 모르는 동네까지 들어간 사내는 대충 주차해두고 골목을 뒤졌다. 목적지인 스튜디오는 꽤 걸어야 하는 언덕 끝에 있었다.
일은 일사천리로 끝났다. 사내는 지나가던 길에 보았던 중식당으로 향했다. 빠르게 나올 짜장면을 시키고 의자에 앉았을 때, 그의 핸드폰이 울렸다. 아내의 전화였다. 사내는 벨이 네 번 울린 뒤에야 핸드폰을 받았다. 한데, 들려온 목소리는 낯설었다.

"양하나 씨 남편분 되십니까?"

딱딱한 남성의 목소리에 사내는 이상한 느낌이 들었다. 살면서 목소리만으로 이런 적은 처음이었지만, 확실했다. 결코 좋지 않은 느낌이었다.

"네 맞습니다만, 무슨 일이시죠?"

잠깐의 침묵 뒤, 수화기 건너 목소리가 들려왔다.

"병원입니다. 아내분께서 사고를 당하셨습니다."

사내는 멍해졌다.

"지금 급히 오셔야 할 것 같습니다. 여보세요? 선생님. 지금 급히 오셔야 합니다."
"알겠습니다. 어디라고요?"

사내는 벌떡 일어났다. 짜장면이 나오기도 전에 가게를 뛰쳐나갔다. 언덕 아래 대충 주차해놓은 차로 넘어질 듯 내달린 사내는 겨우 멈춰 섰다. 앞에 주차된 다른 차량 때문에 차를 뺄 수가 없었다. 그는 바로 언덕을 더 내달려 도로 가로 향했다. 택시를 붙잡고, 병원 이름을 말하고, 안전벨트를 매며 그는 생각했다. 아내가 사고를 당했다고? 어떻게? 왜? 얼마나?

　사내는 아내의 번호로 전화를 걸었다. 받지 않았다. 음성사서 함으로 연결될 때까지 기다린 사내는 다시 전화를 걸었다. 다시 음성사서함으로 이어질 때까지 기다린 사내는, 또 전화를 걸었 다. 그 단순한 반복밖에 할 것이 떠오르지 않았다.

　"안 받나 보죠? 가끔 저도 마누라 번호가 뜨면 안 받을 때가 있습니다. 하하하."

　택시 기사의 농담이 사내에겐 들리지 않았다. 사내는 네 번째 전화를 걸었을 때에야 통화할 수 있었다.

　"여보세요? 양하나 남편입니다! 핸드폰 주인 남편이요. 제 아 내는 어떻습니까? 아까 무슨 사고라고 하셨습니까?"

　사내의 말은 너무 빨라 알아듣기 힘들 지경이었지만, 건너편 남성은 차분하게 설명했다.

　"선생님 제가 드릴 수 있는 말씀이 별로 없습니다. 아내분께 서는 뺑소니 사고를 당하셨고요, 수술실에 들어가신 지 한 시간 이 좀 넘었습니다. 상태가 좋다는 말씀은 드리지 못하겠지만, 그 래도 수술실에 들어갔습니다. 적어도 수술을 할 수 있는 건 좋은 겁니다.”

“죽는단 말입니까? 그 정도란 말입니까?”

“다시 한번 말씀드리지만, 수술실에 들어갔다는 건 희망이 있다는 말입니다. 최선을 다하고 있습니다. 일단 최대한 빨리 오시길 바랍니다.”

“알겠습니다.”

사내가 멍하니 전화를 끊었을 때, 택시 기사의 얼굴은 딱딱하게 굳어 있었다. 그는 사내의 눈치를 보았지만, 말을 걸지는 않았다. 가만히 끊은 핸드폰을 내려다보던 사내는 잠깐 사이에 몇 건의 부재중 전화가 와 있었음을 알게 되었다. 모르는 번호였지만, 누구였는지는 문자로 알 수 있었다.

[3865 차주요? 차를 그렇게 대면 어쩌자는 겁니까? 빨리 차 빼세요.]

곧 같은 번호로 전화가 왔지만, 사내는 받지 않았다. 그는 복잡한 얼굴로 앞만 보았다. 병원으로 가는 도로가 많이 막히고 있었다.

“뭐 한다고 이렇게 막혀? 어휴 참 나!”

인상을 찌푸린 택시 기사는 사내의 심정을 대변하듯 불만스러운 혼잣말을 내뱉었다. 다소 신호를 어긴 택시 기사 덕분에 좀 더 빨리 병원에 도착했다. 사내는 현금을 건넨 뒤 잔돈도 받지 않고 택시에서 내렸다. 다급한 걸음으로 병원에 들어선 사내는 바로 데스크에 물었다.

"뺑소니 사고로 들어온 양하나 남편입니다. 수술실이라고 들었습니다. 양하나요."
"아! 잠시만요, 김 선생님!"

멀리서 전화 목소리의 주인공이 나타나 사내를 데려갔다. 가는 동안 그는 '진정'이라는 단어를 세 번이나 썼다. 수술실 문 앞에 사내를 데려다준 그는 떠나기 전 진심으로 말했다.

"잘될 겁니다."
"네."

의자에 홀로 남은 사내는 멍하니 수술실 문을 바라보았다. 온갖 생각이 들었지만, 가장 많이 떠오른 건 뮤지컬이었다. 일반석이 아닌 로열석. 아내가 나오면 반드시 로열석을 끊자, 아침에 그렇게 하는 것이 아니었는데, 왜, 왜 그랬을까, 왜 내게 이런 일이 벌어진 걸까?

사내는 무엇을 어떻게 해야 할지 아무것도 떠오르지 않았다. 핸드폰이 울렸다. 번호를 확인한 사내는 통화 거절을 눌러버렸다. 곧바로 문자가 도착했다.

[뭐야 씨발, 차 빼라고! 전화 받아 씨발!]

거친 문자는 둘, 셋, 넷, 다섯, 계속 도착했지만 사내는 멍하니 보기만 할 뿐 답장하지 않았다. 전화가 와도 받지 않았다. 손가락을 움직여 핸드폰을 조작하고 들여다보았지만 그뿐이다. 의미 없이 핸드폰만 바라보고 있던 그때, 수술실 문이 열리며 간호사가 바쁜 걸음으로 나왔다. 사내는 벌떡 일어나 물었다.

"제 아내는 어떻습니까? 어떻게 된 겁니까 지금?"

간호사는 사내가 파악할 수 없는 애매한 표정으로 애매한 말을 하며 그를 지나쳐 갔다.

"최선을 다하고 있어요."
"네? 최선요? 네? 네?"

멀어지는 간호사의 뒷모습과 수술실을 번갈아 보던 사내는 다시 의자에 초조한 마음으로 주저앉았다. 그가 하려던 최악의 상상을 다행히 문자 알림 음이 멈춰주었다. 사내에게 블랙박스 중고 사기를 친 사람의 문자였다.

[신고했냐? 신고했어? 난 네 돈으로 치킨 사 먹는다. ㅋㅋㅋ]

짜증이 솟았지만, 이 일에 쏟을 심력이 없었다. 그는 굳은 얼굴로 빠르게 답장했다.

[아내가 뺑소니 사고로 수술실에 들어가 있습니다. 신고 안 할 겁니다. 제발 닥쳐주세요.]

문자를 보내고 있으려니 이번엔 또 다른 문자가 도착했다.

[차 빼지 마 이 개새끼야! 견인 부른다 씨발! 개 같은 새끼! 너 때문에 계약 날렸어 이 새끼야!]

잠시 동안 문자를 내려다보던 사내는 통화하기 버튼을 누른 뒤 휴대폰을 귀에 가져다 댔다.

"어, 이 개새끼 이제야 전화하네! 야 이 씨, 차 견인한다니까 전화하냐? 늦었어, 이 개새끼야!"

전화기 너머 거친 중년 남성의 욕설이 쏟아졌다. 아무 말 없이 욕설을 받아내던 사내는 그냥 통화를 끊었다. 그는 주머니에 손을 넣었다. 아침에 주차장에서 챙긴 쪽지를 꺼낸 그는 쪽지 속 번호로 전화를 걸었다.

[여보세요?]

나이가 느껴지는 노인의 목소리가 들려왔다. 사내는 바로 물었다.

"아침에 차를 긁으셨죠?"
"아! 아이고 죄송합니다, 제가 그만 너무….."
"남의 차를 그렇게 긁어놓으면 어떡합니까?"

사내는 노인의 말을 끊으며 빠르게 말했다.

"어쩔 겁니까? 왜 남의 차를 긁어놓아서 아침부터 기분이 더럽게 합니까? 왜 그랬습니까? 왜 그랬는데요 예? 차를 그렇게 긁어놓고 쪽지 하나 남겨놓고 가면 답니까?"
"아니요, 제가 보상을 그건….."
"왜 그랬습니까? 예? 왜요!"

쉴 틈 없이 말하며 점점 격앙되어가던 사내는 한순간, 소리를 내질렀다.

"왜 그랬냐고 씨발! 남의 차를 왜 긁어! 내 차 왜 긁었어! 내 차 왜 긁었냐고 이 씨발! 이 개 같은 놈!"

사내는 자신도 믿지 못할 만큼 많은 욕을 쏟아냈다. 평소 사용하지도 않던 욕까지 줄기차게 쏟아부었다. 한바탕한 뒤에야 씩씩거리며 멈췄다.

그제야 노인도 말할 수 있었다. 노인은 왜 그렇게까지 욕을 하느냐고 말하지 않았다. 쪽지와 보상과 할 도리를 다하겠다고 했는데도 왜 그러느냐고 쏘아붙이지 않았다. 대신 노인은 한 단어만을 말했다.

"죄송합니다. 제가 잘못했습니다. 죄송합니다."

사내는 할 말을 잃었다. 통화를 끊어버리는 그의 눈시울이 붉어졌다. 핸드폰을 내려다볼 때, 중고 거래 사기꾼에게서 문자가 도착했다.

[죄송합니다. 유감입니다. 힘내시길 바랍니다.]

사내는 손가락을 움직여 차를 빼라던 중년 남성에게 전화를 걸었다. 중년 남성의 거친 목소리가 전화를 받았다.

"어, 너 이 개새끼!"

사내는 바로 사과했다.

"죄송합니다."
"늦었어. 이 개새끼야!"

사내는 계속 사과했다.

"제가 잘못했습니다. 죄송합니다."
"이제 와서 겁나나 보지? 이 개새야!"
"죄송합니다. 제가 잘못했습니다. 죄송합니다."

사과하는 사내의 목소리에 울음이 묻어났다.

"뭐야? 너 이 새끼? 울어? 우는 거야 지금?"
"제가 잘못했습니다. 다 제 탓입니다. 죄송합니다. 다 제 탓입니다."
"아니 뭐, 참. 다음부터 그러지 마요. 나도 미안해요."

사내는 계속 사과했고, 울음을 터트렸다. 그는 엉엉 울었다. 엉엉 울면서 계속 사과했다.

"미안합니다. 다 내가 못나서 그렇습니다. 내 잘못입니다. 내 탓입니다. 내 탓입니다."

사내의 사과는 끊어지지 않았다. 그는 마치 세상 모든 잘못을 사과하는 것처럼 계속 사과했다. 3분, 5분, 10분. 15분. 사내는 연신 사과를 쏟아냈다. 아직 전화를 끊지 않은 상대편 남자는 말했다.

　"괜찮아요. 괜찮습니다. 이제 괜찮습니다. 모두 괜찮을 겁니다…."

믿지 않으실 겁니다

"택시 기사 분들 중에도 말 거는 것을 좋아하는 분이 계시고, 싫어하는 분이 계시더군요. 기사님은 괜찮으십니까?"

늦은 밤의 도로를 달리는 차의 내부, 보조석 남자의 질문에 운전대를 잡은 기사가 대답했다.

"괜찮습니다. 저는 대화를 싫어하지는 않습니다."
"그렇군요. 그럼 기사님 졸음도 깨실 겸, 재밌는 이야기 하나 괜찮습니까?"
"괜찮습니다."
"네. 근데 아마 기사님은 이 이야기를 믿지 않으실 겁니다. 술 취한 놈이 헛소리한다고 생각하실지도 모르죠. 그래도 무척 재미있는 이야기입니다. 그러니까…."

보조석 남자는 잠시 생각을 정리하듯, 손가락으로 창문을 두드리다가 물었다.

"살인이 나오는 이야기입니다. 괜찮습니까?"

"괜찮습니다."

"네. 저는 말입니다. 골동품점을 운영하고 있습니다. 주로 주술이나 저주가 깃든 오컬트 물품들을 취급합니다. 그러다 보면 별의별 소문들이 다 나기 마련입니다. 간혹 그 소문을 맹신하고 저를 찾아오는 분들이 있는데, 그 사내도 그런 사람이었습니다. 40대 중반쯤 되어 보이는 그는 자신의 사연을 털어놓으며 말도 안 되는 부탁을 해왔습니다. 간단히 말하자면, 죽은 사람을 살리는 방법을 묻더군요."

"에? 죽은 사람을 살려요?"

"네. 근데 오컬트 물품을 취급한다고 그게 가능할 리가 있겠습니까? 제가 사실 남다른 능력이 있긴 하지만, 그건 최면술을 좀 할 줄 안다는 것뿐입니다. 죽은 사람을 살리는 비현실적인 일은 불가능하죠. 그런데 그 사내가 너무나도 간절하기에, 제가 알고 있는 주술 하나를 알려주기로 했습니다."

"주술? 진짜 죽은 사람을 살린다고요?"

"하하. 설마 그럴 리가 있겠습니까? 그냥 고대의 기록으로만 남아 있는 주술입니다. 다만 방법이 매우 가혹한 주술이지요. 한 생명을 살리기 위해서 다섯 명의 목숨이 필요하니까 말입니다."

"어이구, 그게 무슨 헛짓입니까?"

"그렇죠. 그래도 저는 그에게 방법을 알려주었습니다. 어떻게 하냐면, 일단 재료를 모아야 합니다. 까마귀 깃털, 쥐 꼬리, 개의 이빨, 닭 피, 늙은 여인의 손톱. 그 각각의 재료를 시간마다 하나씩 따로 단검에 묶어서 다섯 사람의 심장을 찔러야 합니다."

"어우 끔찍하군요."

"게다가 복잡하기도 합니다. 각각은 모두 찔러야 하는 장소와 시간이 정해져 있는데, 까마귀 깃털은 12시 자정에 동쪽에서, 쥐 꼬리는 새벽 2시에 서쪽에서, 개의 이빨은 오후 4시에 남동쪽, 닭 피는 오후 6시에 남서쪽, 마지막으로 손톱은 저녁 8시 북쪽에서 찔러야 합니다. 각각의 위치는 멀리 떨어져 있어야 하고, 지도 상에 그 위치를 그으면 정확히 오망성이 그려져야 합니다. 꼭짓점이 다섯인 별 모양 아시죠? 주술 하면 클리셰처럼 나오는 그것 말입니다."

"아, 영화 같은 데서 본 기억이 납니다."

"그 사내도 정확히 이해했습니다. 근데 기사님이라면 이런 이야기를 들었을 때 어떻게 하셨겠습니까? 보통은 포기하기 마련일 텐데, 그 사내는 글쎄 관심을 보이지 뭡니까?"

"허허?"

"그래서 제가 어떻게 했느냐면, 하면 꼭 성공할 거라고 말했습니다."

"엥?"

놀란 기사가 남자를 힐끔 보았다. 남자는 빙긋 웃으며 말했다.

"그 사내는 사실 엄청난 악인이었습니다. 사이비 종교의 교주였거든요. 저는 그 남자를 벌하고 싶었습니다. 그래서 저는 그 남자에게 최면을 걸어 이 주술이 무조건 성공하는 주술이라고 믿게 만들었습니다."

기사는 이해할 수 없다는 얼굴로 미간을 좁혔다.

"최면술? 아니, 그 사내가 진짜 살인을 저지르도록 유도했단 뜻입니까?"
"그렇습니다."
"그건 좀, 너무하는 것 아닙니까? 만에 하나라는 게 있는데, 그러다 진짜 죄 없는 사람들이 죽기라도 하면⋯."
"대신, 한 명의 악인을 처리할 수 있지 않습니까?"
"아니 무슨 그런⋯?"

차가 신호에 따라 멈춘 사이, 기사가 굳은 얼굴로 남자를 돌아보며 물었다.

"한 명의 악인을 깜빵에 넣기 위해 다섯 사람의 목숨을 희생한다는 건 어이없는 이야기 아닙니까?"
"큰 악인입니다. 사이비 종교를 운영하며 앞으로 더 얼마나 많은 인생을 망가뜨릴지 모를 악인이죠."

"아무리 그래도 계산이 안 맞지 않습니까?"

"그렇습니까? 제 생각은 다른데…."

남자는 다시 차가 출발하는 타이밍에 물었다.

"그러면 가정해봅시다. 만약 다섯 사람의 목숨을 희생시켜서 히틀러를 없앨 수 있다면, 없애야 하지 않겠습니까?"

"히틀러요? 무슨, 너무 비약입니다."

"그러면 연쇄 살인범 정도로 할까요? 열 명을 살해할 예정인 연쇄 살인범을 다섯 명의 희생으로 막을 수 있다면요?"

"으음."

고민에 빠진 기사는 쉽게 대답하지 못했다. 남자의 얼굴에 미소가 서렸다.

"다시 이야기로 돌아가서, 그 사이비 교주는 실제로 살인을 실행했습니다."

"뭐라고요?"

기사는 잘못 들었다는 듯이 남자를 힐끔 보았다.

"광신도를 이용해서 손쉽게 처리할 수 있었나 봅니다. 그는

믿지 않으실 겁니다

동쪽에서 한 명, 서쪽에서 한 명, 남동쪽에서 한 명, 남서쪽에서 한 명, 그리고 마지막으로 북쪽에서 한 명의 심장을 찔러 죽였습니다.”

“미친, 무슨 말도 안 되는… 꾸며낸 말입니까?”

“하하하 제가 처음에 이 이야기를 믿지 않으실 거라고 얘기했었죠? 하지만 전부 사실입니다.”

기사는 전혀 믿지 않았다.

“허! 그게 사실이라면 선생님이 그들을 죽인 거나 마찬가지군요? 최면까지 걸어가며 설득했다니 말입니다.”

“저는 강요하진 않았습니다. 선택은 그 교주의 몫이었죠.”

“하지만 유도하지 않았습니까?”

“덕분에 큰 악인을 처리했지요.”

기사는 남자의 말이 기가 차다는 듯 말했다.

“아 그래요? 근데 그 악인이 벌을 안 받으면 어떡합니까? 살인을 저지르고 안 잡히면요? 그러면 악인은 멀쩡한데 애꿎은 목숨만 잃는 것 아닙니까?”

기사의 지적에 남자는 대답하지 않았다. 기사는 그가 자신의 논리에 막혔다고 생각하며 비아냥거렸다.

"택시를 탈 때마다 이 이야기를 하십니까? 썩 유쾌한 이야기도 아닌데, 다음번에 지어내실 땐 좀 더 말이 되게 하시지요."

"그럼, 제가 재미로 그랬다면 어떻습니까? 악인이 처벌받든 말든 상관없이, 최면을 이용한 간접 살인이 재미있어서 그랬다면 말이 되지 않겠습니까?"

"뭐요?"

기사가 인상을 찌푸리며 돌아보자, 사내는 슬며시 입꼬리를 올렸다. 기사는 불쾌해하는 얼굴로 헛웃음을 터트리고는 운전에 집중했다. 상대하지 않으려는 듯한 태도였지만, 남자는 계속 말했다.

"그런데 이야기는 반전이 있어야 재미있지 않습니까? 제가 왜 그 교주에게 최면까지 걸어가면서 살인을 하게 만들었느냐면, 그 교주가 살리고 싶은 생명이 자신이었기 때문입니다."

"엥?"

"그는 신도들의 불신을 잠재우기 위해 죽었다가 부활하는 기적을 선보이고 싶어 했습니다. 그는 많은 신도들이 보는 앞에서, 다섯 번째 북쪽에서 자신의 심장에 칼을 꽂아 넣었습니다. 자신이 다시 부활할 것이라고 굳게 믿고서 말입니다. 어떻습니까? 이러면 권선징악 이야기가 딱 맞아떨어지지 않습니까?"

믿지 않으실 겁니다

남자는 그렇게 말하고는 하하하 소리 내어 웃었다. 기사는 소름이 끼쳤지만, 곧 고개를 절레절레 흔들며 혀를 찼다.

"믿을 수 없는 이야기 자알 들었습니다. 애초에 어느 머저리가 그걸 믿고 자살합니까?"
"제가 그렇게 최면을 걸었기 때문입니다."
"네에네, 당연히 그러시겠죠."

기사는 코웃음을 치며 입을 굳게 다물었다. 그는 더 대화할 생각이 없는 듯했고, 남자도 굳이 더 입을 열지 않았다.
곧 내비게이션이 목적지에 도착했음을 알렸다. 기사가 퉁명스럽게 말했다.

"다 왔습니다."
"감사합니다."

남자는 지갑을 꺼내서 현금을 건넨 후 기사를 바라보았다. 기사는 할 말이 남았느냐는 듯 잠시 바라보다가, 남자가 대답이 없자 퉁명스럽게 물었다.

"안 내리십니까?"

남자는 웃으며 말했다.

"기사님이 내리셔야죠."

"응?"

"이 차는 제 차니까요. 기사님은 택시 기사가 아니라 대리 기사이잖습니까?"

"뭐?"

얼떨결에 차에서 쫓겨난 기사는, 문이 닫힌 차를 멍하니 바라보다가 온몸에 소름이 돋아 도망쳤다.

그랬다. 자신은 택시 기사가 아니라 대리 기사였다. 근데 왜 택시 기사인 줄 알았을까? 자신은… 언제부터 그의 최면에 걸렸던 것일까?

믿지 않으실 겁니다

친구 수명팔이

막차가 끊긴 시간, 대학생 김남우와 최무정이 술에 취해 거리를 걷고 있었다.

"어우 씨, 남우 너 이 길 아냐? 여기로 처음 와보네."
"나도 처음이야. 잘 몰라. 심야 버스 타려면 여기로 가야 한다고 뜬다."

김남우가 스마트폰을 보며 앞장서고 최무정이 따르는 모양새인데, 갑자기 최무정이 걸음 속도를 줄였다. 그는 손을 들어 한 곳을 가리켰다.

"남우야, 저거 봐. 너 저거 아냐?"
"뭐?"

멈춰 선 두 사람의 시선 끝 구석진 건물에 흰색, 빨간색, 파란색의 이용원 표시등이 돌아가고 있었다. 최무정이 히죽 웃으며 말했다.

"저거 왼쪽으로 돌아가는 거랬나, 오른쪽으로 돌아가는 거랬나? 어쨌든 거꾸로 돌아가면 퇴폐 업소란 소문이 있던데."

"퇴폐?"

"아, 맞아! 두 개 돌아가면 퇴폐랬나? 저기 딱 두 개네."

"아, 어디서 들어본 것 같기도 하고….."

김남우는 멀리 표시등을 바라보며 미간을 찌푸렸다. 최무정이 툭 치며 말했다.

"맞는지 한번 확인해보자."

"뭐라고? 싫어."

"아니, 진짜 그런 곳인지 확인만 해보자고. 궁금하니까 가서 확인만 해보고 그런 곳이면 바로 나오면 되잖냐."

"왜?"

"재밌잖아. 궁금하고."

최무정이 김남우를 앞지르며 걸어가자, 김남우도 그 뒤를 따랐다. 곧 오래된 빌딩 앞에 도달한 둘은 표시등을 따라 지하로 내려갔다. 그 끝에 아무런 간판이 없는 철문 하나가 나왔다. 김남우는 인상을 찌푸렸다.

"여기 뭔데 아무것도 없어?"
"안에서 소리 들리는 것 같은데?"

최무정이 손잡이를 잡고 돌리자, 문이 열렸다. 틈새로 고개를 먼저 기울이자, 남성의 목소리가 들려왔다.

"들어오시죠."

얼떨결에 최무정이 먼저 들어섰는데, 은행 같은 분위기의 창구 너머에 중년의 사내 한 명이 앉아 있었다. 안으로 들어간 두 사람은 예상과 다른 그림에 당황했다. 최무정이 물었다.

"여기 뭐 하는 곳입니까?"

중년 사내는 그 질문이 재밌는지 껄껄거리며 웃다가, 테이블 앞자리를 가리켰다.

"여기가 뭐 하는 곳인지도 모르고 오셨으면서 어떻게 딱 절친 두 명이 오셨네? 이것도 운명인가 본데 앉아보시죠."

두 사람은 쭈뼛거리며 사내의 앞자리로 가 앉았다. 사내는 양손으로 턱을 괴고 두 사람을 번갈아 보며 웃었다. 그는 말했다.

"대학생? 한참 돈 많이 필요할 때지. 어때요, 돈 필요해요?"
"네?"

김남우는 중년 사내의 등 뒤로 또 하나의 철문을 보며 물었다.

"여기 전당포예요?"
"아뇨. 전당포는 물건을 다시 찾을 수 있지만, 여긴 환불 안 되거든요. 다만 뭔가를 취급하긴 하죠. 흐흐."

사내는 양손으로 검지 하나씩을 세우며 말했다.

"수명 1년당 100만 원을 드립니다."
"네?"

김남우와 최무정이 무슨 말인가 싶은 얼굴로 보자, 사내의 설명이 시작됐다.

"사주 같은 거 보러 가면 당신 몇 살까지 살 거라고 말하는 양반들 있잖습니까? 태어날 때부터 사람의 수명은 정해져 있다는 거죠. 자기 의지로 생명을 어떻게 하는 걸 제외하면 누구나 정

　　　　　　　　　　　　　　　　　　　친구 수명팔이

해진 수명만큼 삽니다. 그 수명을 저희에게 팔 수 있는 겁니다. 1년당 100만 원에 말입니다. 만약 고객님이 원래 100세까지 살 예정이었다면, 10년을 팔아 1,000만 원을 받아가시고 90세에 죽는 겁니다."

둘은 황당하다는 표정을 지었지만, 사내의 설명은 계속됐다.

"그런데 여기서 중요한 건, 보통은 자기 수명을 자기가 팔 경우엔 죽어서 죄가 된다는 점입니다. 그렇게 되면 이승과 저승에서, 이중 손해라고 할 수 있지 않겠습니까? 그래서 저희는 다른 방식을 사용합니다. 바로, 가장 친한 친구 둘이서 서로의 수명을 파는 겁니다. 두 분이 함께 저희 가게를 방문한 순간, 이미 쌍방 계약이 맺어졌습니다. 만약 이쪽 고객님이 100만 원을 받아 가시면, 이쪽 고객님의 수명이 1년 줄어드는 거죠. 두 분은 이제부터 언제든 친구의 수명을 원하는 만큼 막 팔 수 있습니다. 농담이지만, 혹시 몰래 파신다고 해도 비밀은 절대 보장합니다. 흐흐흐. 거래 내용 발설 불가가 절대 원칙이라서 말입니다."

중년 사내의 기분 나쁜 웃음에, 둘의 인상이 찌푸려졌다. 김남우가 대표로 말했다.

"너무 말도 안 되는 이야기군요."
"허황된 이야기처럼 들리십니까? 못 믿으시겠습니까? 제가 만약 악마라도 말입니까?"

"뭐라고요?"

김남우가 당연히 못 믿는다는 얼굴로 대답하자, 사내가 자리에서 일어났다. 그는 등 뒤의 철문을 열면서 말했다.

"제 말이 허무맹랑한 거짓말이라고 생각할 순 있죠. 하지만, 돈은 거짓말을 하지 않는단 말 아십니까?"

철문이 활짝 열리자, 김남우와 최무정의 눈이 휘둥그레졌다. 철문 안에는 현금 다발이 벽돌처럼 쌓여 있었다. 중년 사내는 그중 한 다발을 가져와 손에서 펼쳤다. 전부 5만 원권이다.

"제가 거짓말을 할 수는 있지만, 돈은 거짓말을 하지 않습니다. 돈을 믿어보시겠습니까?"

두 사람의 눈이 사정없이 흔들렸다. 최무정이 조금 흥분한 음성으로 물었다.

"전부 진짜 돈입니까?"

사내는 대답하는 대신 그에게 돈다발을 내밀었다. 놀라서 돈을 확인한 최무정의 눈이 떨렸다. 그 돈을 다시 받아 간 사내는,

친구 수명팔이

안으로 들어가서 무작위로 다른 돈다발 두 개를 가져와 확인해 주었다.

"어떻습니까? 진짜 돈입니다. 저 정도 자본을 이런 곳에서 보관하고 있다는 자체만으로도, 제 말에 믿음이 실리지 않습니까?"

김남우와 최무정은 할 말이 없었다. 중년 사내는 빙긋 웃으며 말했다.

"자, 이제 아셨으니까, 언제든 생각이 있으시면 친구의 수명을 팔아 돈을 챙기시길 바랍니다."

최무정은 자기도 모르게 중얼거렸다.

"남은 수명이 얼마나 되는 줄 알고…."
"아! 어느 정도는 알 방법이 있습니다."

중년 사내는 하얀색 팔찌를 꺼냈다.

"오십띠 입니다. 착용자가 나이 50세를 넘기지 못한다면, 이 팔찌의 색이 검은색으로 변합니다."

김남우와 최무정은 사내가 건네주는 팔찌를 받아서 한 번씩 착용했다. 변화는 없었다. 사내가 웃었다.

"축하드립니다. 50세까지는 무사히 사시겠습니다."
"으음."
"물론, 수명을 판다면 결과가 달라지겠지요. 내가 아닌, 상대의 수명을 말입니다."

사내는 팔찌와 현금 다발을 회수하며 말했다.

"오늘은 너무 늦어서 이만 가게를 마무리하겠습니다. 와주셔서 감사했습니다."

자리에서 일어난 최무정과 김남우는 복잡한 얼굴로 서로를 돌아보았다.

*

이름 모를 가게를 나선 김남우와 최무정은 한동안 말이 없다가, 갑자기 최무정이 입을 열었다.

"야이 씨, 말도 안 되지. 고작 1년에 100만 원이 말이나 되냐?"
"그러니까! 그것도 내 수명이 아니라 친구 수명이라잖아? 가장 친한 친구끼리 그런 짓을 하겠어?"

"맞아, 맞아."

둘은 서로의 수명을 절대 팔지 않으리란 걸 확인하듯이 급하게 웃었다.

"진짜 별, 퇴폐보다 더한 곳이네. 경찰에 신고해볼까? 하하."

"하하, 그러니까. 뭐 저런 곳이 다 있어?"

"지가 악마라잖아. 웃기고 있네."

"일부러 친구 수명 팔라는 게 완전 악마 같은 제안이긴 하네. 친구 사이 갈라놓는 게 진짜 목적인 사이코패스겠지."

"진짜 웃긴다, 참 나."

둘은 '내 수명 맘대로 팔면 안 되는 거 알지?'라고 말하는 것조차 실례라는 듯, 거론도 하지 않았다.

*

"너도 다른 사람한테 얘기 못 하겠지?"

"어, 너도냐?"

두 사람은 하룻밤 만에 그 가게가 진짜란 걸 깨달았다. 이상하게도 다른 사람에게 그 가게에 대해 말하려고만 하면 입이 다물어졌다. 마법처럼 말이다.

"진짜 신기하네. 조금 무서울 정도다."
"나도. 뭐 그렇게 생긴 악마가 다 있냐? 아무튼, 진짜 얼씬도
하지 말아야겠다."
"그러니까. 얼씬도 하지 말아야지, 원."

두 사람은 어쩔 수 없이 둘만의 비밀을 가지고 살게 되었다.
그러나 둘이서도 잘 얘기하진 않았다. 아무래도 상대의 수명을
판다는 건, 얘기를 꺼내기조차 껄끄러운 소재였다. 그냥 잊어버
리자고 암묵적으로 합의한 듯 행동했지만, 온전히 그럴 수는 없
었다.
둘은 정말 친한 사이였지만, 사람인 이상 이런 생각을 할 수밖
에 없었다.

'얘가 나 몰래 내 수명을 팔아버렸으면 어쩌지?'

서로를 볼 때마다 가끔, 그런 생각이 몰래 들곤 했다. 모든 행
동에 의심의 필터를 한 번 거치게 되는 건 어쩔 수 없었다.
어느 월요일, 김남우는 최무정의 핸드폰을 보고 물었다.

"핸드폰 바꿨네?"
"으응, 주말에 폰 깨져서, 확 바꿔버렸지."

친구 수명팔이

"아이폰 최신이네? 비싸지?"

"그럴 가치가 있어. 성능 대박이야. 흐흐."

　김남우는 솔직하게 축하해주지 못했다. 설마설마했지만, 혹시나 하는 마음….

　그것뿐만이 아니다. 최무정이 일본 여행을 간다고 할 때도, 노트북을 알아본다고 할 때도. 하다못해 최무정의 SNS에 비싼 음식 먹는 사진만 올라와도 김남우는 심경이 복잡했다. 그런 마음이 평소 태도에 묻어 나왔다.

　가장 친했던 김남우와 최무정이 사소한 일로 불편해지는 상황이 잦아졌다. 예전 같으면 웃어넘길 일도 정색한다거나, 다른 친구 없이 둘이서만 만나서 노는 일이 줄었다거나, 우연히 상대의 뒷담화를 들어도 분노하며 나서지 않는다거나. 이젠 예전처럼 서로를 가장 친한 친구라고 자신 있게 말할 수 없는 정도였다.

　그런 와중에, 김남우의 의심은 도를 넘어선 상태였다. 자기 자신의 모습이 거울이다. 본인만 해도 손쉽게 돈을 벌 수 있는 그 방법에 얼마나 크게 흔들리고 있던가? 사고 싶은 물건도 많고 하고 싶은 일도 많다. 본인이 이런데, 최무정은 안 그럴 리가 없다고 생각했다.

　시간이 지날수록 둘의 관계가 소원해져서 한 달에 몇 번 만나지도 않게 되었을 때, 결정적인 사건이 터졌다.

"뭐? 최무정이 차를 산다고?"

친구를 통해서 들은 그 소식에 김남우는 당황했다. 차를 샀다는 것 자체보다도, 그런 큰일을 자신에게 말하지도 않았다는 부분이 그랬다. 차마 내 수명을 팔았냐고 대놓고 물어볼 순 없었지만, 미칠 것 같았다.

겨우 마음을 추스르고 아무렇지도 않은 척 메시지를 보냈다.

[야 인마 너 차 산다며?]

최무정의 답장 또한 아무렇지도 않은 듯 도착했다.

[어어~ 할부로 질렀어 ㅋㅋㅋ]
[그래. 시승식 한번 해야ㅣ!]
[어 그래 도착하면 ㅋㅋㅋ]

찝찝한 마무리에 김남우의 표정이 좋지 않았다.

"할부…라고?"

아무리 생각해도 마음속 의심을 떨쳐버릴 수가 없었다. 최무정의 SNS를 들여다보면, 너무 화려하다. 아무리 SNS가 인생의 화려한 면만을 올리는 공간이라고 해도, 너무 부잣집 자식처럼 다니질 않는가? 예전엔 저렇지 않았는데.

합리적인 의심. 그것이 김남우를 괴롭혔다. 생각 같아선 그 악마에게 물어보고 싶었지만, 거래 내용은 절대 발설 불가라고 했었다. 그래도 한번 가서 물어봐야 하나 생각하던 그 순간이었다.

"아! 그 팔찌!"

그 가게에서 중년 사내가 보여줬던 그 팔찌가 떠올랐다! 오십 따라고 했던가? 그땐 그 팔찌의 색이 변하지 않았는데, 만약 지금 변한다면?

"…."

김남우는 당장 그 오래된 빌딩으로 찾아갔다. 아무런 간판도 없는 철문은 손쉽게 열렸고, 중년 사내의 목소리가 들려왔다.

"어서 오시지요. 반갑습니다."

김남우가 들어서자, 중년 사내가 그때 그대로 테이블을 두고 혼자서 앉아 있었다. 곧장 사내 앞자리로 가 앉은 김남우가 곧바로 본론을 꺼냈다.

"저기, 전에 보여주셨던 그 팔찌 있잖습니까. 만약 착용자가 50세가 되기 전에 죽게 되면 색이 변한다고 했던…."

"아, 오십띠 말씀이시구나!"

사내는 테이블 아래에서 팔찌를 꺼냈다. 한데, 선뜻 건네지는 않았다.

"이걸 써보고 싶으시다고요? 이 오십띠를 한 번 착용하는 데 드는 비용은 100만 원 되겠습니다."
"뭐라고요?"

경악하여 두 눈을 부릅뜬 김남우가 재차 물었다.

"100만 원이라고요? 한 번 쓰는 데 100만 원?"
"네, 그렇습니다."
"아니, 무슨! 아니, 전에는 그냥 차게 해줬잖습니까?"
"전에는 전이죠."

히죽거리는 중년 사내의 말에 김남우는 할 말이 없었다. 화를 내며 덤벼들고 싶어도, 눈앞의 사내가 사실 악마라는 생각을 하면 차마 그럴 수 없었다. 그저 혼잣말로 투덜거리는 게 전부였다.

"아, 무슨…. 한 번에 100만 원이라니…."

길을 잃은 양처럼 앉아 있던 김남우에게, 중년 사내가 은밀한

친구 수명팔이

목소리로 말했다.

"친구의 수명을 1년만 팔아보시는 건 어떻습니까?"

"뭐라고요?"

"고작 1년인데 말입니다. 친구분이 언제까지 살지는 모르겠지만, 만약 90세에 1년 먼저 간다고 해서 크게 아쉽기나 하겠습니까?"

"으음."

김남우의 눈이 크게 흔들렸지만, 생각보다 고민은 길지 않았다. 어차피 최무정에 대한 의심이 극에 달한 상황에, 남아 있는 의리는 깊지 않았다.

"그럼 1년만 팔겠습니다."

중년 사내는 입이 귀에 걸리도록 웃으며 계약서를 내밀었다. 김남우가 기재할 곳은 1년이라는 숫자와 확인 사인이 전부였다. 빠르게 사인을 하자, 사내가 뒤쪽에서 돈다발을 가져왔다.

"어디에 쓰실지는 알 것 같지만, 형식적으로 일단."

김남우의 손에 현금 100만 원이 쥐여졌다. 일부러인지, 만 원짜리로만 100장이었다. 평소 쉽게 손에 쥘 수 없는 큰 액수에 김남우의 눈빛이 조금 달라진 듯했다. 몇 번이나 100만 원의 감촉을 느끼던 김남우는 다시 사내에게 내밀었다.

"오십띠 쓰겠습니다."
"감사합니다, 고객님."

김남우는 사내가 내민 오십띠를 급하게 착용했다. 그리고 다음 순간,

"뭐, 뭣! 개 같은!"

김남우의 팔목에서 오십띠가 검게 물들었다.

"이 이! 최무정, 이 개새끼가!"

분노로 부들부들 떠는 김남우에게, 중년 사내가 즐겁다는 듯 말했다.

"이미 알게 되신 것 같으니 말씀드려도 되겠네요. 친구분도 가장 먼저 100만 원으로 그 오십띠를 사서 착용하셨습니다. 그런데 같은 행위에도 결과는 참 다르군요? ㅎㅎㅎ"
"이…! 이…!"

친구 수명팔이

입술을 깨물어 분노한 김남우가 당장 최무정을 찾아가려 했지만, 중년 사내의 다음 한마디에 그러지 못했다.

"너무 늦게 오셨네."
"뭐라고요?"
"아이쿠, 아닙니다!"

김남우의 눈이 심각해졌다. 무슨 뜻일까? 너무 늦게 왔다? 저게 무슨 뜻일까?

"너무 늦게 왔다는 게 무슨 말입니까? 혹시 제 수명이… 얼마 안 남았단 말입니까? 그 새끼가 도대체 얼마를 팔았단 겁니까?"
"아이쿠, 원칙상 그건 절대 발설 불가입니다."

중년 사내는 남 일처럼 웃으며 얘기했지만, 김남우의 속은 타 들어갔다. 오십띠가 검게 변했다는 건, 적어도 50이 되기 전에 죽는단 말 아닌가? 평균 수명을 80으로만 잡아도 얼마지? 50이 끝이라는 보장이 있나? 40? 30?
김남우가 혼란스러워하던 그때, 중년 사내가 아무것도 아니라는 듯 테이블 위로 다른 두께의 팔찌를 꺼냈다. 김남우는 바로 물을 수밖에 없었다.

"그건 뭡니까?"

중년 사내는 씩 웃으며 대답했다.

"삼십띠 입니다. 착용 가격은 역시 100만 원이고요."
"삼십띠?"

돈은 중요하지 않았다. 김남우는 거침없이 외쳤다.

"최무정의 수명 1년을 팔겠습니다. 삼십띠 쓰겠습니다."

김남우는 계약서에 사인하고 얼른 삼십띠를 착용했다.

"이런, 씨!"

삼십띠가 검은색으로 변했다. 김남우는 눈이 뒤집혔다.

"최무저어엉! 이 개새끼! 이 개!"

흥분한 김남우의 눈앞에, 중년 사내가 실처럼 가는 팔찌를 꺼내 들었다. 멈칫한 김남우가 바라보자, 사내가 말했다.

"일년띠입니다. 착용자가 1년 안에 죽는다면 빨간색으로 변합니다. 100만 원입니다."

김남우의 얼굴이 떨렸다. 1년 안에? 설마, 자신이 1년 안에 죽는다면?

살면서 한번도 죽음을 생각해보지 않았던 김남우는 처음으로 죽음의 공포를 실감했다.

한동안 떨기만 하던 김남우의 입이 어렵게 열렸다.

"최무정의 수명 1년을 팔겠습니다. 주세요."

김남우는 계약서 사인 후, 100만 원에 일년띠를 받았다. 그는 손바닥 위에 하얀 실 같은 띠를 올려다 놓고 한참을 바라보았다. 쉽게 용기가 나지 않았다.

그 모습을 본 중년 사내가 말했다.

"만약 모든 수명이 팔리면 즉사입니다. 아직 살아 계시지 않습니까?"

"아⋯."

김남우는 조금 안도하며 일년띠를 집어 들었다. 그럼에도 혹시 몰라 매우 조심스럽게 천천히 손목에 채웠다.

"어?"

손목에 채워진 일년띠가 새빨갛게 물들어버렸다. 김남우의 얼굴이 충격으로 멍해졌다. 안타까워하는 사내의 말을 듣고서야 정신이 돌아왔다.

"저런, 1년 안에 사망하시는구나."

이를 악문 김남우의 눈시울이 붉어졌다. 극심한 분노로 말조차 나오질 않았다. 타오르는 눈으로 앞을 노려보던 김남우는 곧, 나직이 물었다.

"모든 수명이 팔리면 즉사라고 했습니까?"
"그렇습니다. 그 즉시 심장마비로 죽습니다."
"계약서 주십시오."

사내가 내민 계약서에 김남우는 최무정의 수명을 팔기로 사인했다. 기재 내용은 '100년'이다. 계약서를 받아 든 사내가 고개를 끄덕여 확인했다.

"좋습니다. 계약 성립입니다."

사내는 뒷문을 열고 무려 현금 1억 원을 가지고 나왔다. 김남우는 조금 놀라긴 했지만, 그것보다 더 중요한 게 있었다. 그는 대학 후배에게 전화를 걸었다.

친구 수명팔이

"어, 치열아. 학교지? 무정이 지금 학교에 있어?"

[그럴걸요?]

"미안한데, 가서 확인 좀 해줄래?"

김남우는 차가운 얼굴로 복수의 완성을 기다렸다.

[무정이 선배 교수님이랑 얘기 중인데요?]

"뭐?"

멀쩡하다니? 김남우는 이게 어떻게 된 일이냐는 듯 사내를 바라보았다. 사내는 어깨를 으쓱했다. 미간을 찌푸리던 김남우의 눈이 급격하게 커졌다. 설마, 3년에 100년을 더 팔아도 될 정도로 최무정의 수명이 길었단 말인가?

김남우는 통화를 끝내며 굳은 얼굴로 말했다.

"계약서 한 장 더 주시죠."

"네네, 드리겠습니다."

김남우는 다시 한번, 정말 확실하게 '100년'을 사인했다. 한데, 이어지는 상황에 당황했다.

"뭐, 뭔?"

중년 사내가 1억 원을 더 가져오는 게 아닌가?

"뭡니까? 한도를 넘겨도 무조건 주는 겁니까? 무슨….."
"그럴 리가요. 악마는 절대 손해 보는 장사를 하지 않습니다."
"그럼 왜….."

중년 사내는 고민하는 양하더니, 웃었다.

"원래 말씀드리면 안 되는 거지만, 어차피 끝도 없이 시도하실 테니 말씀드리죠. 일단, 축하드립니다."
"뭐요? 축하?"
"최무정 고객님은 고객님의 수명을 판 돈을 밑천 삼아 크게 성공하게 됩니다. 그리고 미래에 인간의 기술력이 영생을 가능케 할 때, 초기 수혜자가 되시죠."
"뭐라고요?"
"간단히 말해서, 최무정 고객님의 수명은 무한입니다. 그 말은, 고객님께서 팔 수 있는 수명도 무한이란 말입니다. 정말 정말 축하드립니다."
"….."

중년 사내는 손뼉까지 치면서 축하했지만, 김남우는 이게 웃어야 할 일인지 어쩔 일인지 몰랐다. 사내는 계약서를 내밀었다.

친구 수명팔이

"자, 얼마를 드릴까요? 100억? 1,000억? 물론, 앞으로 남은 시간이 얼마나 될지는 모르겠지만…. 어쨌든 인간은 돈만 있으면 최고로 행복해질 수 있지 않습니까?"

가장 나쁜 짓 경매

"안녕하세요. 깽이 인사드립니다. 깽하!"
"안녕하세요. 우배기입니다. 우하!"

인터넷 방송 스트리머인 '깽이'와 '우배기'가 정식으로 인사를 하자, 채팅 창이 엄청난 속도로 올라갔다. 그럴 만한 것이, 인기 스트리머 깽이와 우배기의 합동 방송이어서 현재 라이브 방송을 시청하고 있는 시청자만 해도 4만 명이 넘었다. 두 스트리머의 평소 시청자 수를 합친 결과였다.

"오늘 저와 깽이가 시도할 새로운 콘텐츠는, 나쁜 짓 경매입니다!"
"나쁜 짓 좋죠!"

능숙하게 호응을 유도한 두 스트리머는 화면의 양쪽 끝에 각 각 서 있었다. 화면의 가운데에는 가면으로 정체를 가린 네 명의 사람이 의자에 앉아서 손을 흔들었다. 왼쪽부터 사자 가면을 쓴 남자, 고양이 가면을 쓴 여자, 뱀 가면을 쓴 남자, 악어 가면을 쓴 여자가 있다.

인터넷 방송 실시간 채팅 창이 미친 듯이 올라가는 가운데, 깽이가 대본을 보며 설명을 시작했다.

"예, 오늘 준비한 콘텐츠 '나쁜 짓 경매'가 무엇인가 하면, 저기 앉아 계신 네 분 중 누가 가장 나쁜 짓을 저질렀는가를 경매에 부치는 것입니다. 저 가면을 쓴 네 분은 오늘, 살면서 저지른 가장 나쁜 짓 하나를 공개하러 왔습니다. 그 나쁜 짓이 무엇인지는 저도 모릅니다!"

"저도 몰라요! 전 그냥 돈을 준다기에 합방하러 왔습니다. 으하하."

우배기가 호응하는 사이, 깽이가 설명을 이어나갔다.

"그럼 경매는 어떻게 진행되느냐! 일단 저희가 저기 네 분에게 각각 한 가지 질문을 드릴 겁니다. 질문에 대한 답변을 들은 뒤, 저희가 1등 할 것 같은 사람을 구매합니다. 만약 그 사람이 1등이면 경매액의 두 배를 받고, 지면 경매액을 그대로 잃게 되는 겁니다. 참고로 나쁜 짓 1등은 마지막에 저분들의 이야기를 모두 공개하고, 채팅 창 투표로 결정합니다!"

"1억을 걸면 2억이 되는 건가?"

"형은 무슨 돈도 없으면서 무슨 1억 타령이야. 육개장 컵라면이나 끓여 먹어."

"아 자슥이!"

깽이와 우배기가 티격태격하며 채팅 창 호응도를 한껏 끌어올렸다. 신선한 콘텐츠에 흥미를 느낀 사람들은 과열했고, 시청자 수가 점점 더 늘어났다.

"자 그럼, '나쁜 짓 경매'를 시작하겠습니다! 박수!"

"와, 박수!"

방송 화면 속에 등장하는 여섯 명이 박수를 치고, 채팅 창의 수만 명도 '짝짝짝' 박수를 쳐댔다.

양쪽 끝에 깽이와 우배기가 앉은 뒤, 깽이가 가면을 쓴 네 사람을 바라보며 진행했다.

"그럼 제가 먼저 질문을 할까요? 편의상 출연진은 가면 이름으로 호칭하겠습니다. 저는 사자 가면 님께 먼저 질문하겠습니다. 사실 저 양반은 덩치부터가 이미 악질 범죄자야."

근육질의 커다란 덩치를 가진 사자 가면이 깽이를 보며 양손을 내저었다.

　"말하셔도 됩니다. 이제."
　"아 그래요? 저 덩치만 이렇지 악질 범죄자 아닙니다!"
　"아 참, 제가 설명하는 걸 깜빡했는데, 여기 네 분 중에 경매금
액 1등을 유도하신 분께도 상금이 있습니다. 1등 300만 원! 2등
100만 원! 3등 4등은 없습니다."
　"제가 바로 악질 범죄자입니다."
　"뭐야! 아깐 아니라면서!"

　사자 가면의 태연한 유머를 깽이가 받아치자, 채팅 창에는
'ㅋㅋㅋㅋ'가 도배됐다. 깽이가 웃음을 진정시키며 화면을 보고
말했다.

　"일단 나쁜 짓 고백 대회이긴 하지만, 저희가 경찰에게서 지
켜주는 건 아니거든요? 경찰이 방송 보고 신원 요청하면 전 넙
죽 드릴 거라서! 법을 어기는 정도의 나쁜 짓을 저지른 분들이
여기 참가하진 않으십니다. 지금 채팅 창에 '살인범'이 되게 많
이 나오는데 그만하세요!"
　"살인범 아니었어? 나 저 양반 경매하려고 했는데!"
　"형은 육개장이나 끓여 먹으라니까!"

　한차례 웃음이 지나간 뒤, 깽이는 정돈된 톤으로 진행을 이어

나갔다.

"자, 그럼. 제가 사자 님께 드릴 질문은 이것입니다. 사자 님의 그 '나쁜 짓'은 주먹을 쓰신 건가요?"

채팅 창에는 'ㅋㅋㅋㅋㅋ'와 '날카로운 질문', '질문 좋다' 등의 말들이 빠르게 올라갔다. 사자 가면은 바로 대답했다.

"아닙니다."
"헐! 그럼 완전 의외네."

채팅 창에 '반전' 따위의 말들이 올라올 때, 우배기가 끼어들었다.

"질문 끝이지? 내가 묻겠습니다. 사자? 사자 님이 그 나쁜 짓을 저지른 게 몇 살 때였습니까?"

사자 가면은 잠깐 고민하는 듯 팔짱을 끼더니, 곧 대답했다.

"대충 고등학생 때였던 것 같습니다."

사자 가면의 말이 끝나자마자 우배기가 손바닥을 쳤다.

“쓰레기네.”

“예?”

“고등학생들은 원래 다 쓰레기거든.”

“뭐야 그게! 아오! 형은 육개장이나 좀 끓여 먹어! 사자 님 죄송합니다.”

웃기려고 한 우배기의 멘트를 깽이가 대충 정리하며, 다음으로 넘어갔다.

“그럼, 다음 고양이 가면 님께 질문하겠습니다. 혹시 그 ‘나쁜짓’을 당한 피해자가 여럿인가요?”

“한 명입니다.”

고양이 가면은 간단하게 대답한 뒤, 말을 덧붙였다.

“피해자는 한 명이지만, 한 사람의 인생을 망칠 정도로 깊습니다.”

“와우!”

“쓰레기네!”

“아 형!”

고양이 가면의 발언으로 채팅 창이 불타올랐다. 우배기는 고양이 가면을 향해 손가락질하다가 사과하며 질문을 던졌다.

"제 질문은 이겁니다. 예뻐요?"

"아 진짜, 이 형 뭐야!"

채팅 창이 'ㅋㅋㅋㅋ'로 도배될 때, 고양이 가면이 어깨를 으쓱하며 센스 있게 말했다.

"나름?"

"사랑합니다."

웃음이 한바탕 지나가고, 깽이가 다시 진행했다.

"이런 식으로 하면 누구한테 돈을 걸어야 할지 감이 안 온다니까. 이번에 진짜 욕먹을 각오하고 제대로 묻겠습니다. 뱀 가면님?"

"네."

"만약 제가 당신이 저지른 나쁜 짓을 똑같이 저질렀다면, 뭐라고 말하겠습니까?"

"오오, 깽이 질문 좋아!"

채팅 창에서 좋은 반응이 빠르게 올라가고, 꽤 고민하던 뱀 가면이 대답했다.

"당신 인생은 끝났어."

"헐?"

"끝났다고? 그냥 끝장?"

뱀 가면을 쓴 사내의 말에 채팅 창이 난리가 났다. 몇 분간 상황이 진정되지 않을 정도로 도네이션이 터졌다. 분위기가 조금 수습되자 우배기가 말했다.

"그럼 나도 하나 묻겠는데요. 뱀 님. 만약 300만 원을 준다면 같은 짓을 되풀이할 수 있습니까?"

"음…."

뱀 가면은 고민에 빠진 듯 턱을 괬다.

"고민한다! 고민해! 와, 쓰레기!"

"아. 형 좀! 쓰레기 좀 그만해 이 쓰레기야!"

"뭐 인마? 나, 형이야! 깽아! 형이다?"

우배기와 깽이, 두 사람의 만담이 티키타카 진행되는 동안 긴 고민을 끝낸 뱀 가면이 대답했다.

"정말로 솔직하게 저 자신에게 묻자면, 다시 할 것 같습니다. 300만 원을 준다면요."

"네. 좋습니다! 마지막으로 악어 가면 님."

깽이는 우배기가 끼어들 틈도 주지 않고 빠르게 진행했다.

"악어 가면 님이 저지른 나쁜 짓을 똑같이 저지른 사람이 세상에 또 있을까요?"
"음, 글쎄요."

잠깐 고개를 갸웃한 악어 가면은 웃음기를 섞어 대답했다.

"아직 없을걸요?"
"와아!"

악어 가면을 쓴 여자의 대답은 분위기를 또 끌어올렸고, 우배기가 의자에서 벌떡 일어나 물었다.

"악어 님이 가면을 쓰긴 했지만 되게 예쁠 것 같거든요? 혹시 그 나쁜 짓이 한 남자의 인생과 관련된 짓입니까?"
"딱히, 아니요?"
"악! 젠장."

우배기가 질문을 날렸다며 과장되게 괴로워하는 모습에 시청자들은 또 즐거워했다. 채팅 창이 한바탕 시끌벅적하게 울린 뒤,

깽이가 마저 남은 말을 뱉었다.

"자, 그럼, 저희 모두 질문은 끝났습니다. 이제부터 경매에 들어갈 건데요, 이 네 분 중에 과연 어떤 분이 가장 큰 나쁜 짓을 저질렀을까요? 궁금하지 않습니까. 여러분!"

"난 딱 알겠네."

"형이 알긴 뭘 알아. 육개장이나 끓여 먹어. 자, 다음으로 이제, 드디어 경매에 들어가겠습니다! 먼저, 사자 가면 님부터 시작합니다!"

깽이가 사자 가면을 가리키며 말을 끝내자마자, 우배기가 손을 들고 외쳤다.

"10만 원!"

"무슨 처음부터 10만 원이야!"

깽이가 우배기를 나무라다 말고는 정색하며 손을 들었다.

"20만 원!"

"난 30만!"

"아 놔! 형 이 사람 맞아? 형은 사자가 1등이야?"

깽이와 우배기가 경매로 티격태격하자마자 채팅 창은 난리가 났다. 더 돈을 올려라, 사자가 아니다, 맞는다, 뱀이다, 악어다, 고양이다 등등.

"31만!"
"40만!"
"41만!"
"50만!"
"51만!"

깽이가 자꾸 1만 원씩 가격 올리기를 계속하자, 우배기는 홧김에 질러버렸다.

"100만!"
"네! 낙찰입니다."
"뭐? 야! 인마!"

깽이가 태연하게 비웃으며 카메라를 향해 말했다.

"제 마음속 1등은 사자 가면이, 아니었습니다!"
"이런!"

둘이 티격태격한 뒤, 깽이가 두 번째 경매를 진행했다.

"두 번째 고양이 님의 경매를 진행하겠습니다. 전 1만 원."

"1만 원?"

우배기는 깽이의 눈치를 살피다가 고양이 가면을 쓴 여자를 돌아보았다.

"고양이 님. 피해자의 인생을 망칠 정도로 나쁜 짓을 저질렀다고 했죠? 그거 확실해요?"

"네."

"만약 나중에 고백했는데 아니면?"

"아니면 제가 돈을 안 받을게요."

자신만만한 고양이 가면의 태도에 시청자들이 환호했다. 우배기도 바로 말했다.

"저 10만 원 합니다."

"전 11만 원이요."

"아아, 이 자식이 또!"

"형 경매할 줄 몰라? 원래 이렇게 하는 거야."

"아오, 50만 원!"

"51만 원요."

"짜증 난다, 100만 원!"

"101만 원."

"뭐야! 이걸 따라와?"

황당한 표정으로 깽이를 바라보던 우배기가 다시 외쳤다.

"110만!"
"200만."
"헉."

갑작스럽게 "200만"을 외친 깽이의 대답에 방송이 난리가 났다. 우배기가 의자에 털썩 주저앉으며 말했다.

"너 인마, 2번 확신하는구나? 너 먹어라."
"먹겠습니다. 그럼 다음은 세 번째, 뱀 가면 님의 경매입니다."
"하나만 물어보자."

우배기가 깽이에게 물었다.

"만약 1,000만 원 걸어서 이기면 2,000만 원이야?"
"설마 1,000만 원을 걸려고 형? 맞긴 하는데, 설마?"
"그냥 묻는 거지."

깽이는 미심쩍게 우배기를 바라보다가 경매를 진행했다. 시작 신호가 울리자마자, 우배기가 말했다.

가장 나쁜 짓 경매

"500만 겁니다."

"미친!"

채팅 창이 환호와 야유로 시끌벅적해지자, 우배기가 웃으며 말했다.

"뱀 가면이 진짜 쓰레기 맞아. 뱀 가면이 그랬잖아. 만약 이 나쁜 짓을 저지른 게 밝혀지면 인생 끝장이라고. 그 말이 확실하다면 믿어야지."

"아니 그래도 정도가 있지!"

"넌 고양이 가면 200만 원에 먹어, 내가 뱀 가면 먹을 테니까."

"아! 이 형 진짜 트롤!"

깽이는 구시렁거렸지만, 입찰하지는 않았다.

"뱀 님은 우배기 형이 500만 원에 낙찰했습니다. 그럼 마지막, 악어 가면 님 경매 들어갑니다."

"혹시 모르니까 50만 원."

"500만 원 걸어놓고 50만 원으로 두 배 따서 뭐 하려고?"

"호옥시 모르잖아."

그때, 조용히 있던 악어 가면이 입을 열었다.

"서운하네요. 제 나쁜 짓 호응이 굉장히 클 텐데."
"예?"
"1등은 지금 시청자가 정해주는 거잖아요? 그럼 제 나쁜 짓이 굉장히 반응 좋을걸요?"
"아니 뭐길래?"

악어 가면의 말에 깽이와 우배기가 흔들렸다. 그러자 고양이 가면과 뱀 가면도 나섰다.

"저도 1등 자신하거든요!"
"저는 진짜 인생 끝입니다. 이런 짓 저지른 사람은….''

깽이와 우배기는 가면을 쓴 사람들을 보며 "미치겠다"고 이야기하며 과장된 방송 리액션을 해댔다. 고민 끝에 깽이가 한 번 더 호가했다.

"에이 씨. 본전이라도 하려면, 악어 가면 님한테 200만 원 걸어야지! 입찰한다!"
"인마 치사하게 게임하네!"
"머리가 좋은 거지. 더 입찰 안 할 거지? 형은 무조건 뱀 님이니까?"

가장 나쁜 짓 경매

"그래 무조건 뱀 가면이야. 그치? 믿어도 되죠. 뱀 님?"

"물론입니다."

입찰이 끝난 뒤, 깽이가 카메라를 보며 말했다.

"자! 그럼 드디어 여러분이 고대하고 고대하시던, '나쁜 짓 고백' 시간입니다! 와아!"

깽이와 우배기가 호들갑을 떨자 출연자와 시청자 모두 흥분이 최고조에 달했다. 그때 깽이가 사자 가면에게 물었다.

"자, 그럼 사자 가면 님이 평생 저지른 가장 나쁜 짓은 무엇입니까? 일어나서 말해주시죠."

사자 가면은 자리에서 일어나 카메라 앞으로 한 발짝 다가왔다. 시청자들이 추리한 온갖 가설을 채팅 창에 쏟아낼 때, 사자 가면이 말했다.

"제가 고등학교 때 저지른 가장 나쁜 짓이 뭐였느냐면 말입니다…."

모두 숨죽여 사자 가면의 목소리에 귀를 기울였다. 잠깐 뜸을 들인 그는 고백했다.

"〈디아블로 2〉 아이템을 복사했습니다."

"뭐?"

"뭐야! 뭘 했다고?"

"그 게임에서 불법적으로 아이템 복사를 했습니다."

"이런 씨!"

깽이와 우배기가 들고 있던 대본을 바닥에 던져버렸다.

"그게 무슨 나쁜 짓이야! 장난해?"

"낚시 당했네! 아오!"

채팅 창의 상태도 좋지 못했다. 'ㅋㅋㅋㅋ'와 온갖 욕설이 올라왔다.

"어이쿠. 죄송합니다."

고개 숙인 사자 가면은 곧장 자신의 자리로 돌아가 앉았다.

겨우 진정한 깽이가 다시 진행을 이어나갔다.

"설마 고양이 가면 님도 그런 건 아니겠죠? 나 진짜 미치겠네! 고양이 님, 나와서 고백해 주세요!"

"네."

얌전하게 대답한 고양이 가면은 자리에서 일어나 카메라 앞으로 다가왔다. 그녀는 가면을 매만진 뒤 이야기를 시작했다.

"초등학교 때였어요. 저희 반에는 모두가 좋아하는 여자아이가 있었어요. 사람에게서 빛이 난다는 말 아시죠? 경험도 해보셨을 거예요. 밝고 빛이 나는 아이, 그게 걔였죠. 저도 그 아이와 친한 척했지만, 속으로는 아니었어요."

낚시를 걱정하던 두 스트리머의 얼굴이 진지해졌다.

"왜 애들이 모두 쟤만 좋아할까? 쟤는 왜 저렇게 밝을까…? 왜 이렇게 나댈까? 왜 이렇게 예쁜 척을 할까? 왜 이렇게 재수가 없을까? 제 마음속에 엄청난 질투가 자라났어요. 저는 어떻게든 그 아이를 망가뜨리고 싶었어요. 그래서 제가 어떻게 했냐면요…."

얼마간 그녀는 침묵했고, 그것이 사람들을 더 몰입하게 했다.

"걔네 집이 동네에서 치킨집을 하고 있었거든요. 어느 날 제가 그냥, 그 치킨집에서 바퀴벌레가 나왔다고 말해버렸어요."
"헐?"
"저희 엄마는 동네에서 힘깨나 쓰는 반장이었고, 어디든 소문을 퍼트릴 수 있는 사람이었어요. 제 증언은 사실처럼 온 동네에 소문이 나버렸고, 걔네 치킨집은 망하기 시작했어요. 저는 그때 한 가지 깨달음을 얻었어요. 집안 사정이 안 좋아지면 그렇게 빛나던 아이도 별 볼 일 없어질 수 있다는 걸 말이에요. 가난이야말로 빛나는 아이를 평범한, 모자란 아이로 만들 수 있는 가장 무서운 것이라는 걸요."

"그럼 그 아이는?"

"결국 집안이 완전히 망해버린 그 아이의 얼굴에서는 웃음이 사라졌어요. 늘 그늘이 져 있었고, 학기가 끝나갈 때쯤에는 완전히 다른 사람이 되어 있었죠. 한 마디로, 불쌍해졌어요. 너무 불쌍해서 제가 질투를 했단 사실이 믿어지지 않을 만큼요. 미안하더라고요. 걔가 너무 불쌍해서 그게 참 미안하더라고요."

고양이 가면은 이야기를 끝낸 뒤 깔끔하게 자리로 돌아가 앉았다. 방송에는 잠깐의 침묵이 흘렀다. 반면, 채팅 창은 난리였다. '무조건 1등이다!', '개쓰레기네 진짜', '저거 지금도 반성 안하고 있네' 등등. 폭발적인 반응이었다.

얼마간의 침묵을 우배기가 깨버렸다.

"뱀! 뱀 님도 질 수 없죠? 빨리 나가서 고백해봅시다! 나 500만 원 걸었단 말이야! 아으 진짜!"

자리에서 일어난 뱀 가면이 카메라 앞으로 나섰다. 우배기가 간절히 바라는 모습으로 지켜보는 와중에, 뱀 가면이 말했다.

"저도 어릴 적 일입니다. 중학교 3학년 때였습니다. 동네에 노는 형이 있었는데 그 형이랑 친해지면 폼이 좀 날 것 같았습니다. 그 나이 때는 양아치 같은 형이랑 아는 사이라는 게 가오인 걸 공감하실 수 있을 겁니다. 저는 그 형이랑 친해지고 싶었기 때문에 한 가지 나쁜 짓을 저질렀습니다. 그건…."

뱀 가면은 말을 끊었다. 다음 말은 꽤 시간이 지난 뒤에야 이어졌다.

"그때 저는, 어떤 여자애가 저를 좋아하고 있다는 걸 알고 있었습니다. 제가 부르면 절대 거절하지 않을 거라는 걸 알고 있었죠. 그 형과 친해지고 싶었던 저는 그 여자애를 시내로 불러냈고, 술을 잔뜩 먹인 뒤… 저만 빠져나왔습니다. 그 형과 그 여자애를 단둘이 두고 말입니다."
"미친!"

깽이와 우배기의 두 눈이 휘둥그레졌다.

"범법 행위는 없었지만, 제가 어떤 나쁜 짓을 저지른 것인지는 굳이 설명하지 않겠습니다. 이상이 제가 평생 저지른 일 중 가장 나쁜 짓입니다."

뱀 가면이 고개를 숙이고 자리로 돌아가는 모습을 깽이와 우배기가 입을 벌리고 쳐다보았다. 진행을 해야 할 깽이마저도 섣불리 뭐라 말을 하지 못할 정도였고, 당연히 채팅 창은 폭발했다.

'개쓰레기네', '시발 이건 범죄 아니냐?', '중3 때? 개새끼네 진짜!', '깽아 신고해라 이건 진짜' 등등. 반응을 보아선 절대적인 1등이었다.

뱀 가면에 500만 원을 건 우배기였지만 차마 기뻐하지 못할 정도로 분위기가 싸했다.

깽이가 말을 버벅거리며 진행을 어떻게 할지 고민할 때, 마지막 악어 가면이 스스로 일어나 화면 앞으로 나섰다.

"제가 평생 저지른 가장 나쁜 짓이 무엇이냐면 말이에요."

그녀의 행동에 일단 모두가 주목했다. 특이하게도 악어 가면은 카메라를 등지고 뒤돌아섰다. 깽이와 우배기가 의아해할 때, 그녀가 말했다.

"오늘 저지를 거예요. 전 여기 있는 사람 중 한 명의 가면을 벗겨버릴 거거든요."

"네?"

"뭐라고요?"

방송의 모두가 당황한 기색을 보일 때, 그녀가 웃음기를 섞어 말했다.

"어때요? 지금이야 가면으로 가리고 있지만, 인간쓰레기의 민낯이 방송을 타버린다면 그 사람의 인생이 얼마나 재밌어질 까요? 호호."

가면을 쓴 셋이 술렁거렸다. 깽이와 우배기는 어떻게 대처해 야 할지 서로를 쳐다보며 눈치를 살폈다. 악어는 둘을 보며 여유 로운 듯이 말했다.

"룰은 분명 평생 저지른 가장 나쁜 짓이잖아요? 그러니까 지 금 이 현재도 평생의 안에 들어가는 거죠."
"그, 그거야⋯."
"자! 그러면 제가 가면을 벗길 대상은요!"

악어 가면이 손가락을 세운 손을 하늘로 들었다. 움찔 놀라는 가면들, 특히 뱀 가면은 벌떡 일어나 뒤로 물러나기까지 했다.
채팅 창은 폭발적으로 환호했다. 모두가 저마다 보고 싶은 가 면을 연호해댔다.
'뱀 가면! 무조건 뱀 가면 벗겨라!', '뱀 가면 저 쓰레기는 꼭 벗겨야 한다!', '잘한다 악어 가면! 네가 1등이다!', '그냥 사자 빼고 다 벗겨!'

"제가 누구를 벗길 거냐면요⋯."

악어 가면의 손가락이 눈 앞에 왔다 갔다 할 때마다 가면들이 기겁했다.

"미친! 말도 안 돼!"
"당연히 안 되지! 깽이 님 절대 익명 보장이라면서요! 막아줘요!"

드디어 악어 가면의 손이 드디어 한 사람을 향했다.

"이 사람입니다!"

악어 가면이 가리킨 사람은 바로, 자기 자신이었다.
채팅 창에는 야유와 욕설이 난무하고, 가면들은 힘이 빠진 듯 주저앉고, 두 스트리머도 헛웃음을 터트렸다. 깽이가 조금 여유를 되찾고 말했다.

"아니, 깜짝 놀랐네! 악어 가면 님!"
"그래요? 놀라울 텐데. 그럼 가면 벗습니다."

방 안의 모두가 그녀를 지켜보는 가운데, 악어 가면이 벗겨졌

가장 나쁜 짓 경매

다. 그 순간, 두 스트리머가 당황한 기색을 감추지 못했다.

악어 가면의 정체를 알아차린 깽이가 그녀를 보며 말했다.

"아니? 후원자께서 직접 참여를 하셨어요?"

악어 가면은 카메라를 뒤돌아보며 시청자들에게 발랄하게 인사했다.

"네. 제가 바로 이번 콘텐츠를 기획하고 돈을 후원한 사람. 홍혜화입니다! 여러분 재미있으셨나요?"

채팅 창의 반응은 좋았다. 이 재밌는 콘텐츠를 기획한 사람이 만든 작은 반전에 그들은 열광했다. 빙긋 웃은 그녀는 다시 출연진들을 돌아보았다. 두 스트리머도 기가 막힌 반전이라며 박수를 치고 호응을 유도했다. 그런데 어쩐지 다른 가면들이 이상했다. 뱀 가면의 입에서는 한숨 소리가 새어 나왔다. 뒤이어 고양이 가면도 움찔했다.

"홍혜화라고…?"
"홍혜화? 혜화?"

홍혜화의 표정은 방송에 비치지 않았지만, 그녀의 뒷모습은 담담했다.

"네. 제가 바로 홍혜화입니다. 어릴 적에 치킨집 딸이었고, 어떤 남자를 짝사랑하고 있었던 그 홍혜화요."

뱀 가면과 고양이 가면, 두 사람의 몸이 딱딱하게 굳어버렸다. 돌아가는 분위기가 심상치 않음을 느낀 두 스트리머의 표정도 굳었다. 홍혜화가 두 스트리머를 향해 말했다.

"만약 제가 이 중에서 경매를 했다면, 1등으로 사자 가면을 선택했을 거예요. 왜인 줄 아세요? 그는 지금 평생에 가장 나쁜 짓을 저지를 거거든요. 안 그래? 자기야."

'자기야'라는 호칭에, 모두가 고개를 돌려 사자 가면을 쳐다 봤다!
근육질의 거대한 사자 가면은 이미 자리에서 일어나 다른 두 가면을 향해 돌아서 있었다. 그리고 품속에서 꺼낸 그의 손, 그 손에 들린 날붙이가 반짝 빛났다.

"맞습니다. 저는 오늘 정말 나쁜 짓을 저지를 겁니다. 〈디아블로 2〉 아이템 복사와는 비교도 안 되는 나쁜 짓을 말입니다."

고양이 가면과 뱀 가면의 표정이 어땠을지. 수만 명의 시청자는 보지 않고도 알 수 있었다.

젊은 애인 효과

30대 중반의 주부 홍혜화는 친구와 통화하며 스트레스를 풀었다.

"남편만 보면 답답해 미치겠어, 정말! 나까지 무력해진다니까? 무슨 열정도 없고 비전도 없고, 회사에서 승진 경쟁이나 할는지 모르겠어! 구조 조정하면 제일 먼저 잘릴걸? 진짜 절대 성공 못 할 양반이야. 내가 뭘 믿고 결혼했는지!"

[예전에도 그랬어? 마흔 넘어서 남성 갱년기 온 거 아냐? 보약이라도 먹여 봐.]

"어휴, 정말 그래야 할까 봐. 진짜 그럴까? 보약이라도 먹여볼까? 근데 이 양반이 먹을지 모르겠네. 말도 드럽게 안 들어! 어휴, 이런 인간하고 내가 계속 살아야 하니?"

홍혜화의 기준에 남편은 마음에 안 드는 것투성이었고, 매일 잔소리해도 전혀 바뀌질 않는 답답한 스타일이었다. 이렇게 매일 남편 뒷담화로 스트레스를 풀지 않으면 갑갑해서 살 수가 없을 것 같았다.

통화를 끝내고, 그녀는 정신 개조 보약이 있는지 검색해봤다. 남편을 내 마음에 들게 바꿀 방법이 있다면 얼마나 좋을까?

그때, 현관 벨이 울렸다.

'홍혜화 씨.'

"네!"

마트에 배달시킨 물건이 도착했나 싶어서 문을 열어보던 홍혜화는 깜짝 놀랐다.

"어? 누구세요?"

문 밖에는 고급 양복을 차려입은 깔끔한 인상의 남성이 서 있었다. 그는 정중하게 인사한 뒤 말했다.

"안녕하십니까? 저는 '남편 코디'입니다."

"네? 남편 뭐요?"

"남편분이 불만족스럽지 않습니까? 나이를 먹어서, 결혼 생활이 오래돼서, 예전 같지 않아진 남편의 모습이 마음에 안 들지

젊은 애인 효과

않습니까? 남편이 매력적이었으면 좋겠습니까? 남편이 회사에서 성공했으면 합니까? 저는 그런 일을 하는 남편 전문 코디입니다."

"어머, 그런 게 있어요?"

"들어가서 자세한 이야기를 드려도 될까요?"

"아, 네. 들어오세요."

홍혜화는 얼떨결에 사내를 집으로 들였다. 원래라면 잡상인 같은 사람을 집에 들일 일이 없지만, 딱 필요한 부분을 긁어주는 말에 넘어가고 말았다.

그녀는 커피를 내온 뒤 사내와 거실에 마주 앉았다.

"남편 코디라는 건, 뭔가 교육 같은 건가요?"

"아닙니다. 제가 지금부터 설명해드릴 텐데, 마지막까지 들어주시길 바랍니다."

"아, 예."

홍혜화는 호기심 어린 얼굴로 고개를 끄덕였다. 뭔데 이런 경고까지 하는 걸까?

아니나 다를까, 그럴 만한 내용이었다.

"무기력한 남편분이 바뀔 수 있는 방법은, 젊은 여자와 바람을 피우는 수밖에 없습니다."

"뭐라고요?"

홍혜화의 황당해하는 시선에도 사내는 뻔뻔하게 이야기를 계속 이어나갔다.

"남편분이 이렇게 무력하신 이유는 삶이 너무 무료하기 때문입니다. 재미가 없으니까 열정도 없지요. 그래서 남편분에게는 젊은 애인이 필요한 겁니다."

"아니."

"아, 일단 들어보세요. 남편분께 젊은 애인이 생기면 어떤 장점이 있느냐? 첫 번째로, 자기 관리를 시작할 겁니다. 지금 남편분이 외모 관리를 하십니까? 안 하시죠? 하지만 젊은 애인이 생기면 달라집니다. 얼굴에 뭘 바르기 시작할 거고, 머리 스타일도 바꿔보고, 옷도 신경 쓸 겁니다. 어쩌면 뱃살도 빼려고 할지도 모르죠."

"아니요, 저기요. 잠깐만요!"

"그리고 두 번째로는 말입니다."

홍혜화는 이 헛소리를 계속 들어야 하나 어쩌나 고민했지만, 일단 두고 보았다.

"활력이 넘치게 될 겁니다. 매일 너무 즐거워서 뭘 해도 얼굴에 생기가 돌 겁니다. 그 긍정적인 마인드는 직장에서 플러스 요소로 작용할 겁니다. 고리타분한 생각도 젊어지게 될 테고, 유머 감각도 늘 수 있습니다. 게다가 수컷들은 자신의 능력을 뽐내길 좋아하기 때문에, 애인에게 보여주기 위해서라도 직장 생활을 열정적으로 할 겁니다. 성공의 동기가 되어주겠지요."

"성공…."

"세 번째로는, 원래 남편분처럼 바람을 피우지 않던 분이 바람을 피우게 되면, 죄책감 때문에 오히려 가족에게 더 잘해주게 될 거란 점입니다. 아내분의 부탁이라면 웬만하면 다 들어주게 될 테고, 괜히 혼자 찔려서 저자세로 다 사과할 겁니다. 네 번째로는…."

사내의 말이 계속될수록 홍혜화는 점점 솔깃해졌다. 그의 설명은 완전 '남편이 바람을 피우면 좋은 점'에 대한 강의였지만, 어떤 부분들은 그럴듯하게 느껴졌다. 하지만 아무리 그렇다 해도, 남편이 바람을 피운다는 건 용서할 수가 없는 문제였다.

"저기요! 알겠는데, 남편 바람을 눈감아주는 게 말이나 돼요? 미치지 않고서야!"

사내는 씩 웃으며 가방을 열었다.

"당연히 말이 안 되지요. 그렇지만 다른 방법이 있다면 어떻 습니까?"

사내는 가방에서 책자를 꺼내어 펼쳤다. 각 페이지에 여성의 사진과 간단한 프로필들이 적혀 있었다. 홍혜화의 눈썹이 찌푸려졌다.

"이게 뭐죠?"
"남편분이 바람을 피울 수 있는 후보군입니다."
"뭐라고요?"

어처구니없어하는 홍혜화가 화를 내려던 그때, 사내가 한마디 덧붙였다.

"꿈에서 말입니다."
"꿈?"

사내는 의미심장하게 웃으며 말했다.

"당연히 진짜 바람을 피우게 한다는 건 말이 안 되지 않습니까? 남편분은 꿈속에서 젊은 애인을 만나는 겁니다."
"네? 그게 돼요?"
"물론입니다. 꿈이라고 해도 기분 나쁘실 수 있지만, 어차피 아침에 일어났을 때 자세한 기억은 사라집니다. 말 그대로 날아가버리는 꿈일 뿐이죠. 다만, 젊은 애인을 만나며 느꼈던 감정과

젊은 애인 효과

느낌은 그대로 남아 있습니다. 보시면 얼굴에 생기가 돌 겁니다. 매일 꿈을 꾸고 일어날 때마다 사람이 점점 달라지죠. 직장에서는 성공하는 직원이 될 거고, 가정에서는 아내분을 볼 때마다 뜨끔하고 미안해하는 남편이 되겠죠."

"정말 말처럼 그렇게 된다고요?"

"그러기 위해서 젊은 애인이 노력할 겁니다. 세상에서 가장 능력 있는 남자를 대하듯이 존경을 표하고, 젊게 살도록 유도하고, 매력적인 면들을 칭찬하고 단점인 부분을 고치게 한다든지, 다양한 방면으로 만들어갈 겁니다."

사내는 페이지를 넘기며 말했다.

"이들 모두가 프로입니다. 이 중에서 한 명을 고르시면 됩니다. 20대도 있고, 30대 40대도 있습니다. 성격과 직업별로도 정리되어 있으니, 남편분이 이런 애인을 만나면 좋겠다 싶은 분을 골라보시면 됩니다."

홍혜화는 자신도 모르게 페이지를 넘겨보기 시작했다. 그러면서 머릿속으로 정리한 말을 되뇌었다.

"그러니까, 제 남편이 이 중 한 여자와 꿈속에서 불륜을 하게 되고, 아침에 일어나면 기억이 사라진다는 거죠? 하지만 감각은 남아서 사람이 변하고?"

"네, 그렇습니다. 그리고 너무 심각하게 걱정 안 하셔도 됩니다. 적당히 데이트만 하는 정도입니다. 그것만으로도 중년 남성은 활력이 달라지거든요. 보약 같은 걸로는 절대 볼 수 없는 효과지요."

"보약요? 하긴 보약보다는…."

홍혜화는 결국, 관심을 보이며 질문했다.

"어떻게 그게 가능하죠? 그리고 비용은 얼마인데요?"

"비용은 따로 없습니다."

"네? 정말이에요?"

홍혜화가 혹하자, 사내가 웃으며 말했다.

"어차피 꿈인데 비용이 따로 필요하지는 않지 않겠습니까? 그리고 어떻게 가능한지는, 설명보다 실제로 해보시면 저절로 알게 될 겁니다. 공짜니까 남편분이 바뀌면 좋고 아니면 마는 거지요."

"음…."

"다만, 취소할 때 위약금이 발생합니다. 질투 때문에 도저히 참을 수 없어서 취소하고 싶어진다면 말입니다."

질투? 결혼한 지가 10년이 넘었는데, 홍혜화는 솔직히 남편에게 그런 감정을 느낄 것 같지는 않았다.

"알겠어요."

그녀는 책자를 둘러보다가 '임여우'라는 이름의 여자를 가리
켰다.

"스물여덟 살이면 남편이랑 열네 살 차이네요. 이런 애인이
생긴다면 남편이 정말 말씀하신 대로 바뀔 거란 말이죠?"
"물론입니다."
"알겠어요. 이 여자로 해주세요."

사내는 환하게 웃었다.

"훌륭한 선택이십니다."

                              *

홍혜화는 여느 때보다 일찍 일어나 남편이 깨어나는 순간을
기다렸다. 기분 탓인지 뭔지, 남편의 잠든 얼굴이 좋아 보였다.

"진짜 데이트라도 하고 있는 거야, 뭐야?"

계속 지켜보던 홍혜화는 잠시 뒤, 남편이 눈을 뜨자 깜짝 놀랐다. 원래 잔소리를 해야만 억지로 일어나던 남편이었는데, 너무 산뜻하게 일어나는 게 아닌가? 게다가 저 초롱초롱한 눈이라니?

　당황한 홍혜화는 눈치를 살피며 물었다.

"어, 당신 일찍 일어났네…?"
"음? 어, 그래."
"뭐 좋은 일 있어? 표정이 좋네…?"
"음? 모르겠는데. 그런가? 하하하하."

　심지어 갓 일어난 남편이 씩 웃어버리자, 홍혜화의 두 눈이 휘둥그레졌다. 세상에, 그동안 이 양반이 아침부터 웃는 모습을 본 적이 있었던가?

"지, 진짜네! 다 진짜였어!"
"음? 뭐가?"
"어? 아, 아니야!"

　그날 이후 홍혜화는 실제로 체감했다. 사내가 장담한 대로 남편이 180도 달라졌다. 사람의 몸에 생기가 돈다는 게 무슨 뜻인지 알 것 같았다. 항상 기분이 좋아 보였고, 어떤 일에도 여유가 있었다. 괜히 실없는 농담을 던지기도 하고, 요즘 유행하는 노래

　　　　　　　　　　　　젊은 애인 효과

를 흥얼거리기도 했다. 화장품을 쓰기 시작하더니, 헤어스타일을 신경 쓰고, 운동을 시작하더니, 심지어는 담배도 끊으려 했다. 그땐 살짝 배신감마저 들었다. 그렇게 말해도 안 끊더니!

퇴근 후에도 직장 일을 신경 쓰는 걸 보면 일도 더 열정적으로 하는 것 같았고, 생전 안 하던 승진 시험 준비도 시작했다.

홍혜화는 너무 달라진 남편 모습이 낯설 지경이었는데, 그녀의 친구들도 다들 놀랐다.

"와, 너희 남편 완전 딴판이네! 나이보다 10년은 늙어 보이더니, 이젠 10년은 젊어 보인다!"

"다른 사람인줄 알았어, 난! 분위기가 많이 변한 것 같은데?"

친구들은 좋겠다느니 부럽다느니 했지만, 홍혜화의 기분은 복잡했다. 젊은 애인이 생겼다는 것 하나만으로 사람이 이렇게까지 바뀌다니, 이걸 좋아해야 하나 말아야 하나?

활력 있는 남편의 모습이 마음에 들면서도, 그 원인을 생각하면 기분이 나빴다. 그동안에도 충분히 이럴 수 있었는데 안 그랬단 말 아닌가?

그녀는 자꾸 남편에게 신경질만 내게 되었다.

"당신 나한테 뭐 잘못한 거 없어?"

"어? 내가? 글쎄 잘 모르겠는데…. 어쨌든 미안해. 내가 잘못했어."

남편은 늘 홍혜화의 눈치를 보며, 이전보다 그녀에게 잘했다. 퇴근길에 주전부리도 사 오고, 뭘 시켜도 군말 없이 잘하고, 웬만하면 다 양보했다. 당연히 기분이 좋아야 했지만, 그녀는 그런 모습조차도 아니꼽고 화딱지가 났다.

남편이 더 매력적으로 변할수록, 더 멋있어질수록, 그녀는 우울해졌다. 딱 그녀가 원하던 남편상으로 변해가고 있는데도 이러는 걸 보면, 질투 때문이란 걸 인정할 수밖에 없었다. 내가 못 바꾼 남편을 그 젊은 년이 바꾸다니! 자존심이 상했다.

폭발할 것 같은 마음을 그녀는 간신히 진정시켰다.

"신경 쓰지 말자. 어차피 꿈일 뿐이고, 아침이면 기억도 못 하는 허상일 뿐이야. 남편이 성격도 좋아져, 일도 잘해, 내 말도 잘 들어, 다 좋아졌으니까 참자. 참을 수 있어. 따지고 보면 남편은 다 내 손바닥 안에 있는 거잖아. 내가 조종하는 거나 마찬가지야. 신경 쓰지 말자."

이렇게 합리화를 계속 반복하니 어느 정도 안정감을 찾는 듯했다. 한데 어느 주말, 그 안정은 산산이 조각 나고 말았다. 마트에서 장을 보고 돌아오는 길, 남편이 갑자기 홀린 듯 말했다.

"와, 저 여자 되게 예쁘다."
"뭐라고?"

젊은 애인 효과

고개를 돌린 홍혜화는 경악했다! 그 임여우라는 여자가 골목길을 지나가고 있는 게 아닌가?

"이런 미친!"

꿈속에만 존재하는 가짜 여자가 아니었단 말이야? 진짜로 실재하는 여자였다고? 홍혜화는 온몸의 피가 머리로 쏠렸다. 남편의 시선이 떨어지지 않아서 더 그랬다.

"당신 미쳤어?! 뭘 봐?"
"음? 어, 어어. 나도 모르게. 크흠."
"이, 이…!"

홍혜화는 참지 못했고, 곧장 사내에게 연락했다.

"당장 남편의 꿈을 중단해요!"
[알겠습니다. 당장 취소해드리겠습니다. 다만, 아시죠?]

다음 날, 사내가 홍혜화를 찾아왔다. 그는 앨범을 꺼내어 펼쳤고, 홍혜화의 두 눈이 휘둥그레졌다. 그곳에는 그녀의 사진과 프로필이 있었다.

"뭐, 뭐예요 이게?"

"앞으로 꿈속에서 일하시게 될 겁니다. 어떻게 하는 것인지는 아시겠지요? 어느 남편의 젊은 애인이 되어 활력을 돋우어주고 동기 부여를 해주는 것이죠."

"뭐? 이 미친!"

"실은, 이미 홍혜화 씨를 지목하신 분이 계십니다. 50대 남편을 두신 분인데, 무기력한 남편이 마음에 안 든다시네요. 오늘 밤 꿈에서부터 출근하시면 됩니다. 여기, 간단한 메뉴얼을 참고하시면 쉬울 겁니다."

사내가 젊은 애인 메뉴얼까지 전하자, 홍혜화는 질색했다.

"내가 왜 그런 짓을 해!"

"싫어도 어차피 매일 꿈을 꾸게 될 겁니다. 거부할 수 없어요. 그럴 바엔, 차라리 열과 성을 다해서 상대를 매력적으로 바꾸는 게 빠를 겁니다. 그래야 질투를 느낀 아내가 빨리 취소할 것 아닙니까?"

··"뭐야 진짜!"

"잘하시리라 믿겠습니다."

사내는 웃으며 그냥 가버렸다. 그날 밤, 홍혜화는 꿈속에서 다른 여자의 남편을 만나게 되었다. 어이가 없어서 쌍욕을 해도 초기화, 거부해도 초기화, 어떻게든 그 남자의 젊은 애인이 될 때

젊은 애인 효과

까지 무한 반복이었다. 포기하고 그의 젊은 애인 역할을 받아들 였을 때에야 꿈에서 깰 수 있었다.

매일 꿈을 꾼다는 걸 확인한 홍혜화는 어쩔 수 없이 사내가 남 기고 간 메뉴얼을 참고했다. 이렇게 된 거, 자신이 그랬던 것처 럼 그 부인이 화딱지가 나서 취소하게 하는 수밖에 없었다. 메뉴 얼이 시키는 대로 사소한 것에도 잘 웃어주고, 작은 성취에도 대 단하다 칭찬해주고, 매일 두근거리게 해주니 상대가 변하는 걸 체감했다.

홍혜화는 조금 깨닫는 바가 있었다. 임여우라는 그 여자도 내 남편을 이렇게 바꾸어놓았겠지? 진작에 내가 이렇게 했더라 면….

*

"무슨 꿈을 꾸고 있는 겁니까?"

남자는 잠든 아내를 바라보며 물었다. 옆에 선 사내, '아내 코 디'는 웃으며 대답했다.

"아주아주 복잡한 꿈이라 설명해드리기는 어렵겠네요. 그래 도 이제 고객님을 대하는 아내분의 태도가 아주 많이 바뀔 겁니 다. 긍정적으로 말입니다."

죽이는 자격

산에서 삽으로 흙을 다지는 김남우의 얼굴이 굳어 있다. 벌써 몇 번째 길고양이를 묻어주고 있는지 모른다.

"우리가 미안하다."

분명 인간의 짓이다. 어떤 사이코패스가 길고양이를 죽이고 있다. 김남우의 동물보호 팀은 진작부터 그 작자를 쫓고 있었다. 이번에 유력한 용의자로 보이는 남자가 찍힌 블랙박스 영상도 확보했으니, 내려가면 당장 전단지부터 제작할 생각이었다.

김남우가 주변을 정리하고 내려가려던 그때, 메시지가 도착했다. 은행에서 일하는 동생 공치열이다.

[형! 이거 그놈 아니야?]

은행 창구 너머 빨간 모자와 재킷을 걸친 사내의 사진이다. 확인한 김남우의 눈이 커졌다. 블랙박스 영상 속 남자와 몹시 흡사했다.

[우리 은행에 찾아온 고객인데, 아무래도 너무 닮아서 몰래 찍었어. 이 사람 아니야, 혹시?]
[그 사람 지금 어딨어?]
[지금은 갔는데, 찾을 수 있어. 이 사람 맞는 거 같지?]
[모르겠다. 일단 다른 애들한테는 말하지 말고, 내가 먼저 확인해볼게.]
[형, 혹시 사고 치는 건 아니지? 또 교도소 들어가면, 형 인생 진짜 끝이야.]

김남우는 답장 없이 무서운 얼굴로 산을 내달렸다. 만약 그 미친 사이코를 잡는다면, 반드시 고양이들의 복수를 할 생각이었다. 경찰의 힘이 아닌 개인적인 방식으로.

*

"그러니까, 제가 고양이를 잔인하게 죽이고 다니는 사람이란 말입니까?"

사내는 순진한 얼굴로 고개를 갸웃했지만, 김남우의 눈빛은 날카롭다. 늦은 밤, 카페 구석에 마주한 두 사람의 기세가 팽팽하다.

"그렇습니다. 당신이 무참히 길고양이들을 살해하는 그 사람이라고 생각합니다."

김남우의 말에 사내는 어깨를 으쓱했다.

"제가요? 저는 건강하게 사업하는 평범한 사람인데. 모범납세자상도 받은 사람입니다."
"겉만 봐선 모르죠. 증거를 보여드려야 인정하시겠습니까?"

김남우는 품속에서 인쇄물 하나를 꺼냈다. 전단으로 제작하려고 준비한 블랙박스의 한 장면이다. 사내의 눈이 이채롭게 빛나며 인쇄물을 살폈다. 잠시 뒤, 사내가 고개를 끄덕였다.

"잘 찍혔네요. 이거 저 맞아요."

김남우의 눈이 무섭게 빛났다.

"인정하시는 겁니까?"
"사정을 좀 봐주셨으면 합니다. 사업을 하다 보면 스트레스가

죽이는 자격

심해서 말입니다."

김남우의 눈이 차갑게 가라앉았다. 사내가 인정했다면 이제 할 일은 정해져 있었다. 김남우는 낮게 말했다.

"생명을 해할 땐 자기도 상처 입을 각오 정도는 했을 겁니다."
"글쎄요? 하지만 저는 자격이 있는데 말입니다?"
"자격?"

김남우의 눈썹이 꿈틀했다. 사내는 여유 있게 웃으며 물었다.

"몇 년 전에 천연기념물 따오기 복원 사업이 대성공한 것 아십니까?"

김남우는 고개를 끄덕였다. 동물보호 활동을 하는 사람치고 모를 리 없는 일이다.

"아신다니 다행이군요. 몇 년이 지난 지금은 개체 수가 어마 어마하게 늘었죠. 그 복원 사업을 전적으로 후원한 게 바로 접니다. 지금도 검색하면 제 이름 석 자가 뉴스에 나올 겁니다."

김남우는 눈살을 찌푸렸다.

"천연기념물을 복원했으니, 길고양이를 죽여도 된다는 말인가?"

"흥분하지 마시고, 이야기가 기니 좀 들어주시죠. 그러니까 복원 사업을 후원하기 전에, 저는 따오기를 죽이는 걸 즐기고 있었습니다."

"뭐라고!"

"혼자 캠핑 중에 우연히 새를 잡은 저는, 그것이 천연기념물 따오기란 걸 검색해서 알았습니다. 그걸 안 순간 제가 미쳤는지, 원래 놓아주려던 그 따오기를 그냥 죽여버렸습니다. 그런데 그때 제가 느꼈던 쾌감은 정말 엄청났습니다. 몇 마리 있지도 않은 천연기념물을 내가 죽이다니? 그 누구도 함부로 할 수 없는 희귀한 새를 내가?"

"미친!"

김남우의 인상이 구겨지든 말든, 사내는 계속 말했다.

"그 기억을 잊지 못했던 저는 한 번 더 경험해보고 싶었습니다. 하지만 따오기는 개체 수가 너무 없었습니다. 그래서 따오기 복원 사업에 투자한 겁니다. 어마어마한 비용이 들긴 했지만, 결과는 아시다시피 아주 대성공입니다. 덕분에 저는 스트레스가 올 때마다 따오기를 죽였습니다. 저는 그럴 자격이 있습니다. 제가 후원하지 않았다면 따오기는 멸종했을 테니까 말입니다. 수백 마리가 넘도록 복원시켰으니까, 몇 마리 정도는 제가 죽여도

죽이는 자격

되지 않겠습니까?"

"정말 역겨운 논리군."

김남우는 사내를 혐오했다. 저런 인간을 이해하고 싶은 마음
이 들 리 없었다.

"그럼 길고양이는? 길고양이는 왜 그랬지?"

"따오기가 철새라서 말입니다. 길고양이는 1년 내내 볼 수 있
지 않습니까?"

"뭐, 이 자식이!"

"무언가를 죽이는 방법으로만 스트레스가 풀리는 몸이 되었
는데, 그 순간 고양이가 딱 보이더군요. 조류보다 더 자극적이기
도 했고."

김남우의 눈빛이 분노로 타오를 때, 사내가 웃으며 물었다.

"동물보호 활동을 하시죠? 주로 길고양이?"

"…."

"그렇게 활동해서 구한 길고양이가 얼마나 됩니까? 사랑하는
그 고양이들을 얼마나 돕고 계십니까?"

"무슨 말을 하고 싶은데?"

김남우가 인상을 찌푸리며 묻자, 사내는 손가락을 세웠다.

"저는 1년에 10억 원씩 길고양이 구호 활동에 기부하고 있습니다."

김남우의 눈빛이 흔들렸다. 사내는 웃었다.

"물론, 자격을 구입하기 위해서입니다. 저는 따오기 때 배웠습니다. 생명을 죽이고 싶으면 먼저 그럴 자격을 갖춰야 한다고 말입니다."
"어디서 개소리를!"

김남우가 버럭대자, 사내의 표정이 진지해졌다.

"저를 비난하고 싶으십니까? 신고하고 싶으십니까? 그러셔도 됩니다. 그러면 저는 후원을 끊겠습니다. 후원을 끊으면 자격이 없어지는 것이니, 다신 고양이를 죽이지 않겠습니다."
"뭐?"
"그런데 말입니다. 길에서 죽는 고양이들이 얼마나 많은 줄 아시지요? 지금, 이 순간에도 어딘가에선 고양이가 죽고 있을 겁니다. 제 후원이 끊어진다면 훨씬 심해지겠죠. 당신은 그게 괜찮습니까?"

김남우의 얼굴이 흉악하게 일그러졌다.

죽이는 자격

"지금 날 협박하는 건가?"

"아니요. 현명한 생각을 하실지 묻고 있는 겁니다. 냉정하게 생각해보시죠. 정말로 동물을 사랑한다면 답이 뭔지 보일 것 같은데 말입니다. 매년 제 후원금이 수천 마리의 고양이를 구제할 겁니다. 당신은 그만큼 고양이를 구제할 수 있습니까? 없다고 장담합니다. 하지만 구제하지 못하도록 막을 순 있겠군요. 그러실 겁니까?"

김남우는 굳은 얼굴로 아무 말도 하지 못했다. 1년에 10억. 그저 봉사로 활동하는 자신들이 그 정도 효과를 발휘할 수 있냐고 묻는다면? 절대 불가능하다. 김남우는 머리가 복잡해졌다. 죽이는 대신 훨씬 더 많은 생명을 구한다는 사내의 논리는 과연 용서받을 수 있는가?

깊이 고뇌하는 김남우를 사내는 여유 있게 바라보았다.

"어떻습니까? 저는 앞으로도 고양이를 죽일 자격을 유지해야 합니까, 말아야 합니까?"

한참 뒤에야 김남우의 입이 힘겹게 열렸다.

"…10억 후원이 사실이란 걸 인증할 수 있습니까?"

사내는 빙긋 웃었다.

*

카페를 나선 김남우의 얼굴에 자괴감이 가득했다. 스스로의
판단이 옳은지 어떤지 알 수 없었지만, 그는 공치열에게 메시지
를 날렸다.

[그 사람 아니다. 직접 만나서 보니까 다르더라.]

한숨을 쉰 김남우는 술이 고파 편의점으로 향했다. 냉장고에
서 소주를 꺼낼 때, 공치열에게 답장이 왔다.

[아, 그래? 어쩐지. 닮긴 했는데 아닐 것 같긴 했어.]
[그래? 왜?]

돌아온 공치열의 답장에 김남우는 멍하니 할 말을 잊었다.

[그 사람 우리 은행 왔을 때 결식아동 후원 계좌를 개설했거든. 매년
정기적으로 후원을 크게 할 생각이더라고? 그렇게 착한 사람이 고양이
를 죽이는 건 좀 이상하잖아. 안 그래?]

환생 쇼핑

모니터를 보며 씨름하던 청년은 도저히 안 되겠는지, 옆 자리에 앉은 아저씨를 불렀다.

"저기 죄송한데요, 이거 어떻게 하는 거죠?"

자신의 모니터에 집중하고 있던 아저씨는 돌아보며 청년을 위아래로 훑었다.

"자네 환생이 처음이야?"
"네, 이번이 첫 환생이라…. 하나도 모르겠네요."
"그래? 하여간에 이놈의 저승은 친절하게 알려주는 놈 하나가 없어."

아저씨는 혀를 차며 청년에게 다가와 물었다.

"저번 생 환생비 얼마 받았는데?"

"88만 원요."

"빠듯하네. 하여간에 짜다니까? 나라라도 구하지 않으면 환생비 100만 원을 넘기기 힘드니 원. 자, 어디 보자."

아저씨는 청년의 모니터를 가리키며 말했다.

"여기 네 가지 항목이 있지? 친구, 연인, 부모, 자식. 이거 눌러 봤어?"

"네, 누르니까 막 이름들이 뜨던데요?"

"그중에 고르는 거야. 환생하기 전에 미리 인연을 쇼핑한다고 보면 돼. 분배를 잘 해야 하는데, 자네는 운 좋은 줄 알아! 내가 좀 알거든. 도와줄까?"

"아! 감사합니다!"

"가장 쉬운 친구부터 해볼까? '친구' 눌러봐."

청년이 친구 항목을 누르자, 모니터에 이름과 숫자가 쫘르륵 떴다.

"자, 여기 보면 '직업/ 의리/ 지속' 점수가 있지? 예를 들어 첫 번째 그룹은 '직업 5점/ 의리 2점/ 지속 8점'이잖아? 이걸 고르

환생 쇼핑

면 살면서 만나는 친구들의 평균이 저 정도란 거야."

"어떤 점수가 중요하죠?"

"다 중요하지만, 점수가 높은 타입은 비싸니까 가성비를 잘 따져야겠지? '직업'은 말 그대로 친구들 직업이야. 높으면 의사, 검사 친구가 생기는 거고, 낮으면 깡패, 백수 친구가 생기는 거지. '의리'는 너를 배신하느냐 마느냐. 저게 낮은 애들이 꼭 보증 서달라고 한다니까? '지속'은 친구와의 관계를 몇 년이나 지속하느냐. 학교 졸업하자마자 인연이 끊어지는 친구 많잖아? 저 점수가 높으면 평생 가는 친구가 많겠지."

"그럼…."

"밥 먹듯이 배신 때리는데, 질긴 악연만 많이 만나는 거지. 저런 건 가격이 아무리 싸도 사지 않는 게 좋아. 한번 목록 보면서 골라봐."

청년은 신중한 얼굴로 살피다 골랐다.

"이거 괜찮은데요? '직업 5점/ 의리 9점/ 지속 10점' 가격 29만 원. 머릿수도 많고요."

곧바로 아저씨가 혀를 차며 고개를 저었다.

"29만 원? 가성비가 쓰레기잖아. 그리고 셋 중 '직업'이 가장 중요하다고. 끼리끼리 논다는 말 못 들어봤어? 친구 수준이 낮으면 네 수준도 낮아지는 거야."

"아….."

"의리는 어느 정도 있어야겠지만 지속은 별로야. 어차피 결혼
하고 취직하면 오래된 친구 잘 안 만나. 바빠지면 무소식이 희소
식이니 하면서 연락도 잘 안 하고, 그러는 주제에 언제 만나도
어색하지 않은 사이라며 자위나 하고 쯧. 차라리 난 이걸 추천한
다. '직업 8점/의리 5점/지속 3점' 가격 19만 원. 이게 아주 가성
비가 좋네."

"아, 네….."

"그럼 이걸로 결정하고 다음으로 넘어가볼까? '연인' 항목을
눌러 볼래?"

청년은 19만 원짜리 친구를 장바구니에 담고 '연인' 항목을
눌렀다.

"자, 연인 점수는 배우자의 비중이 커. '외모/ 성격/ 취향' 세
가지 점수로 나뉘어. 직관적으로 알겠지? 외모가 높으면 아름답
고, 성격이 높으면 다툼이 없고, 취향이 높으면 잘 맞겠지. 한번
골라 봐."

청년은 가만히 목록을 살피다가 조심스럽게 하나를 골랐다.

"이건 너무 비쌀까요? '외모 9점/ 성격 8점/ 취향 8점' 가격

　　　　　　　　　　　　　　　환생 쇼핑

33만 원.”

“알면서 물어? 뭐 연예인 만날 거야? 나라면 이거 한다. ‘외모
4점/ 성격 5점/ 취향 5점’ 가격 17만 원. 진짜 가성비 좋다.”

“무난하네요.”

“무난한 게 제일이야. 얼굴 뜯어 먹고 살 돈 없잖아?”

청년은 머리를 긁적이며 일단 17만 원짜리 연인을 장바구니
에 담았다. 그리고 다음 항목인 ‘부모’를 눌렀다.

“부모가 진짜 중요해. 부모는 ‘재력/ 수명/ 성품’이거든? 이거
는 무리해서라도 무조건 재력이 높은 걸 추천해. 흙수저 집안에
서 태어나면 인생 꽝인 거 알지?”

“그거야 그렇죠.”

“여기서 내가 팁을 주자면, ‘수명’이 낮은 게 가성비가 좋다는
거야.”

“수명은 부모님 수명인가요? 너무 일찍 돌아가시면 좀….”

“뭘 몰라! 부모님 오래 살아봐야 병시중이나 하지, 적당히 일
찍 죽어주는 재력 높은 부모가 최고야. 웬만하면 재력 10점 찍
고, 인품은 중간 정도? 인품이 너무 낮으면 맞으면서 크니까 그
건 안 돼. 여기 목록에서 찾아보자면… 그래! 이거 좋네. ‘재력
10점/수명 2점/인품 6점’ 가격 27만 원! 편부모라 가성비가 좋
게 나왔네!”

“수명 2점요?”

"그 정도면 딱 대학교 졸업할 때까진 살겠다."

"아니 아무리 가성비가 좋더라도 그건 좀…."

"88만 원밖에 없으면서 뭐 이것저것 따져? 부모 오래 살아봐야 좋을 거 없어, 이거 골라."

청년은 조금 께름칙해하는 얼굴로 27만 원짜리 부모를 장바구니에 담았다. 그리고 마지막 '자식' 항목을 눌렀다.

"알겠지만, 자식은 무조건 하나만 낳아. 둘부터는 가격이 비싸거든. 여기 보면 '지능/ 건강/ 효심'이 있는데, '지능'이 높으면 똑똑한 녀석이 태어나서 스카이 갈 테고, '건강'이 높으면 안심이 되고, '효심'이 높으면 내가 말년에 편하게 살 수 있겠지. 나라면 이걸 고르겠어. '지능 8점/ 건강 7점/ 효심 8점' 24만 원! 외동이라 이 가성비가 나오네."

"그게 좋을까요?"

"그래. 친구 19만 원, 연인 17만 원, 부모 27만 원, 자식 24만 원 하면 87만 원이니까 충분히 사고도 남네. 좋고 말고를 따질 게 아니라 이게 최선이야."

마지막 조언을 끝낸 아저씨는 자기 자리로 돌아갔다. 청년은 모니터를 노려보며 계속 갈등했다. 그러는 사이, 이미 쇼핑을 마친 아저씨가 나가는 길에 물었다.

"뭘 고민해? 그게 가장 가성비 좋은 조합이야."

"딴 건 다 괜찮은데, 부모 항목이 너무 마음에 걸려서…."

"원, 가성비를 따지는 이유가 뭐야? 그럴 수밖에 없기 때문이잖아. 기회비용! 현실적으로 포기할 건 포기해야지."

망설이던 청년은 끝내 그 목록으로 환생표를 출력했다. 그는 곧장 밖으로 향하는 아저씨의 뒤를 쫓았지만, 이미 저승문을 나서고 있었다. 그 뒷모습만 확인한 채 아저씨와의 이별을 아쉬워하던 청년은 저승문 직원에게 환생표를 내밀었다.

"이렇게 하겠습니다. 저도 저리로 나가면 되나요?"

환생표를 받아 든 직원은 한참을 들여다본 뒤 한쪽 의자를 가리켰다.

"아니, 넌 저기서 26분만 기다려. 26년 뒤에 방금 나간 남자의 자식으로 환생해야 하니까."

※ 〈언유주얼〉 2호 발표작.

제가 처음으로 소설을 올린 곳은 한 온라인 커뮤니티의 '공포
게시판'이었습니다. 이름대로 무서운 괴담 같은 이야기가 주로
올라오는 곳이었지만, SF나 미스터리, 기묘한 이야기 같은 장르
의 게시물도 제법 있었습니다. 거기까지는 공포 카테고리 안에
들어간다고 모두가 인정하는 느낌이었죠. 하지만 그것을 벗어
난 글, 가령 로맨스 같은 소설을 올리면 어김없이 댓글이 달리곤
했습니다.

[게시판 지켜주세요.]

쫓겨나는 거죠. 커뮤니티 내에 각각 어울리는 게시판이 따로
있으니까, 공포 게시판에서는 공포물만 올리자는 것이 당연한
규칙이었습니다.

저는 이 게시판에서 계속 활동하고 싶었기 때문에 무서운 글
만을 계속 생각했습니다. 무엇이 무서울까? 귀신은 애초에 없다
고 생각했으니 안 무서웠습니다. 그렇다고 사람이 토막 나는 고
어물은 끔찍하고 징그러울 뿐이지 '공포'라는 생각은 안 들었습

니다. 그럼 내가 무서워하는 건 뭘까? 어떤 글을 써야 나는 이 게시판에서 계속 활동할 수 있을까?

결국, 사람이 가장 무섭더군요. 그래서 전 사람의 무서운 부분을 파고들면서 이야기를 만들었고, 계속 그 게시판에서 활동할 수 있었습니다.

그런데, 300편이 넘는 글을 연재하면서, 모든 글이 공포는 아니었습니다. 가끔 이런 댓글이 달립니다.

[근데 이게 공포물인가요?]
[이 게시판에 올릴 이야기는 아닌 듯….]

그러면 뜨끔하면서 다시 정신을 바싹 차리고 공포물로 돌아가곤 했습니다. 지금 와서 생각해보면 저에게 그런 끼가 있었나 봅니다. 다양한 장르를 해보고 싶은 끼?

책을 내게 되고, 카카오페이지에서 정식 연재를 시작하게 되면서부터는 장르 제한이 없어졌습니다. 아무 장르의 글이나 써도 되는 개인 무대가 생긴 것이었죠. 솔직히 말하자면, 실험적인 글을 쓰다가 욕도 좀 먹었습니다. 결제하고 보는 글이면 프로다운 작품을 올렸어야 했는데, 프로 의식이 조금 부족했죠. 반성합니다!

지금 생각해도 민망해서 얼굴이 화끈 달아오르는 작품이 있습니다. 처음으로 로맨스를 시도해본 글인데요, 제목이 「폴라로이드 카메라」였나? 이 글로 욕을 많이 먹었죠. 제가 봐도 정말 형편없는 글이었습니다. 쓰던 당시에는 몰랐는데, 댓글들을 보면서 재점검해보니까 황당할 만하더군요. 결말 직전까지 잘 나가다가 뜬금없이 결말에서 '갑분 로맨스'라니….

그때 다짐한 게, 다신 로맨스를 쓰지 말자는 것이었는데요, 몇 달 뒤에 어쩌다 보니 또 로맨스에 도전하고 있었습니다. 그 작품이 바로 8권의 표제작 「일주일 만에 사랑할 순 없다」입니다.

놀랍게도, 최근에 제가 쓴 작품 중 독자 반응이 가장 좋았습니다. 그 어떤 글보다 두 배는 더 기쁘더군요. 더군다나 영상화까지 이루어지고, 이렇게 8권의 표제작까지 된 걸 보면서 또 세 배는 기뻐졌습니다. 그래서 이번 '김동식 소설집' 8권은 제게 무척 기쁜 책입니다. 최신작이 많이 들어간 만큼, 요즘의 저를 점검해볼 수 있는 기회이기도 하고요. 누군가에게 질문을 받았을 때, "제가 가장 좋아하는 제 책은 김동식 소설집 8권입니다"라고 말할 수 있기를 바라봅니다.

항상 제 글을 봐주셔서 감사합니다. 여러분 덕분에 8권까지 무사히 낼 수 있었고, 또 이다음을 기대합니다. 여러분의 인생도 기대할 만한 일이 가득해지기를 기원합니다!

시공간을 넘나드는 김동식 소설의 확장성

김동식은 소설이라는 장르의 본령이 결국 '이야기'에 있음을 가장 잘 이해하고 있는 작가인 듯하다. 이 소설집에 수록된 그의 글은 모두 '재미있고 짧은 이야기'들이다. 그는 판타지적 세계관을 기반으로 자신의 이야기를 무한히 확장해나간다. 공포, 추리, 스릴러, 로맨스, 판타지, SF 등 정말이지 어느 하나로 분류할 수 없는 것들이다.

표제작인 「일주일 만에 사랑할 순 없다」는 운석 충돌로 인한 종말을 앞둔 지구를 무대로 두 초능력자가 마주한 딜레마 상황을 다뤘고, 많은 수록작들이 과거, 현재, 미래를 넘나들거나 꿈, 환생, 다중우주를 배경으로 하며 시공간에 구애받지 않는다. 그런데 그 이야기들은 별로 멀게 느껴지지 않고, 오히려 우리의 일상을 다룬 소설보다도 더욱 그 서사에 이입하고 몰입하게 한다. 그것은 그가 유튜브, 자율 주행과 인공지능 로봇, 층간 소음, 학교 폭력, 직장 내 괴롭힘 등 우리 사회의 여러 관심사를 이야기의 소재로 삼았기 때문이기도 하지만, 그만큼 훌륭한 이야기꾼이기 때문일 것이다.

재미있는 이야기의 힘

김동식의 소설에는 평범한 개인이 반드시 등장한다. 그들은 갑자기 맞닥뜨린 비일상적 시공간에서 무엇도 답이라고 할 수 없을 만한 선택을 강요받고, 곧 생존이나 계발을 위한 경쟁을 시작한다. 「친구 수명팔이」에서는 친구가 단돈 100만 원에 나의 수명을 팔았을 것인가 팔지 않았을 것인가, 살아남기 위해 자신은 몇 년을 팔아야 할 것인가를 고민하고, 「젊은 애인 효과」에서는 남편을/아내를 꿈속에서 바람을 피우게 할 것인가 말 것인가를 고민하고, 「죽이는 자격」에서는 고양이를 죽였지만 10억 원씩 길고양이 구호 활동에 기부하고 있는 그를 신고할 것인가 말 것인가를 고민한다.

일상과 판타지를 절묘하게 결합시키면서 아주 훌륭하지도 못나지도 않은 등장인물의 딜레마를 더한다. 누구라도 쉽게 결정할 수 없는 문제들이기에, 결국 독자는 김동식 소설의 주인공이 되어버리고 만다. '재미'라는 것은 결국 등장인물이 마주한 상황을 독자가 자신의 일처럼 느끼는 데서부터 시작되는 법이다.

특히 김남우와 홍혜화라는 자아는 김동식이 구축한 세계관 안에서 끊임없이 투쟁한다. 한 편의 소설은 자아와 세계로 구별된다. 소설의 재미는 자아와 세계가 마주해 투쟁하는 가운데 어느 한쪽의 일방적인 승리나 패배로 귀결되지 않는 데서 유지된다. 「일주일 만에 사랑할 순 없다」에서도 김남우와 홍혜화는 살아남기 위해, 그리고 사랑하기 위해 종말이라는 상황에 투쟁해

나간다. 그러나 종말을 막을 수 있을 것이라는 희망은 고작 일주일이 부족해 좌절되고 만다. 자아는 패배하고 세계의 일방적인 승리가 예정된 그때, 김남우가 시간을 돌릴 수 있는 초능력자라는 사실이 밝혀진다. 누구라도 자아의 극적인 승리를 예감하는 시점이다. 그때 김동식은, 기억을 가져갈 수 없는 단순한 시간 되감기라는 설정을 굳이 가져다 넣는 것이다. 그러면 수만 번의 시간을 되돌리더라도 종말을 피할 수 없게 된다. 그 딜레마 속에서 김남우는 자신의 죽음으로 수만 번의 시간을 되돌리고, 홍혜화 역시 사랑하는 사람의 죽음을 그 수만큼 목도한다. 두 자아는 그렇게 무의미할 수 있는 투쟁을 지속한다. 그래서 결말에 이르러 "운석이 와 선배, 운석이 오고 있어"라며 일어나는 김남우의 모습은, 그들과 우리의 투쟁이 앞으로도 계속될 것이라는 희망인 동시에 잘 짜인 이야기가 전하는 세련된 감동이기도 하다.

김동식 소설집의 기획자로서 말할 수 있는 일화를 하나 소개하자면, 처음 김동식의 소설을 소개했을 때 요다 출판사의 한기호 대표는 나에게 "이렇게 재미있는 이야기는 정말 오랜만에 읽어봅니다"라고 말했다. 나는 그가 김동식의 소설을 굳이 이야기라고 규정한 것이 무척 기뻤다.

내가 소설 연구를 직업으로 삼고서 느낀 것은, 결국 소설은 재미있는 이야기여야 한다는 것이었다. 누군가는 소설을 그렇게 단순하게 규정할 수 없다고도 하겠지만, 우리가 지금 감각하는 장르로서의 소설이 자리 잡은 지는 그리 오래되지 않았다. 문학이 literature로 번역되고 소설이 자율성을 가진 예술의 장르로 분화된 것은 불과 100년 동안의 일이다. 그 이전까지 소설은 청년을 타락케 하는, 한가한 사람들이 읽거나 쓰는 한담처럼 여겨졌다. 예술성, 문학성, 도덕성, 계몽성, 이러한 여러 단어들이 혼재되어 있던 그때, 결국 소설은 재미를 담보한 이야기를 원형으로 삼은 무엇일 수밖에 없었다. 나는 김동식의 소설을 읽으며 근대 시기의 신소설이라든가 그 이전의 단형서사들이 떠올랐고, 오랜만에 글을 읽는 재미를 느꼈다. 다시 100년 후의 소설이 어떠한 모습일지는 잘 모르겠다. 그 시대의 새로운 소설이 또한 있을 것이지만, 그때도 상상력을 기반으로 한 이야기의 힘은 여전할 것으로 믿는다.

비인간적인 상황과 너무도 인간적인 결정

언젠가 김동식 작가가 "저는 귀신이 두렵지 않아요"라고 말한 적이 있다. 대신 그는 '인간'이 가장 두렵다고 말했다. 그에 따르면 배신하고 미워하고 타인을 절망하게 하는 것은 결국 초월적 존재가 아닌 인간이다. 그는 인간성의 선함을 신뢰하고 있지 않은 것처럼도 보인다. 그것은 「머리 위 숫자들」에 등장하는 악마를 통해 잘 드러난다.

[요즘 인간들이 사탄보다 더하다길래 어느 정도일까 궁금해서 내려와봤더니, 정말이더라고! 이러다 사탄은 실업하게 생겼어. 하하하. 아무

튼, 인간 세상에 내려온 김에 구경 좀 하다 보니까 인간들에게 기가 막

힌 아이디어가 있지 뭐야? 평생 모은 악마력을 모두 투자해도 아깝지

않을 아이디어인 것 같아서 해보기로 했어!]

_「머리 위 숫자들」

우리는 비인륜적인 뉴스를 보며 "사탄이 실업하게 생겼다"라

는 말을 흔하게 하곤 하지만, 김동식은 정말로 그렇게 말하는 악

마를 등장시킨다. 악마는 모든 인간들의 머리 위에 거짓말, 예상

수명, 번식 행위, 살인, 이렇게 네 가지의 횟수가 새겨지게 만들

었다. 원래는 대통령 후보 최무정에게 그중 하나를 선택할 기회

를 주었으나 그가 결정을 내리지 못해 벌어진 일이다. 그가 자신

의 거짓말 횟수가 밝혀져 선거에 떨어지는 것이 두렵다거나 자

신의 발기불능이 드러날 것이 부끄럽다는 이유로 고민한 것은

역설적으로 너무나도 인간적이다. 이후 대통령이 된 최무정은

자신이 악마와 협상해 세상을 이전보다 더 좋게 만들었다고 하

면서 각자의 사회적 지위나 재산에 따라 숫자를 가릴 수 있게 했

다. 그때부터 몇 개의 숫자를 가렸느냐에 따라 인간의 계급이 나

뉘게 된다. 마치 어느 브랜드 아파트에 살고 있는가, 어느 명문

대학을 졸업했는가, 어느 건물을 소유하고 있는가, 하는 것처럼.

악마는 이 결과에 몹시 만족했다. 그의 제안이 아니었으니까.

[내가 인간을 과소평가했어. 최무정 대통령이 머리가 참 좋네. 세상

을 지옥으로 만드는 방법을 악마보다도 더 잘 알고 있으니 말이야.]

_「머리 위 숫자들」

악마는 사탄보다 더한 인간의 모습을 확인하고 크게 만족해서 돌아간다. 자신의 숫자를 드러내는 방식으로 계급을 정하고 갑과 을의 위계를 나누는 것은, 지금 우리 사회의 모습과도 다르지 않다. 이것은 정치인이라든가 완벽한 타인 사이에서만 일어나는 일은 아니다. 친구 사이인 두 남자가 등장하는 「돈을 매입하는 기계」와 「친구 수명팔이」에서도 인간에 대한 깊은 불신이 드러난다. 등장인물들은 돈을 더 벌기 위해 간단히 친구의 목숨을 빼앗고 외계인과 악마는 그런 그들의 갈등을 지켜보며 즐거워한다.

김동식 소설의 세계관에서 분명히 인간은 가장 악한 존재로 그려진다. 그래서 누군가는 그의 소설을 두고 인간을 '성악적 존재'로 본다든가 사회의 어두운 면만을 부각하고 있다는 진단과 비판을 하기도 한다. 그의 소설에서 '인간적'인 것은 '악마적'인 것보다 더욱 악하다. 그러나 나는 그러한 지적에는 동의하지 않는다. 악마가 전형적이고 단편적인 악이라고 할 때, 김동식에게 인간은 선과 악을 넘나드는 대단히 복잡다단하고 입체적인 대상이다. 인간에게는 선함이 존재한다. 악의 스펙트럼이 악마보다 넓은 것처럼 선의 스펙트럼 역시 악과 균형을 유지할 만큼 넓다. 그는 인간의 선함과 악함을 동시에 천착하면서도 절망보다는 희망의 메시지를 더욱 전해왔고, 인간에 대한 애정을 드러

추천의 글

내왔다.

연결된 존재가 만들어내는 선함

김동식에게 인간은 진실함으로 서로 연결되어 있는 존재다. 그의 소설에는 사과하는 인간과 사과 받는 인간이 자주 등장한다. 그는 진실한 사과가 많은 것을 바꿀 수 있다고 믿는 듯하다. 「운수 없는 날」에는 교통사고로 중태에 빠진 아내를 기다리는 한 남자가 등장한다. 그는 그날 아침에 자신의 차가 긁힌 것을 발견했고, 중고 거래 사이트에서는 사기를 당했고, 아내의 사고 소식을 듣고 빠르게 병원으로 가려 했으나 다른 차 때문에 자신의 차를 뺄 수도 없어 택시를 탄 참이었다. 그런 그에게 사기꾼의 조롱 문자가 오고 차를 빼라는 문자를 받고 전화했다가 욕을 먹는다. 그래서 그는 아침에 차를 긁은 사람에게 전화해서는 살면서 해본 일이 없는 욕을 한참 퍼붓게 된다. 그런데 전화를 받은 노인이 말하는 것이다. "죄송합니다. 제가 잘못했습니다. 죄송합니다." 그때 그는 아내가 위독하니 그만두어 달라는 문자를 받은 사기꾼에게서 "죄송합니다. 유감입니다. 힘내시길 바랍니다"라는 답신이 온 것을 본다. 전화를 끊은 그는 차를 빼라고 욕설 문자를 보낸 사람에게 울면서 전화한다. 그리고는 욕을 하는 그에게 말한다. "죄송합니다. 제가 잘못했습니다. 죄송합니다."

사내의 사과는 끊어지지 않았다. 그는 마치 세상 모든 잘못을 사과하는 것처럼 계속 사과했다. 3분, 5분, 10분. 15분. 사내는 긴 사과를 쏟아냈다. 아직 전화를 끊지 않은 건너편 남자는 말했다.

"괜찮아요. 괜찮습니다. 이제 괜찮습니다. 모두 괜찮을 겁니다…."

_「운수 없는 날」

사과하기란 어려운 일이다. 그런데 진실하게 사과하기란 더욱 어렵고, 진실하게 '계속' 사과하기란 더더욱 어렵다. 사과하는 모든 인간이 용서받을 수는 없다. 그러나 김동식은 누구나 잘못을 할 수 있으며 인간은 진심으로 계속 사과하는 데서 다시 시작할 수 있다고 말한다. 그에게 인간은 서로를 이해하고 위로할 수 있는 존재다.

김동식에게 인간이란 서로 운명적으로 연결되어 있는 존재다. 「환생 쇼핑」에서 사람은 죽으면 환생을 하게 된다. 100만 원 내외의 환생비로 친구, 부모, 자식 등을 구매할 수 있다. 이것은 마치 RPG게임에서 주인공의 특성을 고를 때 처음 부여된 스탯을 어디에 소모할지 결정하는 방식과도 닮았다. 김동식 작가의 상상력이 만화와 게임 같은 데서 왔음은 사실 여기저기에서 많이 드러난다.

주인공인 청년이 환생 조건을 고민하자 옆에 있던 중년 남성이 가성비를 잘 고려해야 한다면서 다음과 같은 조언을 해준다. "적당히 일찍 죽어주는 재력 높은 부모가 최고"라며, "재력 10점/ 수명 2점/ 인품 6점 가격 27만 원! 편부모라 가성비가 좋"은 것을 추천하고는 자신도 환생을 위해 저승문을 나선다. 그런데 청년이 환생표를 출력하고 나가려는 그때, 저승의 직원이 말한다.

　　환생표를 받아든 직원은 한참을 들여다본 뒤 한쪽 의자를 가리켰다.

　　"아니, 넌 저기서 26분만 기다려. 26년 뒤에 방금 나간 남자의 자식으로 환생해야 하니까."

_「환생 쇼핑」

　　중년 남성은 자신이 세운 가성비 기준에 따라 적당히 일찍 죽어주는 부모를 추천했지만, 조언을 해준 청년이 자신의 자녀가 됨으로써 결국 그 자신도 그러한 운명을 맞게 될 것이다. 두 사람은 처음 만난 완벽한 타인이었지만 이미 연결되어 있었다. 한 개인의 선택은 그 이후의 개인은 물론 다른 시공간에 존재하는 여러 개인들에게 필연적인 영향을 미친다.

　　그에 더해 김동식의 소설에서 인류는 연결된 공동체로서 같은 운명을 맞이한다. 「행성 인테리어」와 「슈퍼 영웅 회사」에 등장하는 인류도 외계인의 제안을 받고 함께 고민하고 결정하고, 결국 같은 처지에 놓이게 된다. 관계없어 보이는 모두가 사실은 여러 필연으로 연결되어 있는 것이다. 이처럼 서로가 직간접적으로 연결되어 있다는 감각은 개인에게 선하게 살아야 한다는 의무를 일깨워준다.

그가 글을 쓰는 사랑스러운 이유

김동식이라는 작가를 만난 지도 이제 3년이 되었다. 그는 최근 몇 년간 자신의 인생을 가장 극적으로 변화시킨 사람 중 하나일 것이다. 그런 그를 걱정하는 이들도 많았지만 그는 여전히 글을 쓴다. 그냥 쓰는 것이 아니라 '여전하다'라는 수식어가 가장 어울릴 만큼 자신의 자리에서 계속해서 글을 써나간다. 지금도 3일에 한 편씩 신작을 쓰고 있는 그에게 이렇게 꾸준히 글을 쓰는 이유를 물었더니, 온라인 게시판에 글을 쓸 때는 3일이 지나면 더 이상 댓글이 달리지 않았다고 했다. 댓글을 계속 받고 싶은 마음에 3일에 한 편을 쓴다는 원칙을 정했고, 그것을 지키고 있다는 것이었다. 나는 이런 '사랑스러운' 이유로 글을 쓰는 작가를 들어본 일이 없다.

서른이 넘어 글을 쓰기 시작한 이 서른여섯 살의 젊은 작가는 어느덧 600여 편의 소설을 썼다. 출판사에서 주최한 500편 집필 기념 파티에서 그는 글을 쓰는 일보다 즐거운 일을 찾지 못했으니 계속 쓰겠다고 말했다. 그러면 그는 30대에 1,000편의 이야기를 만들어내게 된다. 그는 혼자서 이 시대의 천일야화를 써

나가고 있다. 이러한 작가가 우리와 동시하고 있다는 것은 감사한 일이다. 그가 계속 즐겁기를 바란다. 그러면 그의 글을 읽는 일이 즐거운 나도, 그리고 그의 이야기에 귀 기울이는 독자들도 계속 즐거울 것이다.

김민섭

김동식 소설집 8

일주일 만에 사랑할 순 없다

2020년 3월 20일 1판 1쇄 발행
2024년 9월 10일 1판 15쇄 발행

지은이　김동식
펴낸이　한기호
기 획　김민섭
책임편집　염경원
편 집　도은숙, 정안나, 유태선
마케팅　윤수연
경영지원　국순근
펴낸곳　요다
　　　　　출판등록 2017년 9월 5일 제2017-000238호
　　　　　주소 04029 서울시 마포구 동교로 12안길 14 삼성빌딩 A동 2층
　　　　　전화 02-336-5675 팩스 02-337-5347
　　　　　이메일 kpm@kpm21.co.kr

ISBN 979-11-90594-03-5　03810

· 요다는 한국출판마케팅연구소의 임프린트입니다.
· 잘못된 책은 구입처에서 교환해드립니다.
· 책값은 뒤표지에 있습니다.
· 이 도서의 국립중앙도서관 출판예정도서목록(CIP)은 서지정보유통지원시스템 홈
　페이지(http://seoji.nl.go.kr)와 국가자료종합목록시스템(http://www.nl.go.kr/
　kolisnet)에서 이용하실 수 있습니다. (CIP제어번호: CIP2020002039)